THE

EXTINCTION TRIALS

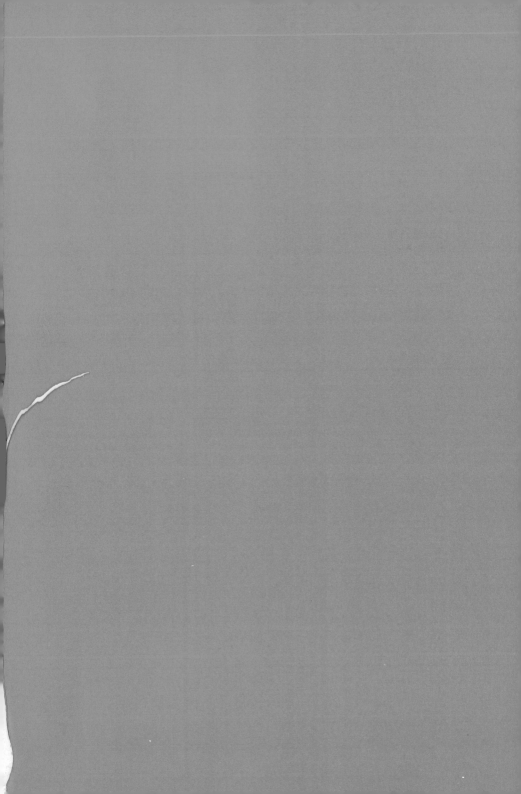

BEST嚴選
奇幻基地出版

絕跡試煉

The Extinction Trials

傑瑞・李鐸 著

A. G. Riddle

BEST嚴選

緣起

在繁花似錦的奇幻文學花園裡，你或許還在門外徘徊，不知該如何抉擇進入的途徑；也或許你已經置身其中，卻因種類繁多，或曾經讀過不合口味的作品，而卻步、遲疑。

BEST嚴選，正如其名，我們期許能透過奇幻基地對奇幻文學的瞭解，以及對讀者的理解，站在出版者與讀者的雙重角度，為您精選好作家與好作品。

他們是名家，您不可不讀：幻想文學裡的巨擘，領域裡的耀眼新星。

它們最暢銷，您怎可錯過：銷售量驚人的大作，排行榜上的常勝軍。

這些是經典，您務必一讀：百聞不如一見的作品，極具代表的佳作。

奇幻嚴選，嚴選奇幻。請相信我們的眼光，跟隨我們的腳步，文學的盛宴、幻想世界的冒險，就要展開。

【台灣版獨家作者序】

《絕跡試煉》是一部懸疑小說，描述地球經歷前所未見大災難之後的樣貌。一群互不相識的陌生人被關在地堡，使命是前往地表見證世界改變，並找到人類文明存續的關鍵。

本書創作過程中遇上新冠肺炎全球大隔離，不難想見故事內容多多少少會反映現實事件。我本來就比較宅，習慣獨處、待在家自己寫作或閱讀，因此疫情其實沒有對我的生活模式造成巨大衝擊。然而畢竟環境改變太多，其他人也改變了太多。無論多喜歡一個人在家，全世界再也不一樣了，不受到影響是不可能的。

隨著疫情趨緩、隔離解禁，我發現自己竟然和故事裡的主角們一樣：必須努力重新認識身邊的人，認識家門外面目一新的世界。

陌生人因緣際會相遇相知、從別人角度重新觀察世界之後，攜手朝著遠大目標邁進，我十分喜歡這樣的故事。《絕跡試煉》裡，這個目標就是解開世界劇變的謎團，並且在新天地之中完成自身的使命。我從主角群身上看見了自己，希望讀者也會對他們有所共鳴。

祝福大家度過疫情依舊過得平安順遂，也期盼《絕跡試煉》帶來一些激勵或靈感，幫助各位和身邊的人事物與改變後的世界重新連結。

謝謝你們一直以來支持我的作品！

獻給世界看似即將滅亡時，仍堅持不懈的勇士們。

序幕

晚宴主人拿起叉子，輕敲香檳酒瓶。

叮叮叮，清脆聲響迴蕩在餐廳，六十名賓客轉過頭去。

「今晚，我想提出一個很單純的問題：人類的命運是什麼？」

他停頓片刻，讓話語的意義在靜默中發酵。

「大家心裡皆有數，人類這個物種總有一天會滅絕。」

他發話間來回踱步，一舉手一投足牽引著所有人的視線。

「只不過，如何發生？以什麼形式來臨？例如，人工智慧？在座有些嘉賓的公司十分積極開發ＡＩ，會不會導致被造物反過來取代造物主？其他領域的專案也不無可能，比方說基因工程。若是有人覺得自己面臨淘汰危機，進而引發社會分化，新舊人類之間是否將會爆發難以想像的大戰？」

晚宴主人再次轉身，漫步一陣後，停在一道雙開門前。門外是寬敞的石造陽臺，底下陣陣白浪沖打礁石，彷彿低沉交響樂章，爲他的演講伴奏和音。

「先假設人類不會自掘墳墓好了。大家難得聚首一堂，用意並不是窩裡反，而是期待無論未來面對什麼，我們都能先做好萬全準備。」

一時間耳語四起。

晚宴主人緊接著說：「想想人類多麼脆弱。太陽閃焰能在轉眼間毀滅全世界；超級火山爆發可以徹底遮蔽日照，導致人類餓死、凍死，一個不剩；外星生命入侵的話，我們有還手的餘地嗎？而人類長久以來的宿敵——流行病，就已足夠催毀文明，即使是已知的病原也可能突變，引出更高的致死率。」

海風自門外吹入，撩起晚宴主人的縷縷白髮。

「還有個問題亦懸在全人類心上已久：宇宙裡眞的沒有其他智慧生物嗎？是否可以據此推測人類的結局？今晚，我想提出一次解決兩大問題的簡單方案。」

他高舉雙手，掌心朝向賓客。

「各位都是瞭解眞相的人。該來的就會來，滅絕事件一定會發生，我們無力阻止，然而……事件過後的發展，卻可以預先控制。這才是未來的關鍵。」

他的雙手回到腰側。

「我想提出新型態的實驗。計畫目的只有一個：在文明『崩壞』後重啓人類，見證物種重生，同時解開自身存在之謎。我將其稱作『絕跡實驗』，誠摯邀請各位一同參與。」

PART I
崩壞

1

每天早晨上班前，歐文・瓦茲都會去一趟療養院。

那裡的走廊通常空蕩蕩的，只有幾扇門敞開著，病人坐在房間外頭織毛線或者讀書，察覺到他行經時才抬起頭匆匆一瞥，多數人會一直盯著他的制服看。

到了母親的門前，他稍微遲疑一下，先探頭看看狀況。

歐文的工作很危險，但每天的此時此刻對他來說更驚心動魄。他心裡清楚，遲早有一天會看到房間空著、窄床收拾乾淨，連母親的相片與行李都不知去向。

幸好，還不是今天。

母親坐在靠窗的椅子裡，腿上擱著一本書。

他鬆口氣，抬腳跨過門檻。聽見沉重腳步聲，母親的臉上泛起笑意。

歐文一路走來並不順遂，所以打從心底明白時間寶貴、必須珍惜，當下擁有的可能眨眼就消失。

工作在他軀體留下疤痕，人生在他靈魂留下傷痛。他爲此格外眷戀與母親所剩不多的時日。

「好看嗎？」他走到母親對面坐下。

「才剛翻幾頁，感覺還可以，挺有新意的，主角也討人喜歡。」她朝著兒子打量一陣，「怎麼了？」

「沒事。」

母親微微仰起頭。

「工作那邊的事情。」他故意輕描淡寫，希望母親別再追問，但心裡很清楚只是徒勞。

「工作怎麼啦？」

「就……有點奇怪。」

「怎麼個奇怪？」

「感覺慢慢被機器人取代了。」

「比較安全。」

「是沒錯。」

「你擔心這樣下去會被機器人搶走工作，往後不知道要怎麼辦吧。」

歐文笑道：「怎麼妳讀我的心思比讀書還快。」

「做媽媽的不都這樣。」母親停頓片刻，「我知道眞正困擾你的是什麼。」

他挑挑眉。

「你覺得自己受到『限制』。」

成長過程中，歐文的父母從不說他有病，只說他受到限制——人皆有之，只是程度差異。

「願意聽我嘮叨兩句嗎?」她問。

歐文嘆口氣，點點頭。

「人生是好是壞，不會被那種事情左右，影響比你以爲的小很多。專注做你擅長的事情，重點放在長處而不是短處。」

「我把這句話印在T恤上好了，新工作就是賣T恤。」

母親微笑，「就愛回嘴。但我相信你聽得進去，也一定能站穩腳步，只是差點信心罷了。人尤其要對自己更有信心點。」

她伸手從架上取了書遞給兒子。歐文一看，標題是《基本權利》，內文開場白說：

人類皆有與生俱來的權利，亦即幸福。獲得幸福的最大障礙並非人生困境，真正的阻隔其實如影隨形且無處可躲——因爲那正是我們自己的心。

自出生以來，所有人接受從個人衛生到金融財務等各方面生活教育，卻未曾出現一套公認課程，協助我們理解自己的心。事實上，幾乎所有人終其一生受其所苦，沒能學會如何駕馭、管理甚至緊密認識心靈。《基本權利》一書之所以問世，便是意圖打破現況。它可說是人類心靈的使用說明，理解內容並進行書中講述的維護工程，可以穩定心靈運作、降低負面狀態的發生頻率，等同取回與生俱來的權利。真實而長久的幸福之道無他，唯妥善調教心靈而已。

他闔上書本，「這種類型的書……我不怎麼看。」

「哪種類型？」

「心靈雞湯？」

「這不是心靈雞湯。心靈雞湯也沒什麼不好，但《基本權利》講的是科學與心理學，最重要的是理解你自己與所處的世界。」

「好像很厲害，」他咕噥，「等我讀完，世界大概又天翻地覆一次了。」

「世界一直在改變，不會停下來。能不能適應改變，才決定一個人的成敗。書裡介紹的觀念無論什麼時代什麼時空環境都通用。」

歐文的臂環發出嗶嗶聲。三次短音代表緊急狀況，他立刻開啓系統、讀取留言。

「抱歉啊，媽。這工作明明不想要我了還繼續壓榨我。」

「警報？」

「應該是誤判。明天見啊。」

他抱抱母親，轉身要走的時候卻被叫住：「歐文，把書帶走啊！」

十五分鐘後，歐文坐在消防車前座，車子伴隨著警鳴器巨響，快速穿梭市區街道。車內電腦透過遠距遙控關閉了紅綠燈等號誌，無駕駛自動車紛紛在馬路兩側停下，等待大車呼嘯而過。

他讀了平板上的資訊，呼叫後方兩位隊友。

「廚房失火，綠洲公園大廈，十一樓，房號一一〇七，已經被自動滅火系統壓下去。」

還沒講完，車內喇叭傳出中央AI的柔和語音。

「案發地點爲公寓大樓，共計十五層，登記住戶七百二十三位。偵察無人機目前發現六十五個紅外線訊號，一一〇七號房有一位成年女性與一位未成年女性，生命徵象正常。」

歐文放下平板，心裡有點惱火，AI連簡報也不放心交給自己是嗎？但最讓他糾結的是另一點——不得不承認AI的簡報效率比自己更好。更何況遇上眞正的大火，有機器人幫忙的話安全得太多，它們的設計能夠承受極端高溫，最最重要的是能夠量產汰換，人類可沒這麼方便。

他並不懷念衝進火場出生入死的日子，可是有時候（而且頻率越來越高了），他很懷念自己在別人的生命造就了好的轉變，能帶著滿滿的感動下班回家的歲月。

可是，今天的火警大概和前面十次沒兩樣，只要調查一下火源（通常是操作失誤）、對住戶說明情況，講解避免火災的安全守則就好。

後座還有兩個消防員，就職未滿一年，正興奮地盯著窗外。十五年前剛進消防署的歐文也有這種神情，但再過十五年，不知道他們還能負責什麼，說不定完全不需要人力了。

螢幕上冒出一個警報，同棟建築的四〇三號住戶說家裡瓦斯外洩，偵測器卻毫無反應。

怪了，感覺是住戶自己搞錯。

「瑟琳娜，妳去四〇三確認瓦斯濃度、檢查住戶狀態，要是有人神智不清楚就叫救護車。」

「是，隊長。」她的嘴角上揚，似乎很開心能獨當一面。

「柯爾，我們去一一〇七。認眞記流程，下次任務由你帶隊。」

他立刻點頭回應：「是，隊長。」

平板上又冒出三個警報訊號，分散在市區不同位置，卻都是瓦斯漏氣。這情況非常古怪，該不會偵測器連線失靈吧？又或者是那種駭客小鬼入侵偵測器網路，製造假警報鬧著玩？

消防車停下，搜救無人機升空，它們伸出機械手臂在公寓周邊繞行等候，隨時準備接住逃出大樓的居民。

機器人下車往大樓集結而去，同樣伸長了手臂、但有四隻腳在地面哐啷作響，背上滅火裝備乍看像是噴射引擎。

歐文帶著兩個隊員衝進建築物裡，防火裝和各種工具加起來有二十七公斤重，但他的腳步完全沒放慢。他們按照消防規範必須各自徒步行動，一行人爬上混凝土階梯，到七樓時，歐文還神色自若，柯爾卻已彎腰按膝、氣喘吁吁，透明面罩底下滿頭大汗。

「你得多去健身房，」歐文用無線電對年輕人說，「這份工作有一半是事前訓練，必須隨時——」

「——做好準備，」柯爾邊喘邊說，「知道啦，隊長。」隔沒幾秒補上一句，「我可以。」

到達一一〇七號門前，歐文隔著手套按電鈴，柯爾還在大口換氣。等了等，沒反應，歐文再按一次同時開口：「呼叫中央，確認一一〇七住戶人數與生命徵象。」

「一名成年女性，一名未成年女性，兩人生命徵象正常。」

歐文心想難道門鈴也壞了，於是用力拍門。

「瑟琳娜，那邊情況如何？」

他再試試門鈴、也再重重敲門，還是等不到回應。

「瑟琳娜，聽得到嗎？」

無線電沉默。

「呼叫中央，確認瑟琳娜的位置和狀態。」

「瑟琳娜位在四〇三號室，生命徵象正常，通訊系統測試失敗。」

柯爾湊近問：「我去她那邊看看？」

「不必，這邊先處理完。」歐文朝公寓鐵門瞥一眼，「呼叫中央，開啓一一〇七號。」

門鎖咔嚓解開，歐文才跨進去就一愣。

眼前一名與自己母親年齡相仿的婦女倒在地上。他連忙衝過去拔下右手手套，指尖感覺到微弱脈搏才鬆了口氣。

「呼叫中央，派遣救護車，成年女性失去意識，可能窒息。」

歐文瞟了臂環面板，數據竟顯示氧氣正常。所以臂環系統、中央系全部失靈，剛才不是說生命徵象正常？昏迷不醒是正常？

他戴好手套，防火裝內部重新加壓。

「呼叫中央，下令全建築撤離，有瓦斯外洩與起火風險，廣播後機器人強制執行。」

「遵命，隊長。」

「瑟琳娜，」歐文起身，「聽到的話立刻離開這棟樓。」

歐文越想越奇怪，同時這麼多系統故障？太不合理。

此刻大廈內部應該已瓦斯瀰漫，否則如何解釋老太太的昏迷？當然也有別的可能，例如罪犯入侵或疾病傳染，但不怕一萬只怕萬一。

「呼叫中央，爲一一〇七開窗換氣。」

歐文轉頭望向客廳落地窗。

他暗暗希望隨便一片玻璃微微傾斜就好……但偏偏沒有。

「呼叫中央，重複一遍，爲一一〇七開窗換氣。」

依舊毫無反應。

「柯爾，破窗。」

「啊？」

「拿斧頭砸玻璃，快！」

年輕人在訓練中應該沒用過幾次斧頭，何況都這年頭了，除非古蹟等級的房子、消防機器人全滅，加上自己成爲最後防線，否則根本沒有動用消防斧的機會。但也因此讓歐文覺得這孩子是可造之材——柯爾聞令立刻亮出斧刃、衝向落地窗。

他自己趕快四處巡查，每扇門都推開檢視。走廊左手邊第二間是兒童臥室，牆壁貼滿青少年偶像海報，桌上有個珠寶盒，項鍊手環之類的物品堆得滿溢，彷彿洞窟中等待冒險者的大寶箱，其實都是廉價仿造品罷了。單人床上躺著一個女孩，雙目緊閉，一動不動。

歐文訓練有素，見狀立刻行動：撈起女孩、踹開浴室，將人輕輕放置在浴缸中。他正準備爲她測量脈搏時，公寓瞬間爆出一團熊熊大火。

2

這股疼痛再不停下來，麥亞．楊恩覺得自己會死。

肌肉彷彿著了火。

心臟快要蹦出胸腔。

頸部血管隨時會爆裂。

身體裹著厚厚一層汗水。

受苦的不只她一個。

飛輪教室裡座無虛席，三十個女子隨音樂節奏用力踩踏，在急促呼吸中定期抬頭望向前方的教練。教練臉不紅氣不喘，完美結合都會母親與軍隊教官雙重身分，友善親切外表下藏著變態冷酷的扭曲人格，摧殘學員身心正是她最大的快樂來源。

「美女們，最後衝一波！」教練高喊，「重量用力加下去！有痛苦才有收穫！」

麥亞手往下撥動阻力轉盤——一格而已。可是無數咔嚓聲傳進耳裡，像是一百臺相機快門此起彼落。其他人都撥了不只一格，彷彿齊聲逼問：「妳怎麼不學學人家的好榜樣？趕快調高重量啊！」

她用力踩踏，呼吸沉重。這簡直像是在流沙裡騎飛輪，最好眞的有效。話說回來，要是讓她遇上當年說出「有痛苦才有收穫」這句話那傢伙，一定要朝他臉上狠狠揍一拳，以洩心頭之恨。

彷彿過了一輩子那麼久之後，教練終於停下腳步、拍手示意。

「好，下課！大家好棒，明天見。記得晚上上線看課表，之後八堂課從六點開始登記喔。」

麥亞下了飛輪之後，搖搖晃晃地軟著腿走回更衣間。飛輪教室有著工業風天花板配上老磚牆與閃亮木質地板，她來參觀的時候愛上這樣的裝潢，如今卻根本沒心思留意環境，反正再漂亮還是個用刑的地方。

外頭警笛狂響，片刻後平板玻璃外竄過紅藍燈號，麥亞站在置物櫃前轉頭凝視。消防車帶著噪音遠去，麥亞的朋友柔伊闔上置物櫃，「我要向神父告解，希望晚上登入網站的時候已經額滿。」

「我也是，」坎蒂絲拉起郵差包，「感覺最多只能再撐兩、三個禮拜。誰來跟我說說，到底我們爲什麼要上健身房？」

之前一天晚上，麥亞、柔伊、坎蒂絲喝得微醺時，約定要一起認眞運動，當時大家都覺得這主意棒得不得了。

「好像，」麥亞開口，「是想變性感、找男友，走入下一個人生階段之類的。」

柔伊抬頭沉吟，模樣很戲劇化，「如果找對象結婚生子的代價這麼大，我寧可放棄，下半輩子都當胖子好了啦，單身也沒差。」

麥亞聽了忍不住撲哧一笑，胸口緊跟著痛了起來。她覺得應該是激烈運動後遺症，但隨即開始咳嗽，只好趕快捂住嘴巴。沒料到手一挪開，掌心竟布滿了血花，看得她難以置信。

坎蒂絲靠過去，看見麥亞手掌那些紅點以後瞇起眼睛，「呃……妳還好嗎？」

一陣暈眩襲來，麥亞雙腿一麻，伸手想扶櫃子卻搆不到。視野搖晃，地板撲面而至，然後感覺自己被人接住，對方驚叫：「麥亞？」

聲音越來越遠。後來又有人扳開她眼瞼，大聲高呼：「快叫救護車！」

3

歐文被爆炸威力轟上牆壁。

竄入房間的火舌彷彿一隻巨手肆虐，手指橘中帶紅，將碰觸到的一切化爲焦炭。它橫掃過地面，將布墊化爲灰燼後爬上浴缸，輕拂裡頭的人兒。女孩的衣服頭髮開始燃燒，接下來就是臉部。

歐文眼冒金星、內心慌亂，拚了全身力氣移動起來。

好不容易將上半身挪到浴缸邊緣，他趕快伸手用防火裝手套拍熄女孩頭髮與衣服上的星火。

「啓動外部擴音器，」他邊喘邊說，「妳聽得到我說話嗎？」

女孩微微睜開眼，眼睛泛淚充血，似乎無法聚焦。她張開雙唇，但沒發出聲音。

又一次爆炸，整間公寓晃個不停。

歐文連忙撲上去用身體掩護女孩，防火裝的重量令他只能繃緊核心肌群硬撐著。

幸好這回烈焰沒有捲進浴室了。

這也讓歐文推測出目前情勢：公寓鐵門被震破了。外頭公用走廊的氣壓或爆炸威力強大，將門板鉸鏈轟得斷裂。問題在於，大樓電腦系統不應該容許這種狀況出現，早該開始壓制火勢，並將高壓和濃煙從上方排出。

狀況真的很不妙。

「別動，」他透過擴音器說，「我會把妳救出去。」

女孩閉上眼睛，歐文扛起她回到客廳。

果不其然，鐵門已不見蹤影，顯然從落地玻璃上的大洞飛出去了。走廊那頭烈火猛燒，窗戶破洞正好提供源源不絕的氧氣助燃。

柯爾癱坐在地上，眼瞼持續顫動。

「呼叫中央，一一○七有四人需要撤離，立刻派遣助員。」

柯爾忽然撐起身子走過來，嘴巴明明在動，歐文卻沒辦法從無線電聽見他說話。

沒有回應。

「柯爾，你聽得到嗎？」

年輕人瞪大眼睛，胸口劇烈起伏，或許是害怕、或許是疲憊，或許兩者皆有。歐文看見柯爾想摘掉頭盔，急急忙忙扣住他的手，以唇語大聲阻止：不可以。環境太危險，頭盔提供的防護比起溝通需求更要緊。

「消防機器人，隨便一臺，聽到請回答。」

毫無音訊。

歐文腦袋裡計算現有選項。當務之急是從外頭招一架救援無人機，於是他抱著女孩走到窗戶、探頭出去，以爲會看到龐然大物伸長機械手臂隨時待命。

結果一臺也沒有。

取而代之是令他震驚恐懼到極點的景象。

整座城市已陷入一片火海。

舉目所及，所有建築物都起了火。有些火焰還被玻璃擋著，其餘的已經衝破窗戶、朝天際送出黑煙。社區、商場、辦公大樓，沒有一個地方倖免。怎麼可能呢？太不眞實了。那瞬間，歐文腦袋空白、四肢無力，再也感覺不到懷中女孩的重量。他的視線飄向巷子對面一棟八層樓磚造樓房，下方一樣起火燃燒，但屋頂還安全，看來排氣功能同樣沒啓動。

有什麼東西到了公寓門口，歐文回神轉頭，竟看到消防機器人踩著燻黑的腿緩緩走入。

「機器人，我們需要撤——」

機械手臂一揮，白色黏稠滅火劑射中柯爾的面罩，讓他什麼也看不見。

歐文暗忖機器人也已故障，可能誤判柯爾著火。但機器人竟又舉手射擊，幸好歐文轉身夠快，不過他與女孩的側面還是被染白。

隨著地板搖晃，機器人向前突進，伸長了手臂抓向歐文。

簡直是惡夢成眞——機器人的設計不僅僅抗火耐熱，還能將一整戶人送出大樓，那種能耐絕非血肉之軀能抗衡。歐文若只保護自己的話勉強可以支撐幾秒，但此刻抱著女孩……毫無機會。

他打算放下女孩，能擋多久是多久。

但機器人忽然前腳打結、仆伏在地上。

原來是柯爾被滅火劑遮住視線之後，心一橫飛撲了過去。雖說是狗急跳牆，但這招數還挺管用的。他牢牢抱住機器人兩隻腳，說什麼也不鬆手，手掌還順便把面罩抹乾淨。機器手臂向後轉，鉗住柯爾的人肉臂膀，面罩下的年輕人張大嘴巴發出無聲慘叫，但他沒有放棄，使盡渾身解數攔住機器人。柯爾明白自己支持不了多久，抬頭望向歐文時兩眼都是淚，口型非常地清楚。

快逃！

歐文彎腰捧起女孩，轉頭朝敞開的門口掃一眼。這棟建築已是火窟，還有許多機器人虎視眈眈。

後方落地玻璃被門板砸出了大洞，窗外的都市雖然火光連天，卻還有隔壁較矮的樓房。

於是他一轉身，將女孩緊緊按在胸膛，全速朝窗外衝刺飛奔。

4

麥亞醒過來時，耳中灌滿巨大嗡嗡聲。她感覺到自己躺在冰冷堅硬的平面上。腦袋模模糊糊的，像是被下藥般，藥力尚未完全褪去。

四周強光轉動，她瞇起眼睛看清是個圓筒，周圍空間不比身體大多少。擴音器裡有陌生女子開口，聲音環繞在狹小空間。

「楊恩小姐，請躺好別亂動，檢查快完成了。」

「什麼檢查？」麥亞迎著那些噪音大叫。

「待會兒會解釋給妳聽，現在請先不要動。」

過程度秒如年，機器噪音有韻律地持續，藍色光線沿著圓筒內側白牆上上下下掃過她全身。終於隨著嗶一聲，強光消失、檢驗臺向外滑動。一個穿著綠色手術服的男子推輪椅進來，停在旁邊，朝麥亞伸出手。

她下意識警戒起來。

氣氛不對。

這個人也有點奇怪。雖然沒見過他，麥亞心裡卻警報狂響。是他緊迫盯人的目光？還是他的體格？

該不會只是自己大驚小怪，又或者檢驗前注射了鎮靜劑，導致思考紊亂？

麥亞起身將兩腿挪下檢驗臺，怕手術袍鬆開所以動作特別小心。男子還是盯著她、伸著手。這算什麼線索？人家只是老老實實本分工作？

「我是什麼情況？」麥亞心裡有兩個疑惑希望得到解答。

「抱歉女士，我只負責傳送病人，其他都不清楚。」

她拉住對方的手、讓對方扶自己上輪椅。男子沒多說什麼，將麥亞推過長廊，途中很多人類或機器護理師東奔西跑，醫生們透過耳麥向醫院ＡＩ查資料、下指示。

病房裡有一張小床與角落的小浴室，衣服掛在門後，包包擱在床邊的移動桌上。窗外的景象勾住麥亞全副心神，市區冒出了三條沖天黑柱，那是火災的濃煙。

她得趕快回報。大火或許與自己正在調查的組織有牽連。

可是麥亞看得太入神，沒聽見房門上的咔嚓聲，也沒察覺有人接近自己。

直到冰冷光滑的東西抵住她的頸部。

訓練與本能生效，腎上腺素湧入血管——足夠保命的分量。

麥亞立刻閃身。

千鈞一髮。

注射器彈出針頭，沒能沾到她皮膚。

麥亞不逃不躲，目的是攻其不備。對方個頭碩大且佔了奇襲優勢，並沒料到會遭受反擊。她扣住注射器的動作已經分散對方注意力。男人的重心前壓，伸手來搶，麥亞捷足先登，反手將注射器貼上對方脖子、按下開關——一次、兩次、三次，那人的眼睛隨每次咔嚓聲越睜越大，接著像是腦袋斷線那樣，五官鬆弛、眼神呆滯、手也放開了。搖搖晃晃的他朝耳朵伸手，一隻手指按在耳廓後方。

「任務……失敗。目標……逃逸。請求支援——」說完便往地上一倒。

麥亞的兩腿還在顫抖，她的雙手扶著病床邊緣，慢慢摸到桌子那頭拿起包包。必須要快，這個人的夥伴隨時會到。她從包包取出臂環後立刻開啓。

「這裡是指揮中心。」女子聲音傳來。

「我遭到攻擊。」

「身分？」

「暴露了。」

麥亞的頭好痛，無法確定是因爲藥物或剛才的反擊，還是因爲自己的身體狀況——雖然沒人告訴她，她卻已經心裡有數。

「需要什麼協助？」中心聯絡員語氣毫無感情，麥亞懷疑對方不是眞人而是ＡＩ。她拿著臂環進入浴室，撿起自己的衣物。

「立刻派人支援。」

「分派中。」

「還有，我生病了，不知道對方做了什麼。我猜是『創世病毒』。」麥亞再望向窗外煙柱，已變成了五條，天空烏雲滿布。「外頭什麼情況？爲什麼起火？」

「推測是網路恐攻，詳細調查——」

「是他們，一定有關係。我認爲他們想在行動前先除掉我。」

「收到。」

麥亞更衣前改變了主意，她朝地上男人瞅一眼，注意到對方胸口仍在起伏。自己目前狀況無法負擔逃跑或打鬥，方才能制伏對手是靠注射器裡的藥物。因此只有一個選擇：躲起來。但躲之前也還有個前置作業得安排。

「確認我家狀況，」麥亞朝指揮中心說，「我媽和我妹住在綠洲公園大廈一一〇七號。」

「收到。」

她隔著窗戶看見底下七輛自動救護車已排好隊，其中一輛閃起燈號，揚長而去。窗戶無法完全推開，只有一條縫隙，但寬度足夠她將臂環和衣物塞過去，正好掉在一輛救護車車頂。

麥亞能走的第一條路是離開病房，試圖與追兵拉開距離。這選項的問題是風險極高，尤其她仍行動不便。

第二條路是躲在浴室，但根本沒有掩蔽。病床下方也一樣。

眼前只剩下衣櫃。打開一看，裡頭是空的，只有一根金屬桿吊著兩個衣架。

麥亞從床鋪拉下床單與薄被，一片裹住自己、一片披在金屬桿上，鑽到櫃內掩上門。

她的雙腿仍舊無力顫抖。

她緊緊貼著後牆，讓身子自然滑落、倒臥底部，拉動床單確保足部頭部都被遮住，最後雙手也收到裡面。

而櫃子之外，病房房門此刻滑開了。

5

歐文緊緊抱住女孩，在半空中用力一扭身，想要以背部降落在下面那片屋頂上。劇痛隨撞擊貫穿他的胸腔，女孩脫手滾了出去，他的眼前陷入漆黑。

再醒來時，歐文無法確定過了多久時間，他的肺部很痛，用力咳幾下才勉強睜開眼。

四周烏煙瘴氣，面前彷彿上千幽魂繞著火葬堆盤旋飛舞。

朦朧中，歐文試著判斷狀況。他知道自己還側臥在隔壁屋頂。

女孩落在十呎外。一動不動。

雖然自己上氣不接下氣，但他一直緊盯女孩，祈禱對方稍微動一下。

試著轉頭的時候，頸部傳來劇痛感。

他試圖深呼吸。但沒有用。感覺自己一側或兩側氣胸，恐怕命不久矣。

歐文顫抖的手摸向臂環面板，上面閃著一大堆亂七八糟的警報。他想發出緊急呼救訊號，卻看到消防裝早已代勞，可見AI至少還有一小部分正常運作。

而且對外擴音器發出高頻率警鳴，頭盔大燈不斷朝女孩閃爍。

歐文緊咬牙根，右手用力往地面一拍翻了身，光束改射向天空。

但恐怕也沒人看得見，現在天上滿滿的黑煙，有如成千上萬鳥陣群聚，隨時會俯衝下來，啄食起了火搖搖欲墜的建築。他嘗試放慢呼吸，努力保持雙眼張開，然而氣息越來越短促，好似啣著縮水的吸管吸不到空氣。

再看看女孩，還是沒動靜。又過了一會兒，濃煙層層疊疊越來越低，像棺材板迎頭蓋下。呼吸越來越淺，幾乎停止，感覺喉嚨打開也沒氧氣進得來。歐文拚命睜眼，但視野一片黑暗，邊緣滲出五顏六色的斑點。消防裝大概裂開或破了洞，口鼻都有焦煙氣味。黑雲籠罩屋頂、開始刺痛眼睛，他還是努力想看見女孩蹤影，確認對方生死，然而目光已穿不透翻湧的黑幕。

霧氣下一秒猝然散開，彷彿惡魔遭到驅逐。歐文難以置信地望向那架直升機——竟然還有活人駕駛，他已經很久很久沒看過這種場面。

駕駛飛機就像消防員一樣具有高度風險，現在多半交由電腦操作，至少新機型都已自動化。眼前這架卻是舊機型，在屋頂地板輕彈一下才降落。兩名醫護扛著擔架跳出來，朝歐文跑了過去。

他拚上最後一口氣，用力舉手抬指，哆嗦著示意兩人先救女孩。

6

衣櫃裡的麥亞繃緊了神經，留意外頭腳步，試著推算進來的人數。

她猜想有兩人。

先說話的是個男子。

「手提包還在，衣服不見了。」

再來是個女子，距離衣櫃較近，或許正彎腰查看倒地的男人。

「雷昂，聽得到嗎？」

「叫醒他。」男子吩咐。

咔擦一聲，倒地男人發出又低又長的呻吟。

「雷昂，什麼情況？」新來的男子發問，也靠近了衣櫃。

「她……跑了。」

「她的肩膀只有你一半寬，還中了『創毒』——」

「那些不重要。」女子淡淡說，「雷昂，她往哪兒跑了？」

叫作雷昂的男人沒講話，但麥亞聽見新來的兩人開始走動。雷昂可能指了什麼地方，或者只是搖搖頭。

浴室門被拉開，有人踏了進去。

再來衣櫃門也被掀開，一隻手揪住桿上薄被，用力扯下時還擦過包裹麥亞的床單。

她屏息以待。

「被子而已。」男人說完順手朝麥亞身上扔，關上了衣櫃門。

「呼叫『北極星』，」女子開口，「需要七四一號樣本坐標。」

「何必麻煩？」男子不屑地說，「反正中了GV，等我們找到人，『轉化』都完工了。」

「很好，」女子呢喃，「她在四個路口外的救護車上。」

「隨她去吧。」男子咕噥。

「不行，她知道太多。走吧。」

麥亞原本計畫一直在衣櫃躲著，靜候病房房門二度開啓。因爲第二次進來的人應該是自己的後援。

問題是沒人過來。

雖然求援了，卻沒有救兵。

不知道過了多少時間，她的身子越來越虛弱。上唇有點濕潤感，麥亞以爲是自己滿身汗，但伸手一抹卻覺得黏稠。是血。

她甩掉床單、推開櫃子。

病房裡面很昏暗。天黑了？

眞的過了這麼久？

不對，她發現此時還沒入夜，但外頭無處不是火，煙燄障天、烏雲蔽日。

血水自她鼻孔滑落，腦袋爆出一陣痛楚。

腿眞的站不穩了。麥亞伸出染血的手抓住護欄，按下呼叫鈴。

「救救我。」

7

歐文最先回復的是聽覺，眼睛還看不太清楚，躺在黑暗中聽得見四面八方的人聲，模糊遙遠卻朝自己集中，好似他人在井底、群眾圍在上面議論。

一個沙啞疲憊的男人嗓音在紛亂中特別清晰。

「……多處骨折……合併肺穿孔。以前可以給他兩週，現在十級吧，最多九。」

接著是個女聲：「他的傷勢——」

「都能治，沒錯。」粗嗓男子回答，「問題是時間。從前的話會送去加護病房，最少待兩週。可是現在情況不同，加護病房一張床兩星期可以救三十條人命。」

那女子不死心，「等一等，再仔細判斷一下吧，他是怎麼受傷的？」

「從高樓跳下。」

「我這邊已經有三個案例。」另一個男人插嘴。

女子回話：「不對，我看到病歷了。這位是消防員，救了個小女孩出來。孩子應該沒事。」

她沉默片刻，「所以這個人——」

「妳要在這個人身上耽擱一整天嗎，卡塔莉娜？還有很多病患要照顧，十級就好。」

沉默再度蔓延。

粗嗓男子投降，「好、好，八級。不能再高了。」(注)

✤

再醒來時，歐文的視覺總算完全回復。

呼吸還是會疼，雙腿也陣陣抽痛，左邊嚴重很多。

他所在之處是個開放式大房間，周圍很多人講話、哭泣，鬧哄哄的。病床四面以繩子垂掛白布，所以看不到其他病患。

雖然他想起身，但實在痛得動不了。

他只能躺在床上盯著天花板，而思緒勾起的痛楚不下於肉體。首先，他的兩位隊員柯爾與瑟琳娜有沒有成功逃出火場？

大家都進了公寓大樓。

一一〇七的女孩呢？為自己檢傷分類的醫師說她應該沒事，但結果如何？

最後他想起母親，她平安嗎？是生是死？

究竟過了多久？

這又是什麼地方？

天花板很高遠，加上環境嘈雜帶著回音，他推測是個很空曠的地方。倉庫？

腳步聲輕輕接近，他抬頭看到護理機器人走入隔間。機器人身體部分有閃亮銀色金屬和牛奶白塑膠兩種材質，頭部只是大略模仿人臉，面部幾乎是平的，玻璃螢幕映出眼睛和嘴巴的圖案，也可以切換呈現生命徵象或其他資訊，以供醫護人員參考。它的左手拿著注射器。

「滾開。」歐文開口，聲音非常嘶啞，像是含了滿嘴沙。

機器人停下來，「您該施打止痛劑——」

「再過來我就把你的玻璃臉砸爛。」

「您拒絕治療？」

「滾。」

「不施打止痛劑，您會——」

「給我滾！」

機器人不再多言，轉身離去。看到它，歐文想起消防機器人向柯爾噴藥劑還施暴，滿腔怒火湧燒了起來。怒氣未散時，一個平頭高個兒男子掀開隔間白簾進來。他目光銳利、面無表情，黑色螺紋針織衫無法完全遮住發達的肌肉線條。歐文猜想是個軍人。

注：此處是指檢傷分類，數字越小越優先被照護。

「瓦茲先生，我叫帕瑞許，請教幾個問題。」

「我也有事情想問。」

帕瑞許嘴角淺淺上揚，但笑意轉瞬即逝，「我先問？」

歐文點頭。

「你前往調查綠洲公園大廈一一〇七號的火災警報。」

「沒錯。」

「抱著一個小女孩跳窗逃跑。她怎麼了？」

歐文呆了呆，「其實那是我的第一題。她不在這兒嗎？」

「不在。」

一陣尷尬沉默後，帕瑞許追問：「知道她母親的情況嗎？」

「我們抵達時她在公寓裡，還活著但失去意識。」

帕瑞許點了頭，像是意料之中。

「我的隊員怎麼了？柯爾和瑟琳娜呢？」

帕瑞許搖頭，「抱歉，我不知道。」

「到底發生什麼事？」

「推測是大規模恐怖攻擊造成了多處火警。」

「消防機器人攻擊我的隊員。」

「世界各地都傳出類似消息，有人駭入機器人、ＡＩ、各種內建系統。」

「誰？」

「鎖定了一個高科技恐怖組織，但也有其他可能性。」

「例如？」

「人工智慧叛變，外星人入侵，還有人覺得是政府搞鬼。」

「爲什麼會去駭機器人呢？行動背後是什麼目的？」

「目前不清楚，留言說這次事件只是開頭，眞正的計畫叫作『轉化』。這部分也還沒確實掌握資訊。」

「你剛剛說你在哪兒工作？」

「我沒說。」帕瑞許轉身要走，「謝謝你的合作。」

「等等。」

帕瑞許止步。

「我家人還好嗎？我媽呢？」

「抱歉，我不知道。」

帕瑞許的手碰到白色簾子，正要掀開走出去時，忽然看見什麼掉了頭。旁邊椅子上堆得亂七八糟，有歐文的衣服、消防裝等雜物。他走過去，翻出了《基本權利》那本書。

「這是你的？」

「嗯。」歐文回答。

帕瑞許轉身，忽然對歐文多了分興趣，「哪兒找到的？」

「我媽給的。」

帕瑞許走到病床前，將書放在歐文身旁之後，拿起掛在護欄的病歷板。雖然他沒有揭露自己的身分，但顯然透過視網膜掃描就能讀取資料。

「八……」帕瑞許低聲說完以後，臉上掠過一抹失望。

「什麼八？」歐文問，「意思是？」

「意思是，你大概到此為止了。」

帕瑞許讀完病歷，又低頭望向歐文身旁的書。

「但不該如此。」

8

麥亞在大型開闊空間的病床上醒來，周邊許多臨時病房以布簾相隔。附近傳來模糊對話與病人呻吟。她聽了一會兒，試圖判斷自己身在何處。頭還是很重，稍微挪動身體也會引發微微抽痛。她緊緊蹙眉，勉強坐起來。除了疼痛，思考像是蒙了霧，不知道被打了什麼藥。藥效仍影響活動力，四肢感覺是平常三倍重。麥亞很想下床、更衣、離開。她必須逃走，這念頭十分清晰，但她驚覺自己想不起來爲何要逃。

心裡有個衝動，得趕去什麼地方。腦海浮現影像——她的母親。沒錯，得先找到母親，以及妹妹。爲什麼？麥亞下意識覺得兩人有危險，但原因呢？

外頭走廊來了三個人，身影映在布簾上。他們壓低了聲音講話。

麥亞努力挺起身子想聽清楚內容。

「……第一次看到這種掃描結果。」

「……沒有能處理的設備。」

「先十級。」

病床旁邊金屬桿上的機器嗶了一下，接著點滴將某種液體注入麥亞手臂靜脈。沒過幾秒鐘，她又陷入了昏睡。

再次清醒時，麥亞床邊站了個男人。她本能地想往另一邊瑟縮，但身體並不配合。

那人伸手搭上她肩膀，輕輕地按回床鋪。

「嘿，放輕鬆，是我。」

面前的男子留著很短的平頭，穿了黑色羅紋針織衫。

「看得見嗎，麥亞？是我，帕瑞許。」

她開口發現自己只發得出氣音，還非常費力，「看得見。」

「但，不認得我是誰？」

麥亞搖頭否定。

對方鬆開手、嘆了氣，話聲跟著氣若游絲，「他們對妳做了什麼……」

「誰？我怎麼了？」

「我們認為妳感染了創世病毒，簡稱『創毒』（ＧＶ）。對這個詞有印象嗎？」

這幾個字確實勾起麥亞的記憶片段。

她曾經走過一個檢查哨，掃描塑膠ＩＤ卡。嗶一聲後，她上前盯著視網膜掃描儀，機器亮了綠燈，前方一扇門開啓，寬敞大廳中擺放了長桌，三名警衛坐著監視螢幕。看板亮著燈，寫的是「創世生物科技」，底下一行字標注：無限美好的明日。

麥亞穿過熱鬧的走廊，找到上鎖的門。她彎腰凝視視網膜掃描儀，機器又閃燈開門，進去是個小房間；背後的門立刻關閉，右邊又開了一扇，後面的更衣室有兩個女子正在脫衣服。

「早安，麥亞。」其中一位回頭寒暄。

「嗨，席妮，奧斯卡狀況如何？」

「頭一次睡整晚沒哭。」

「恭喜！」

「所以今天總算能認眞上班。」

麥亞走向置物櫃，數位名牌顯示「麥亞．楊恩博士」。

她脫光後折好衣服，從架子取了緊身內衣褲套上。

隔壁有六套氣密裝，背後加裝儲存槽。麥亞著裝後走入氣閘……記憶在此中斷。

「我在那邊工作過。」

帕瑞許猛然抬頭，神情一亮，「沒錯，」他用力點頭，「妳去過那裡。」

「是個實驗室。」

「對。」

「做科學研究。」

帕瑞許微微仰頭，字斟句酌回答：「嗯……算是。」

「算是？爲什麼這樣說？」

「因爲……妳的身分有點複雜。」

「不乾不脆，不如別說？」

帕瑞許的視線掃過周圍白簾，外面好幾十人小聲對話，三不五時傳出喊叫哭泣，「不適合在這種地方討論，」他輕輕搭著麥亞肩膀，「以前我叫妳『榛』，因爲妳有榛子色的眼珠。這件事情妳還記得嗎？那是妳的……任務代號。有沒有想起什麼？」

「沒有。」

他點點頭，好像有些失望，「那對研究計畫有印象嗎？回想看看，這很重要。」

麥亞努力深入記憶，卻只找到一片空白，就像明知做了夢，醒來以後卻什麼也記不得，「沒有。」

帕瑞許點點頭，失望情緒已經藏不住了，「沒關係。那知不知道『轉化』是什麼意思？」

「轉化？」

「該說是大型的計畫嗎，還是一種過程，或者事件呢，我們也沒有把握。總之，想得起任何線索嗎？」

「也沒有。」

「那記得我這個人嗎？第一次見面的場景？」

「抱歉，也想不起來。」

「本來約好今天再碰頭，妳有東西要給我，知不知道是什麼？」

麥亞集中精神，回憶自己先前做過些什麼。腦海裡有住院、接受掃描、躲在陰暗空間的印象。是誰要害她？

「不知道。只記得好像生病了，躲在什麼地方，有人要抓我。」

「這件事情我們正在處理。」

「怎麼處理？」

「會帶妳離開，轉移到安全地點。」

「什麼地方？」

「這……也很難解釋。」

麥亞嘆氣，「到底有什麼是你能夠告訴我的？」

「我們會保住妳，也會找到妳的母親和妹妹。」

PART II
研究站

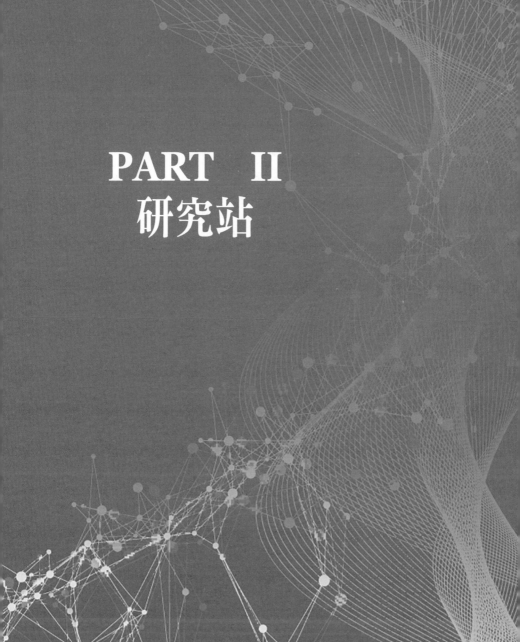

9

歐文醒來的時候總算不痛了。

但眼睛除外。一股悶痛從眼球散發到頭顱。

睜眼只見一片白，而且更痛了。

他趕緊閉眼用聽的，周圍靜得出奇，只剩自己的心跳。能聽見自己心跳這件事本身就詭異至極。

手一伸展，居然立刻碰到硬實牆壁，而且那觸感與其說是牆不如說是冰。表面寒氣逼人，指節敲打出的響聲不斷迴蕩。

冷靜後歐文想明白了：這應該是玻璃。腦袋似乎一秒一秒變得更加清明，五感也慢慢回復。

他小心謹慎，抬手摸索，確定自己躺在玻璃圓筒內，全身赤裸，雙臂連接管線。

再次試圖張開眼，速度放慢以後慢慢適應了，看見天花板、三盞燈，形狀被玻璃弧度扭曲。

視野之外有個燈號閃爍，將房間染成一片紅。

忽然啪的一聲玻璃升起、氣體灌入。那陣風太冷，吹得歐文像遭受電擊那樣渾身抽搐。銳利警鳴傳進耳朵，節奏與紅燈明滅一致。

寒風席捲、強光刺目、巨響震耳，歐文彷彿遭到轟炸。

他閉上眼睛，整個人蜷曲成球。突然來了一雙手，力氣十分大，抓住歐文雙臂，將他拉出圓筒。不過對方沒先拔管線，扯開又是一陣疼，所幸他凍得太厲害已經沒什麼感覺。

雙腳著地又是寒意透骨。

「穿上。」男子語調鎮定得可謂寧靜祥和，與震天價響的警報格格不入。

歐文稍稍開眼，看見一個年輕男人，身材瘦削、留著金色短髮。對方遞上黑色針織衫，纖維厚重，編織緊密，內裡縫了層東西。歐文迅速套上衣物，年輕人朝他胸前像補丁的東西一按，衣服開始發熱，軀體總算暖和起來。

即便如此，歐文開口時還是呼出白煙，聲音依舊啞得好像幾年沒講過話，「你是……誰？」

「叫我布萊斯就好。」年輕人往旁邊銀色推車伸手取出長褲和靴子。

歐文二話不說穿起來，布萊斯彎腰又找到衣物的隱藏開關，讓他的下半身也得到溫暖。

下一刻燈光全暗，只剩玻璃圓筒旁邊面板與紅色警示燈仍亮著。

遠處射來光束，起初搖搖晃晃、忽隱忽現。

「這裡是——」

「待會兒告訴你，」布萊斯掐住歐文手臂，「現在先幫我叫醒其他人。」

他拉著歐文朝另一頭走，力氣大得令人詫異。

歐文也終於看清楚周圍環境：七個玻璃圓筒，都和他最初待的差不多，裡頭全空著。幾架金屬手推車閒置於各處，也都沒擺東西。另一頭牆壁上有三塊螢幕，尚未啓動，其中之一甚至裂開了。

布萊斯的手還沒放開，差不多到達門口，歐文才勉強能跟上，身體似乎慢慢甦醒過來。

門外是條窄廊，上方傳來警鳴聲與忽明忽暗的紅色燈光。

他轉頭一看，方才那房間入口旁有塊操作面板還亮著，顯示「十二號艙」字樣。對面則是十三號，再過去還有十五號與十七號。

通路往左右延伸，末端都是像氣閘的結構。

「快。」布萊斯說完就跑起來，中間忽然停住，指著打開的門，「我去叫醒其他人，你幫我把大家集中到這裡。」

歐文上前一看，那扇門旁邊的注解是「二號觀察室」。

「叫醒誰？」歐文問。

「現在沒空解釋。」布萊斯說完便衝向標示十號艙的房間，拇指在操作面板按了一下。門唰一下開了，裡頭與歐文先前那邊幾乎一模一樣，七具玻璃圓筒立在臺座上，六個打開、一個封閉。

布萊斯跑向封閉的圓筒，拇指朝旁邊面板點下去。歐文跟著行動，發現螢幕顯示一份資料。

受試者：

麥亞．楊恩

近期活動紀錄：

斷電

啓動備用電源

電力存量：43％

電力存量：33％

供電回復

備用電源充電中

斷電

啓動備用電源

電力存量：37％

電力不足警告：20％

供電回復

備用電源充電中

斷電

啓動備用電源

電力存量：26%
電力不足警告：20%
電力嚴重不足警告：10%
電力嚴重不足警告：5%
電力嚴重不足警告：2.5%
執行再活化程序
偵測到異常生物徵象
再活化指令覆蓋認證成功
執行再活化程序

玻璃圓筒發出啵一聲開啓。

「記住，」布萊斯叮嚀，「把她和其他人帶到二號觀察室。」交代完他又轉身飛奔。

歐文是過來人，明白剛甦醒的滋味不好受，除了肢體彷彿要結凍，心裡也是惶恐又錯亂。他必須盡力協助大家。

他的思緒忽然間變得格外明晰。綠洲公園大廈化爲火窟時，他也曾經進入這種精神狀態。或許正因爲歷劫歸來，歐文的精神得到昇華，此刻心靈極其敏銳，感應到四周仍潛藏危機的同時亦高度專注，更重要的是依然固守本心——他清楚意識到助人就是自己的使命，也喜歡現在的感受。

「啊！」女子哀嚎出聲。

歐文回過神，看見玻璃圓筒正面遮罩降至最低，最後完全打開。裡頭女子與他差不多年紀，赤身露體，有一頭沙金色秀髮與光滑細緻的臉蛋，只有眼周兩旁有微乎其微幾條細紋。

她與之前的歐文一樣不停發抖、緊閉雙眼，呼吸時吐出陣陣懸浮不散的白霧，「有人在嗎？」

「在這兒。」歐文拉起對方的手，果然十分冰冷，幸好自己可以將體溫分些過去。他本能地伸出左手輕撫女子面頰，轉頭張望後，在旁邊推車找到一疊衣物。

「好冷……」女子吐出這句話，全身顫抖得越來越激烈。

「忍一下。」歐文先往旁邊抓了衣服過來，俐落鬆開女子手臂上的點滴頭，在她本人配合下完成更衣，再找到纖維下的保暖功能開關。

她一直想睜眼，歐文見狀對她耳語：「別急，先抓著我。」

女子的雙臂往歐文摟來，他抱起對方，快步沿走廊進入二號觀察室。

裡面頗爲寬敞，比存放圓柱體的艙房大些，只看得到十張金屬折疊椅和堆在角落的毛毯。歐文鋪好一張，將麥亞放上去裹起來。她不再抖得那樣厲害，眼睛也微微開了條縫。

「你是？」

「我叫歐文。」

「這是什麼地方？」

「我也想知道。出去一下，馬上回來，別怕。」

10

麥亞覺得這兒看上去像醫院，白色牆壁似乎是塑膠材質。氣溫很低，沒有窗戶。天花板的照明燈不規則地忽明忽滅，紅色閃光像一把鐵錘朝她顱內敲打，勾起陣陣抽痛。

歐文又捧著一個中年男性衝進來，身上已經穿了與麥亞相同的黑色針織衫、灰色長褲長靴。將男子放上毛毯時，歐文喘得很沉重，卻二話不說又衝向走廊。

麥亞撐起孱弱雙腿站起來。

歐文察覺了立刻回頭，「妳留在——」

「不要！」

「呃，不要就不要吧。」他嘀咕著又出去了。

麥亞看見他的反應忍俊不止。她跟到走廊，看見盡頭另一道門又竄出人影，比較年輕，身材瘦高，拇指放在面板就開了門，立刻進入房間消失。

「那是誰?」她問。

「布萊斯。」歐文沿著走廊小跑步。

「他是——」

「除了他叫布萊斯，其他一概不清楚。」

「你是這裡的工作人員嗎?」

歐文呵呵一笑，「我連這兒是什麼鬼地方都不知道好嗎。」

「真棒啊。」

歐文迅速走進打開的房間，裡面的七個玻璃容器與麥亞剛才昏迷的裝置相同，其中一張床上的小女孩應該是才要開始上小學的年紀，雖然閉著眼睛但不斷發抖哭泣。

他沒有直接衝上前，先從旁邊推車拿了衣服遞給麥亞，「妳幫幫她，我去找其他人。」說完就走了。

麥亞愣了一會兒。

「媽媽?」女孩哽咽出聲。

麥亞過去摸上她的肩膀，女孩卻猛然抽動，彷彿遭到電擊。

「沒事沒事，」麥亞哄著，「我是來幫妳的。」

「好冷……」

「嗯，我懂。」

麥亞爲小女孩拆掉手臂點滴又套上衣服，卻感覺她身子還是很冰冷，這才想起歐文在自己胸口上方按了一下，於是依樣畫葫蘆找到兩個按鈕，分別是紅藍色的雙圈，以及一個類似盾牌的形狀。按下上衣、長褲、靴子的紅藍圈以後，小女孩的發抖緩和了些，呼吸還是有點沉重。

「妳叫什麼名字？」麥亞問。

「卜蕾。」

「卜蕾乖，沒事了，我帶妳出去，抱住我就好。」

小女孩沒睜眼就直接伸手摸到麥亞身上。她摟住女孩，先試了試自己還虛弱的腿能否支撐，走了兩步覺得應該還行。

卜蕾的小臉挨在麥亞頸邊。起初孩子不懂皮膚，連氣息也冷，但感覺得到體溫正緩緩上升。

麥亞站在門口，讓布萊斯和歐文先通過。他們抱著的人都還沒張眼，四肢無力地下垂。回到觀察室，裡頭多躺了三個裹著毛毯的人。首先是年紀與麥亞相仿的黑髮女性，再來是頭髮稀疏的中年男性，最後是與布萊斯看來同輩的年輕男子。儘管都換上了加熱衣，他們還是繼續發抖，眼睛瞇著沒法完全打開，想必還在對抗渾身的疼痛痠軟。

麥亞溫柔地放下卜蕾，輕撫她頭髮，希望多少能使孩子安心些。

小女孩終於微微睜眼，苦著小臉問：「妳叫什麼名字？」

「我叫麥亞。妳先休息，我馬上過來。」

她才起身，歐文又捧進一位光頭高瘦老先生進來，更奇怪的是他居然在掙扎。

「放開我！」

「放輕鬆。」歐文努力不讓老先生摔落，加快動作將他放在毛毯上。

老先生一下去就亂扭起來，撞到旁邊才剛剛張開眼睛的年輕人。

「喂，小心點啊。」

「你們究竟是誰？」老先生怒問。

麥亞繼續朝門口走，卻被歐文拉住手臂，「都到了。」

此時布萊斯竄進觀察室，拇指往面板一按關上門。他又操作一陣，紅色燈光與警鳴總算都停下來。透過門上小窗，麥亞發現走廊上依舊紅光閃爍，但已聽不見警報，反而有股微弱風聲傳進來，她猜是暖氣。

布萊斯轉身面向大家，「抱歉以這種方式喚醒各位，只可惜沒有別的辦法。」

老人瞇著眼睛左搖右晃站起來，「到底怎麼回事？」

「這是什麼地方？」歐文也問。

其餘人跟著起鬨，聲音糊在一塊兒，麥亞什麼也沒聽懂。

「拜託先別鬧。」布萊斯語氣誠懇，「好好靜下來，我會解釋的，至少……就能力所及。各位最優先要知道的是這地方快待不下去了，發電廠情況危急——」

結果反而引來新一波追問。布萊斯高舉雙手，「請大家安靜好嗎！時間不多了！」

「這裡究竟是什麼地方？」歐文又問了一遍。

「我不知道。」布萊斯回答。

「什麼叫作你不知道？」老人怒問，「你怎麼會不知道？」

「因爲我和各位一樣，失去意識之後才被送進這裡。我能確認的只有——各位記得的世界已經不復存在。」

「啊？」歐文傻住，「什麼意思？」

「海岸線已經改變，熟悉的都市全部消失，國家、政府、企業不再，世界……毀滅了。」

「那我們爲什麼會在這裡？這地方用來做什麼？」麥亞問，「是醫院嗎？」

「類似。」布萊斯說，「我在『ARC科技』工作，他們建造了這所設施，稱爲『第十七號研究站』。」

「研究站？」歐文不解。

「做爲測試場地的地堡。」

「什麼測試？」麥亞也問。

「絕跡實驗。」

眾人瞬間陷入死寂。

布萊斯上前一步，「實驗目的是在全球性大災難後，重啓人類的種族延續。如今事件已經發生了，稱作『轉化』。接下來的目標是尋找能在轉化後存活的群體，唯有如此，才能保住人類僅存的遺產。」

11

在場眾人一時面面相覷。

歐文也沒能完全消化布萊斯方才那番話。

絕跡實驗。

目的是重啓人類種族延續。

方才在歐文身上不停掙扎的老先生第一個開口回應。

「我又沒同意參加。」

「我也沒有。」中年男子附和。

麥亞舉起手，「我們怎麼到這裡的已經不重要了吧？」

老人瞟她一眼，「很重要。但現在更重要的是，這些人想對我們幹嘛？」他的視線回到布萊斯身上，布萊斯只是輕輕仰起頭。

房間角落，一個成年女子開了口：「還有更急迫的事情。」

所有目光朝她集中而去。

「先確保大家身體無恙吧？首先做健康評估，有人受傷的話要盡快處置。」

「妳是醫生嗎？」歐文問。

「嗯，急診醫師。」

他心想眞是個難得的好消息。

女醫師起身站到大家前方，「有人受傷嗎？」

大家紛紛搖頭或低聲回答。

「沒。」

「感覺還好。」

「我沒事。」

「頭有點痛，但漸漸好起來了。」

確認過後，醫師轉頭問布萊斯：「其他的房間很冷，這邊比較暖和。」

布萊斯點頭，「我切斷了其他區塊電源，集中到這裡。」

簡直像是聽懂了他這句話，燈光黯淡一秒又亮起。

「爲什麼供電不足？」歐文問。

「機械故障。」

中年男子悶哼一聲，「那就修好啊？」

「做不到。」

「怎麼做不到，而且我不懂安裝技術。」

「沒零件，做不到了？」

「我沒這問題，」男子回答，「讓我看看發電機。」

「你覺得自己修得好嗎？」急診醫師的語氣平和。

「行。修理東西是我專長。」

「修理哪一類東西？」醫師態度更加好奇。

「什麼都行。」

「什麼都可以？」

「沒錯。只要是機械，除非一開始就壞了，否則我都有辦法修好。以前我在學校啥都不會，但修理東西最在行。」

「試試無妨。」布萊斯感覺字斟句酌，「不過先提醒一句，這裡用的是地熱發電，我們缺少相關零件。」

「那種事情無所謂吧，」老先生又開口，「現在不是應該先想辦法逃出去嗎？」

「不，」布萊斯立刻接口，「不能出去。」

「爲什麼？」歐文問。

「地表已被風暴覆蓋，出去只有一死。」

老人瞇起眼睛打量布萊斯，之後朝門口靠近打算硬闖，布萊斯竄了過去，擋在路中間。

同時，燈光又閃爍了一次。

「你在這裡是什麼身分？」老人問。

「剛剛說過，我是ARC科技的員工，負責輔導實驗過程。」

老人沉吟片刻才後退，眼睛掃過所有人，腦袋似乎正在盤算什麼。

歐文感覺非常不安，直覺懷疑檯面下有狀況醞釀，自己卻摸不著頭緒。

更何況他想破頭也想不通。就好比盯著警告看板，如果上頭寫的是異國文字，無論多努力也不可能看懂。原因就出在父母口中的歐文的「限制」：人類經由肢體與表情傳達隱微訊息，但對歐文而言，這些東西難以理解。

他學不會這門語言，也因爲知道自身侷限，他才踏上消防員之路。火焰的動向有一定規律，能夠以科學加以分析，只要掌握影響火勢的因素，學會判斷現場狀態，他就能推論出最合適的救援方法。

人反而麻煩。對歐文而言，人是無法解讀的黑盒子。

老人朝另一頭走過去，拉起靠在牆腳的折疊椅，打開擺好，「看樣子，」他望向布萊斯，「一時半刻我們走不了。」他打開第二張椅子，「我想當務之急是清點現有資源。」

中年男子沒好氣地說：「不是一翻兩瞪眼嗎，椅子、毯子，和這座破地堡。」

「不，」老人將椅子排好，「是更有價値的東西。」

大家等著他的答案。

「就是『人』啊。」他指著褐髮女子，「已經有醫生了，還正好擅長急症醫學，我們非常幸運。」老人攤開手掌，彷彿主持人般訪問嘉賓，「請問醫生怎麼稱呼？」

「卡菈．愛倫。」

老先生點點頭，「愛倫醫師，」他的手又朝椅子一比，「請坐。」

歐文看著醫師就座，心頭的異樣感揮之不去，總覺得老先生布置了一座舞臺，以導演自居，在場每個人都是演員。

「同樣很幸運的是，」老人繼續說，「我們還有機械工程師。先生怎麼稱呼？」

「沒人叫我『先生』啦。名字的話，艾里斯特．羅素。」

「作風真豪爽。那艾里斯特，你願意加入嗎？」

「別無選擇不是嗎？」他起身晃到椅子前面，一屁股坐下後長長吁了口氣。

老人再打開椅子，轉身朝年輕人問：「請問大名是？」

「威爾．克拉偉。我是軟體工程師。」他瞟向布萊斯，「其實我也是『ＡＲＣ科技』的員工。」說完停頓了一下，「應該說……前員工？」

艾里斯特白了他一眼，「你也替那些綁票犯做事。」

「是不是綁票，現在無法確定。」麥亞開口。

「怎麼沒辦法？」艾里斯特針鋒相對。

卡菈舉起手調停，「對方確實未經許可就把我們塞進地堡，不過傷患也同理可證，入院前未必有機會表達意見，那算是綁架還是救援？個人認為先別急著下定論比較好。」

艾里斯特鼻子哼了哼，「我倒覺得應該先預想最糟糕的狀況，免得陰溝裡翻船。靠山山倒靠人人跑啦，防人之心不可無。」

卡菈搖頭，「太負面了，彼此不信任關係就無法成立——」

艾里斯特驚呼：「關係？」

老人舉起雙手，「容我插個嘴，兩位說的都有道理，硬要分個誰對誰錯，只能說無法判斷，原因很簡單——我們根本沒有足夠的背景資訊，所以先討論完再說吧。」他朝麥亞點點頭，「再來從這兒開始吧，請問小姐是？」

「麥亞．楊恩。」她吸了口氣，沒再多說什麼。

艾里斯特眉毛一翹，「妳沒工作嗎？」

「唔，我想不起來，那個之前的事情都……」她轉頭望向布萊斯，布萊斯會意之後說出那個詞：「轉化。」

麥亞點頭，「轉化之前的事情，我都忘記了。」

「連自己幹嘛的也能記不得？」艾里斯特嘟噥。

「記憶喪失有各式各樣理由，」卡菈解釋，「大家都受到這麼劇烈的衝擊，暫時失憶不算奇怪。」

老先生轉頭看著歐文，「你呢？什麼身分？剛才是你把我拉出管子帶到這裡，也是與『實驗』有關的人？」

歐文沒料到對方有此一問，「誤會了，我和你一樣忽然在這裡醒來，以前是消防員。」

老人眼睛微閉，「眞的很走運，又一位擅長應對緊急情況的專家。請坐？」他朝椅子比劃。

「我站著就好。」歐文心裡很不踏實，理由有兩點：首先老先生沒邀麥亞入座，再來他完全沒提及自己的身分。

對方視線落在角落的小女孩，她還坐在毯子上。

「孩子，妳叫什麼？」

女孩張大眼睛，但搖頭不做聲。

麥亞過去跪下來摟住她，「她還很緊張，名字的話是卜蕾——」

突如其來的巨大碰撞聲撕裂了平靜，聽來像是金屬物體互相敲打。歐文原本猜想有人要強行開門，但視線自麥亞和卜蕾身上挪開後，卻看見了令人錯愕的畫面。

布萊斯已經倒地抽搐，而老先生高高舉起沒打開的折疊椅，朝他的頭部發動第二次重擊。

早就應該見血才對，但布萊斯身上卻一抹紅色也找不到。

12

麥亞摟緊了卜蕾，將女孩的臉輕輕按向自己胸口。

老人拿金屬椅連番不停敲打布萊斯，直到他面部朝下，倒在白磚地板上一動不動。

眾人首先對暴力行徑感到震驚不已，但立刻又訝異於另一個事實——布萊斯並非大家眼中所見的年輕男子。

麥亞看見他的頭顱被椅子敲開的傷口裡，全是電線與塑膠。

他是仿生人。

老人喘得厲害，瞪大了眼睛好似發了瘋，轉頭望向周圍一張張面孔，或許認爲會有人向自己出手。等發現大家都沒動作，他將折疊椅丟在一旁說：「得趕快逃出去。」

歐文向他走過去，還留意腳步不要踩到布萊斯，「爲什麼？」

老人呼吸急促，還沒緩過氣，講起話也變得特別快，「絕跡實驗根本不是你們以爲的那一回事。」

「什麼意思？」

「到外頭再告訴你們。」

「不能出去啊，有風暴——」

老人用力搖頭，「聽他鬼扯。我猜根本沒什麼風暴，就算有也未必傷得到我們。」

他彎腰拉起布萊斯的手臂，卻顯然拖不動壞掉的仿生人。

「幫幫忙，」他朝歐文說，「一起來吧。我們多待一分鐘，就多一分危險。」

歐文雖然不甘不願，還是出手扛起仿生人拖到門口。老人拉起布萊斯的拇指按向面板。

燈光又熄滅。卜蕾小臉埋在麥亞脖子旁邊，雙手也緊抱不放，身子漸漸又顫抖起來，麥亞只能牢牢摟住她。

黑暗中，麥亞聽見房門開啓，冷風隨即灌入。時亮時暗的走廊被陣陣光線染紅，她趁著短暫照明，看見歐文與另一人拖著布萊斯走了出去。

不知道爲什麼，她心中湧出巨大恐懼。那樣做是不對的，會有危險。

可是，爲什麼呢？

腦海閃過記憶片段。她站在除污室，換上太空裝，感覺是自己過去的工作地點，卻和這裡非常神似。那究竟代表什麼？

「卡菈。」麥亞朝黑暗中叫喊。

「我在這裡。」

紅光自走廊射入，麥亞利用機會與醫生視線交會。兩人年紀相近，醫生可能略大一些。

「可以幫忙照顧一下卜蕾嗎？」她又朝黑暗中說。

紅光再度亮起，卡菈蹲在旁邊，伸手接過小女孩。

「馬上回來。」麥亞小聲告知。

其實她的兩條腿還僵硬痠軟，幸好走了幾步以後就感覺力氣稍微回復。

進了走廊，她看見歐文已經到達氣閘前方，正拉著布萊斯的手讓面板認證。

內艙口開啓，老人拖著布萊斯鑽進去，歐文跟在後面把仿生人推過門檻。

麥亞全力狂奔。走廊燈光明暗不定，她把握機會觀察情況，前方兩人已拉起布萊斯的手往外側控制面板靠近。仿生人的拇指按在掃描器的話，氣閘外艙口也會打開才對。

「住手！」麥亞大叫。

燈亮了，但一轉眼立刻熄滅。

兩人轉頭望過來，卻沒放下仿生人的手。

麥亞跑到內艙口，扶著門框不停喘氣，呼出陣陣白霧。走廊很冷，比觀察室冷太多了，儘管衣物有加熱功能，也支撐不了太久。

還在門裡面的兩人手抓布萊斯、眼睛望向她。歐文掃視四周，氣閘和地堡其他地方一樣幾乎全白，門旁有張銀色金屬長凳，牆上掛了一排隔離衣和頭罩，天花板看得到三條管線以及垂下的噴嘴。這場景似乎引起他的遲疑。

「別出去。」麥亞的呼吸還沒順過來。

「爲什麼？」歐文問。

「先蒐集情報比較好。」

光線消失。

「別聽她瞎說。」老人壓著嗓門喝斥，「她糊裡糊塗的懂什麼！」

紅色警示燈再次亮起。歐文還看著麥亞，老人卻偷偷將布萊斯的手掌拉到外側控制面板上。

「妳爲什麼覺得危險？」歐文的問話聲沉進黑暗。

「只是……直覺。別急著做決定，歐文。」

紅光乍現，老人提起仿生人手指壓向面板。

新的警報響起，這次是嗶嗶叫，外層口上方發出橘色光芒，擴音器傳來合成語音：「氣閘開啓中。」

內艙口應聲關閉。

麥亞伸手想攔，但阻止不了艙門收攏。

「歐文！」

燈光熄滅。

麥亞原本以爲艙門都有安全裝置，偵測到阻力會自動彈回，沒想到這招無效。

紅光自走廊流入。歐文跑向麥亞，打算一起衝過正要關閉的內艙口。

來不及了。空隙太窄，無法通行。

歐文卻一把抱起麥亞縱身飛撲，鑽過門縫之後雙雙落地翻滾。兩人停下來的時候，麥亞倒在他身上，黑暗中傳來艙門封閉的聲響。

快速閃爍的警示燈照亮了歐文面孔。

他們凝視彼此，呼出的白煙糅合成片片雲朵，隔在兩人中間。

頃刻寧靜被電腦語音穿透：「外氣閘開啓。」

麥亞跳起身，走到內艙口緊盯門上的窄窗。一些照明燈隨著外氣閘啓動，她以爲那頭應該是隧道之類的人工地形，殊不知竟是天然形成的岩洞。

歐文擠到旁邊，兩人頭靠頭一起觀察。

老人頭也不回地往外走。他進去的洞穴很快有個轉彎，看得到淡淡的自然光線。

外艙口忽然關上，天花板噴嘴灑出白色氣霧。

「開始除污。」

霧氣散開後，麥亞再次看到洞穴情況：老人回了頭，表情瞠目結舌、手捧心窩，接著五指蜷曲、搖頭晃腦，最後跪倒在地，全身不停地扭動。

歐文先看看麥亞，然後轉頭繼續觀察。小窗另一側，老人手腳並用想爬回外側氣閘，但才爬一半就趴平下去，不再有任何反應。

他顯然已經死亡。

13

接下來好一段時間，兩人盯著氣閘窗外的遺體不知所措。

最後歐文先開口：「好險。」

「是啊。」

「該跟其他人說一聲。」

麥亞轉頭看看背後那條長廊，「沒錯，但我想先確認盡頭那個氣閘又是什麼情況，先弄明白要面對什麼才好做準備。」

「同意。」

到了氣閘，麥亞將截斷的布萊斯拇指放上控制面板。

艙口咔嚓一聲往外旋，兩人鑽進裡頭，歐文拿著另一根拇指掃描面板，擴音機同樣傳出語音。

「開始除污。」

入口關閉，天花板噴嘴灑下冰涼氣霧。

這邊與聯外的通道不同，氣閘牆上沒掛隔離裝，也少了長凳。

白霧未散，麥亞問出了懸在心上的問題。她從老人拿椅子打壞布萊斯就想知道。

「你事前知道嗎？布萊斯的身分？」

霧氣朦朧中，她看見歐文轉身面向自己，但五官模糊不清。氣閘內沒有光源，只有長廊上的紅色警報燈透過艙門小窗，提供斷斷續續的微弱照明。

「妳是指仿生人？不，完全沒發現。早知道的話，我可能會親手砸爛那顆塑膠腦袋。」

「聽起來你和仿生人有深仇大恨。」

「算是吧。」

「說來聽聽？」

「其實和我出現在這裡大概也有關係。」

「怎麼說？」

「先前講過，我本來是消防員……但現在還是嗎？我不知道了。反正之前一段時間裡，那份工作和火災沒什麼直接關係。」

「那你們都忙什麼？」

「這幾年根本是走秀。接到報案以後還是要著裝，到現場教育民眾如何防範火災，但是滅火工作都靠機器人處理。」

「這樣比較安全不是嗎？」

「沒錯，確實安全多了，但我總覺得違背了當初自己入行的初衷。當然這也不是多慘的事情，只是需要調適心態罷了。言歸正傳，我最後一次出任務時碰上一對母女，女兒只比卜蕾大一些而已。她們住在公寓，綠洲公園大廈十一樓。」

麥亞聽了，心跳彷彿空了一拍，記憶又湧進腦海——母親站在廚房中島後頭與自己和妹妹聊天，接著場景變成醫院，她心裡很害怕，急著回去見家人。

隨著清亮氣流聲，另一側氣閘打開。

歐文上前拿出手電筒，光束在氣閘外的空間四處游移，「看起來像指揮中心，沒人。」

除污室霧氣飄進昏暗，歐文跟著向外走，忘記自己的故事沒說完。

麥亞伸手拉住他，「等等，你剛剛說綠洲公園大廈——報案的是幾號？」

「呃，」他搖頭，「我想想……」

「一一〇七？」

他轉頭，「對。妳怎麼知道？」

「我媽和我妹住那裡……後來呢？」

歐文重重嘆息，「消防隊到達的時候，她們還活著，不過妳母親與妹妹都已昏迷。」他吞口口水，「瓦斯外洩之後引燃火災。」

麥亞覺得雙腿無力，必須伸手扶著牆壁才不至於跌倒。

「我把妳妹妹帶出去了。」

麥亞抬起頭，「真的？」

「我們先嘗試讓室內通風，但很快就……一發不可收拾，市區到處是火警。還好妳們家鐵門被轟飛，砸碎了玻璃。我們想盡快撤離，卻遭到滅火機器人的攻擊。我算幸運了，抱著妳妹妹跳窗得救。」

「這是什麼時候的事？」

歐文搖頭，「不確定。後來我也昏迷過去，醒來時在一間醫院裡，傷勢非常嚴重。」他停頓，「在這裡醒來以後最誇張的就是……我的傷全好了。」

「意思是，你不知道自己怎麼到這裡的？」

「不知道。對了，在醫院有個叫帕瑞許的人來找過我，問了妳母親和妹妹的事情。」

帕瑞許——麥亞認得這名字。他也找過自己，但這部分記憶曖昧不清。

「那我母親……？」

歐文朝她靠近，「我最後看見的時候，她絕對還活著。可是之後的情況太混亂，我也不確定了，很抱歉。」

「你盡力了。謝謝。」

他聳聳肩，「職責所在。」

14

歐文最討厭消防員工作的其中一點是有時得報喪。對看不懂別人臉色的他而言，這件事實在無比棘手。

會談到麥亞的母親和妹妹純屬意外，偏偏歐文又下意識沒道理地信任她。方才讓麥亞救了一命，自然不想令她傷心。歐文真希望此刻能夠理解她的神情，否則毫無線索判斷，麥亞得知家人近況後是什麼心情。

此外，歐文產生另一個疑惑：他與麥亞之間有這個看似巧合的連結點，與其他人又如何呢？

「要先回觀察室嗎？」他問。

麥亞抬起頭，「沒關係，進去看看。」

她也打開手電筒，光束在四周飛舞，兩人踩著慎重的步伐，進入了指揮中心。這空間和眾人醒來的艙房差不多大小，最前方牆壁全是沒啓動的螢幕。中間有兩排工作站，每排四張桌子，各有各的螢幕和鍵盤，但都蒙了一層灰。

「閒置了不短的時間。」歐文說。

「看得出來。」麥亞附和。

歐文到工作站找線索，發現那邊完全沒有私人物品，大概不是固定座位，機構內任何人員皆可以在任一處站點執行作業。

手電筒朝麥亞照過去，她背對著歐文，還在搜索，「妳覺得布萊斯說的是眞的嗎？我們被放在什麼……拯救人類的實驗裡面？」

「聽起來很誇張。我不確定眞相，但其實覺得這麼誇張反而很眞實。否則說這種難以置信的謊言有何意義？」

莫名其妙卻又言之成理，歐文自己也隱約得到同樣結論。

「來看看。」麥亞叫喚。

指揮中心另一邊還有門。除了氣閘之外，就剩下這個出入口。

門後是條窄廊，只有兩人的手電筒沒有其他照明。走到底又是一道門、右側也還有兩個房間。其中之一大概是儲藏室，塞滿了包裝好的保存食品，還有一架銀色金屬推車，這在之前甦醒的艙室內也見過。

「暫時不必擔心糧食了。」麥亞開口。

說得對，眞是好消息。歐文直到這時才意識到塡飽肚子是個大問題。

另一個房間在他眼裡古怪到極點，裡頭有三塊壁龕，大小足夠成年人站進去。

「我猜這是布萊斯的充電站。」麥亞分析。

「那就代表有三個仿生人。」

「雖然有可能，但也許只是預設最多三個，或者兩個先離開了，還是根本沒進來過。」

歐文腦海閃過一個念頭，不由得警戒起來，「不然就是另有一到兩個仿生人躲在附近……或許已經混入二號觀察室。」

「有道理，」麥亞說，「要做好心理準備。」

最後的房間裡有五個黑色硬塑膠製成的箱子，以簡單數字鎖密封。

歐文認爲裡頭大概是文件，對瞭解現況很有幫助。

麥亞則彎腰直接輸入密碼：一七一七一七。

箱子嗶一聲閃紅光，鎖沒打開。

她聳肩，「只是試試看。」

「要破壞也沒那麼難，氣閘那邊有工具。」

「對，不過要先回觀察室一趟，其他人也應該好奇我們怎麼了。」

「嗯。」

「回去之前先想清楚該怎麼辦。」

「我也很想知道該怎麼辦。」

「首先要跟你解釋一下我的記憶狀態。」麥亞的視線順著走道飄向指揮中心，看著紅光自氣鬧流入，「如同那個警示燈，偶爾會有些片段閃過我的腦海。剛才你提起我媽和妹妹，我忽然有了印象，但其實只是感受或情緒，非常難以捉摸。我知道自己很在乎，也記得她們的面貌。我猜我是接受刺激就會被勾起相關記憶吧，不過這麼一來腦子很混亂。」

「妳怎麼失憶的，受傷嗎？」

「我自己覺得不是，之前好像生病住院，似乎是那個病會對記憶造成影響。」

「腦神經疾病？」

「或許吧。」

「還有其他症狀嗎？」

麥亞搖頭，「醒來之後感覺不到。」

「說不定妳也痊癒了，記憶過陣子就會回來。」

「希望如此。」

「在我看來，目前最大問題是下一步怎麼走。如果相信布萊斯所說的，假設地堡很快會斷電，代表環境系統無法運作，我們會被迫向外移動。」

「然後剛剛看過下場了。」

「對。但也要把隔離裝考慮進去。」

麥亞思考後說：「沒錯，問題是不確定隔離裝能用多久，要是撐得到可以生存的空氣環境就可行。保險起見，應該先設法求援。」

「求援本身也是風險，」歐文提醒，「來者未必是善類。」

「想得很周到。」

「總而言之，需要更多資訊。首先得弄明白這裡究竟是什麼地方，接著調查『ARC科技』內幕，我今天頭一次聽到這公司。最重要的是二號觀察室，要釐清裡面到底是些什麼人。」

「有什麼建議嗎？」

「我先帶醫生到外頭，對死掉的老先生做個初步檢驗，或許能判斷外出要面對什麼情況。」

「我倒沒想過這招，好主意。」麥亞轉頭望向指揮中心，「至於我，覺得答案就在那邊。觀察室那個年輕人叫威爾吧？他說自己是ARC科技的軟體工程師，說不定他可以操作這裡的系統。要是有網路就能對外求救，或是先瞭解目前局勢。」

「啓動電腦就有可能引來注意，或是喚醒什麼東西。」

「沒錯，有風險。」麥亞回答，「但目前看來別無選擇，冒這個險有其必要，不行動的話就是等著斷電和外頭不知什麼毒素跑進來。到時我們被空氣或飢餓逼上絕路，只是時間問題，必須先制訂出撤離方案，尋找安全地點。」

15

回到觀察室後，麥亞和歐文說明事情經過、老人外出的下場以及其餘發現。

大家聽完後挺平靜的，讓麥亞心裡有點驚訝。

歐文提議出的對老人進行檢驗，卡菈也爽快地答應了。

談到重啓指揮中心電源與電腦系統，威爾顯得躍躍欲試。眾人同意第一優先是環境控制系統，能操作的話，就將電力從觀察室轉到控制中心，以那裡做爲新據點。

麥亞看中指揮中心的另一個考量是安全性。若遭遇入侵者以及伴隨而來的生化威脅，指揮中心入口那道氣閘能提供多一層防護。

她做下安排的同時冒出個念頭：難道以前自己的工作與此有關？爲何如此習慣於策略思考及安全規畫？

團隊裡唯一有意見的人是艾里斯特。

「我還是想看看發電廠。」他的聲音壓著不滿。

「你覺得修得好？」卡菈問。

「應該吧。」

「以前你都修理什麼？」她追問。

「巴士。」

卡菈不禁皺起眉頭，「巴士和地熱發電機組很相似嗎？」

他竟嗤之以鼻，「差距沒有醫生和技工來得大。」

醫生跟著橫眉豎眼，「這話什麼意思？」

「意思是，既然我能維持上百輛巴士正常運作，給我修修看有啥壞處？」

「我擔心的就是那個壞處。都說了很快就會故障，會不會經過你的手壞得更快？」

麥亞示意兩人先緩緩，口角爭執毫無益處。然而事實上，她自己也不夠信任艾里斯特，暗自盤算得要由自己或歐文時時刻刻盯著所有人行動。

「你們說的都有道理，」她介入調停，「我覺得沒有誰對誰錯。只不過現在需要更多情報才能決定下一步，時間越來越急迫，必須加快調查腳步。發電機的部分我們先暫緩。」

歐文走進氣閘、換上隔離衣，接好頭罩，確認手套靴子接合牢固。裝備貼著針織衫與長褲相當合身，還更妥善地阻絕了氣閘內的寒冷，令他感覺舒適不少。

工作所需，他很喜歡快速換裝，幾乎成了本能。

但看到卡菈也俐落著裝使他嚇了一跳。女醫師感覺十分熟練，不像新手。

「妳說妳是急診醫師？」

「對啊。」卡菈打量歐文，難道聽出語調裡的疑惑？他既不擅於判讀別人表情，也不知道如何隱藏自己心思。

「和你們一樣，」醫師回答，「爲了應付緊急情況，我們經常練習快速換穿防護衣。」

他點點頭。

「你準備好的話就開始。」她又說。

歐文用布萊斯的拇指按下面板，外側的氣閘慢慢打開。

他們並不知道外面究竟怎麼回事，只能假設隔離裝足以保護自己，這其實是很大的賭注，猜錯了就得賠上性命。外面空氣湧到身周，使他忍不住深呼吸預備——畢竟老先生當著自己的面死狀淒慘。

隔離衣前臂面板顯示了生命徵象與裝備狀態，目前密合完整，並且有百分之百氧氣存量。

他等了等，看看是否會有變化。

然後透過無線電對卡菈說：「妳那邊還好吧？」

「嗯，看樣子可以。」

歐文先踏進洞穴，地面有一層細沙，靴子立刻沉了進去。

他走到遺體旁邊跪著，輕輕將老先生翻到正面。死者的眼睛嘴巴都開著，趴得久了沙子全黏在臉上，彷彿一塊餅皮。

卡菈到了旁邊跟著跪下，「在這種地方動手感覺很差，嗯……不太尊重吧。」

「是啊。」歐文輕聲感慨，「但沒得選。」

「很遺憾。幫我解開他上衣，得切開來看看。」

✕

指揮中心裡，麥亞等人的進度正碰壁。

威爾嘗試啓動電腦但沒成功，卜蕾坐在旋轉椅低頭玩著手指。麥亞看不出小女孩到底是緊張、害怕還是單純無聊，也或許都有一點。

能確定的是艾里斯特的情緒很差，他在螢幕牆前面踅來踅去，想必還因爲大家不讓他去看發電機心有不甘。

麻煩的是氣溫越來越低。雖然大夥兒聚在一起會散發體溫，但明顯能感覺到寒意來襲，如大軍壓境、難以阻擋。

「有什麼想法嗎？」麥亞問。

「你們聽過我的想法了。」艾里斯特語氣透露不滿。

「箱子，」威爾小聲說，「或許裡面有東西能派上用場。」

麥亞燃起希望。「說得對，」然後轉頭告訴艾里斯特，「你閒得發慌對吧？工具櫃在氣閘外門旁邊，裡面的東西隨便你用。有幾個打不開的箱子要修理，看你的本事了。」

✻

結果箱子挺難開的，但麥亞發現艾里斯特鬥志高昂，看來他可能只是閒不住，並非特別針對發電機。儘管過程中他滿口髒話，卻顯然樂在其中，沒花太多時間便完成了任務。

第一個箱子裡有攜帶式GPS裝置與兩個醫藥包。

第二個箱子裡有六個信封，比平裝本書籍尺寸略大，都寫了名字，分別是：

麥亞．楊恩
歐文．瓦茲
卡菈．愛倫
威爾．克拉偉
卜蕾．奧卓治
洛曼．莫里斯

「有趣，」麥亞沉聲說，「人人有份。」她轉頭一瞥，「艾里斯特你除外，除非你本名是洛曼．莫里斯。」

「我不叫洛曼。」他說完也沒正眼瞧過信封。

「那爲什麼沒有注明艾里斯特的信封呢？」麥亞問。

中年男子悶哼一聲，「我哪知道，也許在別的箱子裡，又或者寄來的時候掉了。說不定冷血無情的機器人覺得我沒資格？反正我不在乎。」

麥亞觀察一陣，總覺得對方的反應不太自然，但覺得還不到逼問的時機。

「來看看裡面裝了什麼吧。」她太拆開自己的信封先偷窺一下，只有兩樣東西，一個算是私人物品，勾起過去的傷痛，卻怎麼想也想不出如何與實驗扯上關係。另一樣更奇怪，她連代表什麼都猜不透，遑論與現況連結。

由麥亞開始，威爾、卜蕾也跟著亮出信封內容給大家看。

「妳們的都是個人物品，」威爾開口，「我的比較特別，但在這裡也沒用。」

「是不是什麼心理測驗？」艾里斯特說，「搞不好實驗的負責人正盯著你們哈哈大笑。」

「我是不覺得。」威爾小聲反駁後，指著卡菈與歐文的信封，「要不要……」

「打開剩下的兩個？」麥亞替威爾說完，「不好吧，我不贊成。假如這些東西有機會組合起來、派上用場，那把握時間還有些道理。既然只是隨身物品，侵犯隱私感覺不妥。」

「也對。」威爾附和。

「打開另外兩個箱子就沒問題吧，」艾里斯特問，「準備好了嗎？」

麥亞點頭，他便動手撬開另一塊箱頂。起初她還以爲裡頭是空的，仔細看才發現只有一樣東西——鑰匙。而且是一把鋸齒狀的古董金屬鑰匙。

艾里斯特冷笑，「這間『ARC科技』的人都不知道世界上有個職業叫鎖匠？」

麥亞同樣覺得怪異，她小時候就已經沒見過傳統鎖鑰。這把鑰匙或許正因如此才特別重要，所以她收進了口袋保管。

第四箱，也是最後一箱，裝了小型平板電腦，杯蓋刻有ARC字樣。

威爾見了，嘴角上揚，「是ARC終端機，以前上班時用過。」

「用途是？」麥亞問。

「最常當作數據中心，可以做爲伺服器農場的操作介面，還能維修一些網狀網路裝置。」

「你想得出這東西爲什麼會收在箱子裡嗎？」

「要我猜的話，應該是備分。主系統故障的時候，靠這個可以連接內建系統，控制站內裝置。我們或許有辦法藉此找到答案，甚至對外求援了。」

16

歐文與卡菈自氣閘返回，原本以爲麥亞與其他人會在指揮中心，並且已成功啓動電腦，控制研究站各項機能。

結果不如預期。

另一小隊已回到觀察室，站內系統看來依舊失控。卜蕾躺在一堆毛毯上，其餘人或踱步或坐在折疊椅上。雖說理解面部表情與肢體語言對歐文來說很困難，他也看得出如今的狀況不太好。

身後的門才剛關上，麥亞立刻起身問：「你們有什麼發現？」

歐文與卡菈交換眼神，最後由他開口：「應該……不算好消息。還是你們先？」

「感覺死路一條。」麥亞回答。

她簡單給歐文與卡菈看過箱子內容物，然後才拿出信封。

「我們的已經開來看過，」麥亞說，「都是私人物品，對現況沒什麼幫助。你們解剖的老先生也一樣。」

歐文拿起寫了自己名字的信封，輕輕撕開，「來看看ＡＲＣ科技留了什麼給我。」他朝裡頭瞟一眼以後，很驚訝卻淡淡地說：「我的也是私人物品。」

卡菈跟著打開信封、伸手進去，「只有一樣東西。」她掏出扭曲的金屬。

「這啥？」艾里斯特嘀咕。

「也是私人物品，」卡菈解釋，「看到這東西只能說我極其訝異，但同樣認爲與現況無關。」她目光轉向箱子旁邊的ＡＲＣ平板，「這個看起來比較有用？」

「有機會。」威爾回答。

「機會？」卡菈問。

「問題是無法登入。」威爾解釋，「我的帳號有ＡＲＣ安全系統三級權限，但它居然不接受。」

歐文思考幾秒，「會不會你的帳號被刪了？根據布萊斯的說法，『轉化』與社會崩壞都是很久以前的事。」

「帳號被冷凍有可能，但依照我對ＡＲＣ的瞭解是不至於刪除。」

「爲什麼這麼說？」歐文好奇起來。

「順便稍微跟你們介紹這間公司的歷史好了。」威爾此話一出，吸引了所有人注意。

「『ＡＲＣ』是縮寫，全名Archival Records Corporation，『檔案紀錄機構』。組織宗旨是保護各種紀錄文獻不再遺失，創辦人叫作維克多．李維，成立初衷是他自己的個人故事。維克多與弟弟是孤兒，分別由兩個不同家庭領養、搬去不同地點，然後失去了聯繫。長大以後，維克多想尋找弟弟的下落，沒想到時間太久，當年的領養紀錄已找不回來，直到過世前，他都沒能再見弟弟一面，創設ARC就是希望這類憾事不再發生。一開始ARC以儲存紙本為主，多半是醫院診所的病歷，這種東西基本上用途不大，但法律規定不能亂丟。後來經營觸手伸進政府與企業，它們對檔案安全有非常高的需求。早期公司內部節奏很悠閒，但雲端演算法發展起來以後，整體運作面目一新，ARC轉型專攻大數據與資料倉儲，成了資料存儲市場第一品牌。」（注）

艾里斯特指著大家，「看樣子連人類存儲也參了一腳。」

「沒錯。」威爾說，「我自己完全沒聽到相關消息，但ARC在基因資料部分做了很多發展，實際上是生技廠與藥廠的雲端供應商龍頭，服務對象多半研究遺傳醫學和病毒治療。我們提供客製化方案，針對各企業結構量身訂做安全規畫，像我原本的小組便專門負責『創世生科』。」

麥亞忽然轉頭打量威爾，歐文真希望自己能看懂那神情。是訝異？關切？他原本以為麥亞會開口問些什麼，但她打住了。

「說到安全，」歐文說，「這種終端機怎麼登入？」

「原則上是生物辨識，」威爾回答，「從視網膜掃描開始，失敗就換成面部辨識，再失敗就用指紋。文字輸入帳號密碼只有基本權限，ARC企業內網的東西幾乎都不能看，更別想觸碰ARC後臺系統。」

歐文看看平板，再看看其他幾個箱子。在他眼中，登入終端機方法顯而易見，簡直明擺在眼前，單純得令他懷疑起自己思慮不周。他才剛認識大家，猜錯的話很丟臉。

「你試過哪些方法？」他對那法子仍有猶豫。

「用過我的生物辨識和備用帳密，」威爾回答，「還嘗試讓平板掃描布萊斯的臉，當然也試過他的指紋。」

「有趣。」歐文走到房間另一頭，找到黑色箱子，都是之前藏在指揮中心的物品。他拿了最小那件，打定主意試試看——也不必再討論了，要是失敗就胡說八道混過去。

他又走向終端機，二話不說舉起金屬鑰匙，角度對準鏡頭範圍。螢幕亮起，顯示鑰匙影像。歐文保持手部穩定，慢慢調整，讓整支鑰匙進入螢幕影像畫面。

平板跳出訊息：

接受密鑰登入。

注：ARC發音如同方舟（Ark）。

17

麥亞笑著問：「你怎麼知道的？」

「只是直覺。」歐文回答。先前麥亞在氣閘也這麼說。

「很準。」她讚嘆不已。

「總得有個長處。」他淡淡地說。威爾急急忙忙接過平板，開始在上頭輸入指令。

「唔，其實這破解法很有道理。」艾里斯特沒能親自解開謎題，似乎有點不高興，「反正是個整人遊戲——從紙本儲存起家的公司，資料庫要怎麼進入？當然是拿鑰匙。」

「而且滿實際的。」麥亞接著說，「萬一發生緊急情況，沒帳號的人需要靠終端機連進內網，就需要誰都能用的鑰匙。」她瞥了瞥歐文，「前提是腦袋靈活，想得到這一招。」

威爾的視線上下游移，螢幕上密密麻麻全是字，但他的閱讀速度超乎常人。

「好，」他呼了口氣，眼睛仍盯著平板，「有好消息、很好的消息、不算消息的消息，還有超級霹靂無敵壞消息。」

「不算消息的消息是什麼消息？」麥亞開始擔心最壞的情況。

「終端機上有個隱藏很好的檔案，檔名叫作『逃生門』。」

「檔案說了什麼？」

「麻煩就在這，」威爾說，「目前不知道。裡面只有數據，暫時理不出頭緒，執行也沒反應。」

「眞怪。」麥亞說。

「好消息是？」歐文問，「感覺我們需要打打氣。」

「我能控制整個研究站，不受任何限制。」

「很好的消息呢？」麥亞問。

「研究站內的區域網路不隸屬於更大的群組，也與網際網路、密碼網路、雲端網路完全隔離，不但長期獨立還啓動了所謂潛伏模式，沒有對外發送過任何訊號。換句話說，世界上沒人發現我們已經醒過來，連這裡有人都不知道。」

「最後是壞消息。」歐文說。

威爾抬頭，「目前用的是緊急電源，原本就是備案，地熱發電廠抽取熱水運轉渦輪發動機。布萊斯沒說錯，機器快要支持不住了。」

「主系統呢？」艾里斯特追問。

「早就壞了，所以緊急系統撐不下去，時靈時不靈的，研究站的電池陣列到了現在已經不再充飽。」

「有辦法降低系統負載嗎？」麥亞問。

「不行。布萊斯將電力導入二號觀察室是正確決定，全站最小的房間就是這裡。換到指揮中心的話，光空調就多消耗兩成電力。」

「剩下多少時間？」歐文問。

「零。」威爾回答，「沒時間了，是負數。系統負載早就超過警告臨界值，後臺紀錄斷斷續續的，代表電力連維持自我檢測都不夠，無法判斷故障情況。接下來隨時可能斷電，然後再也不運轉。」

「空氣得不到過濾，」麥亞說完，望向歐文與卡菈，「問題多嚴重？」

「會死。」卡菈回答，「在外頭那種環境自然無法詳細檢驗，但很明顯老先生的暴斃是外界環境所致，推測空氣含有毒素或病原。」

「如何判斷？」麥亞問。

「我也希望死因是痼疾，例如心臟衰竭或神經疾病之類，但完全沒有這方面跡象。」

「那找到什麼呢？」麥亞又問。

「肺部遭到不明物撕裂，傷勢蔓延到軀幹甚至心臟——」

艾里斯特忍不住舉手，「能不能說些我這種鄉巴佬也聽得懂的白話文？」

卡菈嘆口氣，「就是他被自己吸入的東西害死，所以，我們一呼吸外頭空氣一樣會死。」

18

觀察室內眾人無語。

麥亞打破沉默：「我認爲有兩條路，看是要靠終端機求救然後老實等待，或者直接外出，有救兵就搬救兵，沒救兵就設法找到能住的地區。補充一點，這兩條路不互斥，操作終端機不影響撤離行動。」

「整理一下線索，」歐文跟著說，「布萊斯警告過出去會死。一名團隊成員無視警告穿越氣閘後死亡，證明布萊斯沒說錯，而他生前主張留在這裡很危險。我們目前沒有理由排除他的說法，或許被ARC內網偵測到，也會造成我們的生命危險。」

「同意。」艾里斯特說。

「那就只能出去闖闖。」麥亞說。

「我去吧。」歐文表態。

麥亞起身，「我也一起。」

「不行，妳留下。我出去以後，隔離裝剩下四套，萬一空調眞的停擺，你們所有人要盡快換好裝備，盡可能延長生存時間。我習慣著裝活動，而且已經外出過一次，是最合乎邏輯的人選。尤其看起來我……最沒用吧？人體或機器我都不懂，更別指望我能駭進ARC內網還是幫上什麼忙，所以我去就好。」

歐文直視著麥亞，希望眼神能傳達內心隱藏的想法：總得有個人留下來監視，除了麥亞之外他還沒有可信任的人。

「不得不說他有道理，」艾里斯特附和，「但也造成另一個麻煩——即將斷電，四套裝備，剩下來的人卻有五個。誰要當那個倒霉鬼？」

歐文自以爲猜到這傢伙接下來的意圖，但對方硬生生轉了個彎。

「大概是我吧。」艾里斯特居然自願犧牲。

麥亞微微仰頭表示不解。

「很清楚了不是嗎？」艾里斯特說，「要讓有用的人活下來。醫生、電腦專家、妳，」他指著麥亞，接著語氣一沉，「然後總不能自己包緊緊的看著小孩子受苦？所以沒得選，也別來跟我爭。」

麥亞到了氣閘，看見隔離裝染了血。

「驗屍過程不太美觀，」歐文解釋，「只有櫃子那些工具，都是維修用的，拿來解剖很不稱手。」但她還是指著紅漬說：「這個有點出乎意料。」

「怎麼會？」

「要考慮那位先生的死因有沒有傳染性。」

「好問題。」歐文回答，「我比卡菈先進氣閘，裝備經過除污噴霧清洗但血漬還在，之後摘下頭罩等了一會兒沒事。感覺不管死因是什麼，有除污就安全？」

「合理。」麥亞說，「但之後曾暴露在外面的人還是該隔離。所以你小心點，別刮破裝備了。」

「我們一直很小心。」

「也是。」

他著裝後，麥亞湊過去點了面板，「氧氣存量？」

「百分之百。」

「意思是……？」

「就……我有完整氧氣。」

「是你要在百分之五十五的時候折返。」

「百分之五十才對？」

「是百分之五十五，該預留一成容錯率。既然前進消耗四十五，返回也預設四十五，平安返回的話剩下十，這樣能避免失誤。」

「我不打算有失誤。」

「有自信是好事，但攸關生死就別大意。五十五的時候回頭，要是覺得太危險，提早也無妨。」

歐文慢慢地點了頭，感覺很新鮮。平常出生入死也只有母親掛念自己，沒有別人操心他。想起母親，令他的胸口一悶，不知她是否安好？是否也被「存放」在某處？又或者早已被時光埋葬？

麥亞的聲音將他拉回現實，「之後請威爾在終端機設個提醒，我們會知道你大約何時該露面。但只是根據人類平均耗氧量做推估。」

「我沒出現的話？」

「我會去找你。氧氣存量大概三成的時候，以防萬一我會出發。」

歐文搖頭，「不行。」

「沒什麼不行的，你不在場無法阻止我啊？」

他笑道：「確實無法反對。但妳想想看，我都沒回來了，不就代表外頭真的有危險？」

「也可能是你迷了路？」

「喂，我從來不迷路的。」

「很難說，」麥亞忽然模仿起布萊斯那種平板的語調，「你記得的世界……已經不復存在。」

歐文呵呵笑出聲，「就算這樣我也不會。別煩惱這種事。」

「好吧，那就當作外頭超級危險，有怪獸、黑洞還是外星人入侵。」

「對，剛剛就說了，要是我真的回不來，你們該做的是盡快用終端機求救。」

麥亞考慮一下之後才答應，「有道理。」

歐文起身要戴上頭罩。

「等等，」麥亞打斷他，「討論一下順序。」

「順序？」

「最優先是確認地理位置，尋找地標、號誌這類能判讀的東西。」

「好。」

「第二順位，我覺得是動物。根據動物生存情況，可以推測外界環境。」

「好主意。」

「隔離裝有沒有收音功能？」

歐文目光掃過控制鈕，「有。」

「我建議打開。」

「該聽些什麼？」

「找些蛛絲馬跡、推敲外頭狀況……順便留意還有沒有別的人類。」

「真的聽到有人說話，妳認為該怎麼辦？」

「現階段，我會躲起來觀察。」

歐文不懂原因，麥亞大概從他臉上看到疑問。

「既然不確定外面情況，多一分防範，就少一分遺憾。」

19

麥亞看著小窗後方的外氣閘開啓，歐文跨出去以後轉過身，趁著艙門尚未完全封閉朝她揮手。

頭罩玻璃下，他露出微笑。麥亞報以笑容，祈禱不是最後一次看見活生生的歐文。

她看著歐文經過了遺體，頭燈光束左右晃動，很快便沒入黑暗，轉彎消失。隧道此端的研究站警報紅光滿溢，彼端則滲入了微弱的外界光線。

回到走廊後，麥亞開始發抖，口裡呼出的白霧很濃厚，不像剛醒來那時薄薄一層。電力不足太久了，氣溫越來越低。

每一口冰冷空氣都彷彿是個提醒：時間不夠了。

內有酷寒，外有殺死老人的隱形致命物。

即將無處可躲。

不知道歐文到了外面會有什麼發現。儘管很想跟著去，但麥亞心裡明白留下來才是合乎邏輯的選擇。總得有人留意其餘成員，而且隔離裝的氧氣必須省著用。

氣閘忽然有了動靜，令她嚇了一跳，噴嘴在嘶嘶聲中散出氣霧。看來每當外氣閘開啓讓空氣流入，系統就會自動執行除污程序，進行消毒。

凝視著迷霧，麥亞又想起母親與妹妹，以及在醫院見過的帕瑞許。這些思緒勾出另一段記憶：她曾在「創世生科」工作過。先前威爾說他的小組專門負責創世生科，兩人是否曾見過面？難道他認得自己卻三緘其口？太巧了，不像是偶然。

霧氣抽光後，麥亞進入氣閘，取下隔離裝。卡菈穿出去過的那套沾了血漬，她很小心避免接觸到。拖著裝備穿過走廊，又要在二號觀察室外摸出機械拇指，費了一番工夫終於將門打開。暖空氣流過，艾里斯特轉頭過來沒好氣地說：「快進來關門啊，熱氣都跑掉啦。」

「我這叫作勢單力薄。」麥亞邊嘀咕邊用力拖裝備。

聽她這麼說，威爾趕緊起身去幫忙。麥亞這才發現裡頭的人先用了餐，並意識到自己也已飢腸轆轆。

門關好、裝備收在角落，麥亞才撕開一份食物包，外面印有「ARC配給」字樣。

艾里斯特邊嚼邊朝她補了句：「別期望太高。」

麥亞立刻明白他是什麼意思。本以爲裡頭有幾種菜色搭配，實際卻是一團綠色半透明軟糊。

「這、能、吃？」

「ARC認證美食。」艾里斯特回答。

「我看了標籤寫的營養組成，」卡菈說，「補充體力沒問題，但顯然不是設計出來挑逗味蕾的。」

艾里斯特噗哧一笑，「挑逗味蕾？說得好。這泥巴裡頭到底有什麼東西……還是什麼『人』呢？搞不好——」

麥亞亮出叉子，「夠了，停。至少大家吃飯的時候別說這種話，可以嗎？」

他聳肩，「這妳就不懂了，不發牢騷怎麼保持理智呢。」

頭頂上電燈滅了又亮、亮不久再滅，連外頭走廊的紅光也熄了。眼前一片漆黑，只剩威爾被平板電腦照出一張蒼白面孔。他瘋狂打字時，乍看還以爲是在遊戲裡與人生死對決。

一隻溫暖小手伸過來，轉頭一看是卜蕾，麥亞拉她到懷裡摟住，手掌在她背脊上上下下，口鼻挨著她頭頂，讓自己呼出的氣息夾帶暖意，拂過孩子的髮絲。

麥亞以爲電力很快會復原，但這次希望落空。

頭上通風口裡本來有個嗡嗡聲，現在也停擺了。麥亞感覺得到氣溫一點一點慢慢下滑，縮在懷中的卜蕾也開始顫抖。

照顧小女孩是本能展現，麥亞不確定自己是否已結婚生子，但潛意識說她還單身，更透露出親情曾是生命中的遺憾與渴望。此情此景雖然不大合適，麥亞卻恍然覺得補上了以前的一塊空白。

幽暗中，艾里斯特起身走向兩人，彎腰湊近，拿了東西裹住女孩。一條毛毯。「應該讓她待在角落，大家用體溫幫她保暖。」

麥亞眞的很驚訝，面前這男人時而粗莽時而細膩，非常難以捉摸，「好主意，但我覺得該讓她先換上隔離裝。」

「不要，」卜蕾小聲抱怨，「我不想。」

「乖，妳要先穿好。」麥亞哄著她，「不要怕，大家都會穿啊，穿了比較暖，也比較……安全。」

除了艾里斯特，所有人皆著裝完成後，結果電力回復了。

「怎麼做到的？」卡菈發問，威爾隔著手套笨拙地繼續操作平板。

「不是我，」他用無線電回答，「我什麼也沒做，系統自己好起來的。」

麥亞聽見上方傳出空調聲，艾里斯特站在通風口下，歪頭享受送出的暖氣。方才系統停了一小段時間，但他並沒有如走出去的老人那樣暴斃，推敲起來應該是研究站結構隔離了外界空氣，而站內氧氣比例稍微下降，還不至於造成太大影響。

「可以脫掉嗎？」卜蕾問得好委屈。

麥亞與卡菈交換眼神，醫生輕輕聳肩說：「頭罩可以先摘，看艾里斯特的情況應該還好。」

他聽了笑著說：「被白老鼠當作白老鼠用，我果然是萬中選一。」

「獨一無二。」卡菈附和。

艾里斯特閉上眼睛，點頭點得很誇張，「有醫生這句話，我就有生存意義啦，就讓我當金絲雀為你們試毒吧。」

「這可是你自告奮勇喲。」

「欸，」威爾叫道，「有發現了。」

「拜託告訴我，你發現這其實是一場惡夢。」艾里斯特咕噥。

「有個檔案。」威爾回答。

「內容是？」麥亞問。

「就是檔名『逃生門』那個，其實是支影片。我之前就猜到了，只是不能直接播放。」

「怎麼修好的？」麥亞問。

「改檔名，重新編碼。」他將螢幕轉過來，「要看嗎？」

20

進入消防隊以後，歐文常常要著裝上陣，最初是演習，後來則是面對眞正的火警。他第一次套上裝備就覺得這是天命。心頭雜音彷彿被隔絕在外，只面對眞實自我並專注職責，心中寧靜油然而生。消防員職責通常是拯救人們離開災難現場，免受傷害。他喜歡這份工作，喜歡工作中得到的成就感。

此刻他穿著隔離裝走入氣閘外洞窟，同樣的感受自心底湧現。好久沒得到這種滿足，因此他十分暢快。說來奇怪，明明世界或許都已全毀了，他卻享受了久違的自在舒適。歐文想做些有意義的事、他能勝任的事，所以很慶幸是自己著裝外出，不必讓別人冒這個險。

也因此他心境澄澈，聚焦在面前的任務：探索外界實際情況。

踩著岩石前進時，歐文特別留意腳下。要是不小心跌倒、裝備損壞，或許會當場沒命。

他緩緩轉動頭罩，頭燈光線掃過岩壁與地面，希望能找到線索，研判所在位置以及外界還有些什麼？然而，一路所見只有岩石和塵土。

隧道裡開始颳起風聲。剛走出氣閘就能聽見的微弱氣流，隨著高度漸漸增強。歐文順著路轉彎，聲音越來越明顯。

按照習慣，他想打開無線電向麥亞回報，以前自己出任務的時候，也會定期與小隊聯繫。不過出發之前討論過了，目前保持隱密有其必要。

更何況歐文並不確定隔離裝無線電的訊號強度能夠穿越洞窟回到研究站。即使可以，廣播訊號就等於暴露位置，有設備的人都能聽見。尚未確認外界狀態前，他們不能冒這麼大的風險。

所以歐文只能一個人靜靜邁步向前。又轉了個彎，前方光線越來越強，但他訝異地發現光源似乎也是忽明忽滅，就像地堡內的警報燈。只不過看不出光線搖曳有任何規律，究竟是什麼東西的光？探照燈？同樣供電不穩的信號塔？

太多未知，他只能加快腳步。過沒多久地面向上傾斜，風勢逐漸提升，歐文聽見、也透過身體感覺到前方吹來的氣流，迫使他稍微放慢步伐，免得失去平衡。

本以爲繼續前進路會變寬，豈知正好相反，隧道縮窄了，而且忽然往右拐。彎過去之後，歐文看到微弱陽光從洞口流入，洞外有東西遮掩，石塊堆疊得像是臨時墳墓，縫隙間吹進強風，猛烈拍打他的隔離裝。他上半身前傾、保持重心，過去搬開石塊以後，狂風夾帶的雨水射進洞內，裝備和石頭立刻全濕了，有幾塊從他手中滑落。

清除最後一塊石頭，他微微喘息，想觀察洞外情況，卻只看見狂風暴雨和濃濃大霧。

至此能夠肯定布萊斯並未說謊，外面確實有風暴。但致命的是風暴嗎？抑或是空氣中其他東西奪走了老人性命？

歐文也明白了為何光線忽明忽暗，其實就是風暴攪動霧氣，洞口斷斷續續被遮蔽，導致陽光跟著若隱若現。

濃霧忽而散開，他看到洞口附近長了幾棵大樹，又粗又黑，伸展的樹枝交錯糾纏，彷彿一群人互挽手臂、抵禦風雨，越團結越堅定。

他不是樹木專家，但知道自己從未見過這個物種。顏色如此之深、直徑如此粗的樹幹，有種史前生物的氣氛，感覺這是不屬於人類存在的星球。另外，地面也一樣，歐文找不到任何道路或文明的痕跡。

一眼望去只有濃霧裡樹影朦朧，左右後方全是岩石。由此可知這是在半山腰，出去以後地勢便陡降。

他豎起耳朵用力傾聽，沒有人，沒有鳥，也沒有機器。

歐文小心地爬出山洞偵察。勁風拍開粗厚樹枝，慘白陽光自縫隙間直射而來。下一陣風將樹枝打回原位、遮掉大半光線，洞窟又陷入原本的深沉昏暗。

無論怎麼看都只看得到濃霧、大樹與近乎垂直的峭壁，往左往右都差不多。

歐文轉身，在頭罩容許範圍內盡量觀察後頭山坡。他認為若往上爬找到制高點，更容易判斷位置和尋求外援。

看看自己的面板，顯示氧氣剩下百分之七十九。只是勘察一下就折返，應該相當充裕。

21

二號觀察室內，麥亞等人朝威爾圍了過去。他拿起平板，播放名爲「逃生門」的影片檔。

畫面裡有個男人站在指揮中心內，麥亞覺得就是這個研究站。

男人看上去和布萊斯一模一樣，或許也是仿生人。至少麥亞覺得先這樣假設比較保險。

另有兩個「布萊斯」坐在旁邊，盯著工作站螢幕打字，看在麥亞眼裡不太尋常，如果是仿生人，應該透過無線網路操作更有效率吧？機器還需要打字總有個理由，然而自她醒來到現在，什麼都是謎。

「第十七號研究站緊急訊息，由輔導員布蘭進行錄影。我是本站主ＰＩ。」片中仿生人說著。

「ＰＩ是什麼？」卡菈低聲問，「研究負責人（注）嗎？」

威爾按了暫停，「雖然有可能，但在ＡＲＣ內部通常是指『pseudo intelligence』，也就是『僞智能』。」

「不是AI，而是PI？」

「對。」

「差別在哪？」

「應該是程式限制的不同。PI不做超出程式範圍的事情，只是反覆執行和改進預設功能。再來可能……是行銷問題，當時市場對AI有種恐懼，總覺得會搶走很多工作機會，甚至釀成難以預料的災難。」

「所以，」艾里斯特開口，「布萊斯也只是個僞智能，難怪明明要救人卻被人砸爛腦袋。」

「前提是，」卡菈接著說，「布萊斯眞的是要救人。」

艾里斯特捧著心窩一臉訝異，「醫生和我居然有了共識！這是絕跡實驗的重大突破！」

卡菈翻了個白眼，之後沒人再開口。威爾按下播放，自稱輔導布蘭的仿生人繼續說話。

「根據『樂園』要求，錄製完畢後將啓動潛伏模式。我不確定該說什麼，所以直接解釋現況，目前已在『樂園』指示下徹底關閉無線通訊，並將紀錄文檔和內嵌系統子程序手動刪除完畢。」

麥亞湊近威爾，「所以你才什麼也找不到。」

他點點頭盯著螢幕，仿生人輔導員還沒說完。

注：Principal Investigator，常見名詞包括首席研究員、項目負責人、研究負責人等等。

「同樣根據『樂園』要求，我們清點站內六個實驗組，共計四十四人。錄音時已將全員還原至健康狀態，並對每個受試者做出對應的處置。」

艾里斯特直接伸手按暫停，「處置？聽起來不太妙。」

「同感。」卡菈附和，「意思不就是拿我們的身體做了實驗？」

大家沉默半晌，「我的情況，」麥亞開口，「是被治好了。我有印象自己之前生病住院，現在卻沒什麼不舒服，只是記憶不完整。」

她本以為拋磚引玉能勾出其他人分享經驗，但居然沒人接下去。

「嗯……」麥亞只能自己轉換話題，「先把影片看完吧。」

「自開始至今，由於參與實驗前既有的醫療問題或執行實驗的副作用，本站失去十六位受試者。成功釋出十二組共五十九人，尚未得到任何聯繫。根據試驗規範，成功機率越高的組別越早釋出，因此目前假設我們進行的處置未能達到手實驗預期結果，從而根據『樂園』指示加以修正。最後補充：本站三名輔導員技能正常，根據設定持續運作中。」

他停頓幾秒，「按照『樂園』最後訊息，我們收集必要物資，準備封鎖本站，啓動生物監控。本訊息將由何者接收，此時無法確認，推測為別站輔導員、本站或別站的受試者，因此我想提出警示，請小心行事，並謹記：有時追尋的答案就在眼前。」

22

歐文往山上爬去，雨水鋪天蓋地落下，狂風不停拉扯隔離衣。

樹木在風雨中搖晃，細枝與葉片脫落後順著枝幹飄流而下、覆蓋地面。這種樹葉質地柔軟又吸水，他總覺得更像是綠、紫、藍色的布料，自己彷彿踏在鋪了地毯的山路上。

外頭的景色眞是前所未見。

他走得十分留神，畢竟踩錯一腳或許就會死在當場。還有人需要他。

獨自走在外頭，感覺很像剛進入消防隊，偶爾會與隊友失去聯繫時。沒錯，說來奇怪，他與研究站裡那幾人素昧平生，卻已經將大家當成夥伴看待。然而正因爲有人在等他，令歐文的決心與動力更強大。

往上以後霧氣漸漸稀薄，風勢也變得和緩。

歐文停在一塊突出岩石上，轉身張望只看見樹海和濃霧。必須再爬高一些。

又爬了一段後，呼吸開始喘了起來。他本來擔心激烈運動會導致雄公寓受的舊傷復發，結果完全沒感覺，好像換了個全新的身體，與剛進消防隊那時一樣年輕健壯。

停下來稍作休息時，歐文點了前臂面板確認氧氣數字。

百分之七十三。

還可以繼續，但他也察覺爬坡導致氧氣消耗較快，所以不能再拖太久。

他打定主意要帶回有用情報幫助團隊，重燃鬥志後繼續往上爬。

再次休息時又看了面板。

百分之六十七。

時間一分一秒溜走。

他更使勁向前，快步踏過碎石上爬。途中偶爾回頭，只見密林濃霧，即使眞有地標也完全隱沒。

第三次休息，歐文不忘檢查氧氣存量。

百分之五十九。

前頭的樹林比較稀疏低矮，樹枝間也多有空隙。然而地勢更崎嶇，能見度依舊被霧氣限縮。即便如此，歐文總覺得快找到什麼，彷彿穿過這片繚繞煙霧，就能獲得救贖。

他三步併作兩步奮勇向前。

突然腳底一滑！幸好手掌先按在地上穩住重心，歐文保持這姿勢一陣子，胸口起伏不定，良久後起身檢查手套是否受損。人和裝備都沒事，但必須更抓緊時間。

欲速則不達，他放慢腳步，仔細觀察地面。

濃霧奇蹟般散開，後方一塊巨岩往外延伸，上面那片平坦部分似乎就是這座山的頂峰，能看到山峰後面的藍色天空。

他做到了。

歐文抵達了山頂。

終點就在眼前，他面露微笑、拔腿飛奔，暗忖總算能夠確認一行人身在何處，面對怎麼樣的新世界。

心中浮現回去報喜的畫面，想像的未來不知爲何是頭一個找麥亞說話、聽她感激自己冒性命危險帶回重要情報。爲什麼最先想到她？歐文答不上來。

他伸手摸著岩壁向上攀，十分注意立足點是否穩定，半途休息時瞥了眼手臂面板。氧氣存量百分之五十一。

他安慰自己回程速度快，而且上坡耗氧大，下坡輕鬆多了，時間還夠，很寬裕。

岩臺頂端有幾株光禿禿的灌木，沒了遮蔽後風勢更猛，隔離衣被勁風扯緊，麥克風接收到巨大呼號聲。

歐文爬向對面懸崖，往下眺望，一時間震驚不已。直到半晌回神後，才沿著邊緣小心繞行、觀察四周，對於眼前所見景象有訝異還有惶恐。

上來的路程風力最強霧氣最濃，但在這頭也只是略微好些而已。

繞完一圈，他總算找到或許能逃出生天的機會。

歐文探身想看得更仔細，突如其來一陣暴風卻颳得他重心不穩，腳下石塊一個滑動後，他整個人五體投地。才要起身，又一陣狂風暴雨拍得他直接滾到岩臺之外，縱然奮力伸手去抓也爲時已晚。

這短短幾秒被無限延長。歐文撞上一塊突出岩石，又彈飛到半空變成自由落體。他翻轉身體、舉起雙臂想緩和墜地衝擊，但力道太大，令他的意識瞬間空白，連一絲疼痛也沒能感覺到。

23

艾里斯特掌根往地面重重一敲，「都是些沒用的垃圾情報！爲啥檔名要叫作『逃生門』也讓人搞不懂呀？影片反反覆覆說受試者有多少、放多少、分幾組，再不然就是之前死掉多少個，很重要嗎？」

麥亞也不能否認影片內容確實令人失望，甚至造成了更多困惑，本來還以爲能藉此制訂逃生計畫，至少知道如何求援或何處安全。

平板設定的鬧鐘響起，歐文那套裝備的存氧量只剩下三成。

麥亞預期這時候他該回來了。

她起身走出二號觀察室，順著走廊前往對外氣閘，隔著小窗望向昏暗隧道，老先生的遺體一動不動躺在地上，被紅色燈光照亮。

麥亞咬著嘴唇一邊等待一邊思考對策。卡菈走到她身旁，也盯著小窗外，「妳打算出去找他嗎？」

還沒來得及回答，光線一陣閃爍。

「該去。」麥亞在漆黑中說，「時間不多了，就算省下裝備氧氣也沒用，在這裡待不了太久。我個人寧可冒些風險，總比坐以待斃要強，必須設法求援或換個據點。」

「沒錯。」艾里斯特的低沉嗓音從背後傳來，在黑暗中顯得虛無縹緲，「我一起。」

「不，」麥亞說，「沒必要把所有人賭進去，要是歐文和我都沒回來——」

「要是你們都沒回來，這裡的情況只會更差不會更好。更何況萬一他受傷，多個人才有辦法抬回來。」

「假如他受傷，我在場才能急救啊。」卡菈也說。

「隔著裝備沒辦法吧？」艾里斯特問。

「未必。」卡菈回答，「尤其說不定出了山洞能脫裝備啊，也許歐文已經脫掉了呢。」

「那我留下來照顧卜蕾。」黑暗中又冒出威爾的聲音，音量雖小但語調堅定，「麥亞，妳應該看得出來這是最佳方案，再爭執細節只是浪費時間也浪費氧氣。歐文還等著呢。」

❈

進入隧道，三人排成縱隊，麥亞帶頭、卡菈居中、艾里斯特殿後，討論決議是不打開無線電。

好消息是地上有泥巴，歐文的足跡很清楚。麥亞循著痕跡在洞穴一步步前進，風速越來越強、光線越來越亮。

到了洞口，三人發現旁邊有石塊堆，她不禁好奇搬運的是歐文或另有其人。更值得細思的是：爲什麼要堵起來？

外面巨大樹木之間瀰漫陣陣雲霧。那些植物大得不可思議，麥亞覺得自己一下子縮小了，與這個世界不成比例，也懷疑此地古老原始，有各種巨獸潛伏躲藏其中。她原本以爲研究站會設置在都市或至少道路附近，然而眼前找不出半分文明色彩。

忽然有隻手搭上她的肩膀。回頭一看，艾里斯特指著地面，是歐文的腳印，意思也很明白了：快走吧，時間有限。雖然與技師認識不久，他講話的音調表情在腦海總是栩栩如生。這次他說得完全正確。

出發前三人討論過，若有溝通需求就直接以裝備的收擴音系統對話。但當前尚未掌握外界情況，發出聲音很危險，因此要當成不得已的最後手段。

麥亞領頭，隊伍退回洞口，跟著歐文走過的路線，踩著鬆軟泥土在林中蛇行。隨著山坡上升後，不只沙土變淺，連樹木也比較稀疏，再沒東西遮住風雨，所以腳印被沖刷模糊了許多，彷彿眼睜睜看著地圖泡水逐漸溶解。

她看了前臂面板，歐文只剩下一成七氧氣。會不會已經太遲了？

麥亞的雙腿動得更急，不久之後便開始胸悶、滿頭大汗，頭罩內自己喘息聲和收音傳來的狂風呼嘯互相抗衡，感覺像被關進了迴聲室。

她停下腳步，彎腰駝背、手按膝蓋等呼吸緩和一點。卡菈很快跟上，艾里斯特最晚露面。技工應該體能最佳，看上去卻最狼狽。

麥亞沒說什麼繼續向前，走了幾步就遭遇阻礙：歐文的痕跡消失了。前一個印子就很淡，她根本無法確定是歐文的靴子還是自然形成。風勢增強、許多樹枝折斷，葉片鋪滿地面，踏過去也看不出凹陷。

她在喘息中望向夥伴。艾里斯特一臉不耐煩指著前面，意思大概是：走下去就對了。

往前以後地質有了變化，越來越找不到濕滑泥巴與落葉，取而代之是光溜溜的岩石上偶有幾棵灌木。更前方只見一座巨岩聳立，幾乎與地面垂直。還是沒有歐文蹤跡，他該不會爬上去了？

霧氣稍稍散開，麥亞忍不住停下腳步。好久沒看見清澈天空，天色與周圍這片風雨雲霧形成了鮮明對比，像是另一個世界。

而她心裡也篤定了些，知道歐文如果行經此處，必會爬上巨岩，自山頂鳥瞰四方。即使找不到人，在上面仍能得到些答案，例如利用制高點優勢搜索歐文、判斷地理位置。

麥亞開始小心攀爬，艾里斯特與卡菈跟了上去。來到巨岩頂端平坦處，她從外圍向下望，所見風景叫人無比詫異。

爲求肯定，麥亞繞著邊緣走一圈。濃霧如簾子隔開外界景象，有時得稍微等候才能看見遠方。這麼高的地方，疾風來得毫無預兆，麥亞兩度差點被吹倒。

她想走到邊緣，一隻有力的手掌掐住了她的手臂。轉身一看是艾里斯特，正示意要她先別站在懸崖邊，到中間與卡菈會合。

頭罩擴音器傳來他的粗啞聲音：「在這裡開無線電應該沒關係。」

「對。」麥亞淡淡回應。

「沒發現歐文行蹤，」卡菈開口，「你們呢？」

艾里斯特搖搖頭別過臉。

「我也沒有，」麥亞回答，「但他一定在附近，因爲這地方只是個島，而且滿小的。」

24

歐文聽見人聲，嚇醒過來。

起初聽不清內容，斷斷續續、含混模糊，況且有個警報音一直跳出來打斷。

他舉起手臂一瞥。

氧氣不足警告：存量百分之九。

他點了面板關掉警鳴，仔細聆聽無線電。

「沒有直升機坪或飛機跑道之類。」是麥亞。

「也沒有碼頭，」艾里斯特接著說，「應該說什麼建築物都沒有，像個荒島。」

「說不定變成島嶼是最近的事情。」卡菈分析，「這明明是高山，我覺得像是發生過大洪水，但沒淹到這麼高，因爲研究站接近山頂，我們才逃過一劫。」

「嘿，」歐文覺得自己的聲音有點嘶啞，「聽得到嗎？」

「歐文！」麥亞的語氣很緊張，「你在哪裡？」

「我……」他坐起來看看左右，沒找到地標，「嗯，就在一堆石頭大樹和濃霧中間吧。」

「眞幽默啊。」麥亞聽上去是不耐煩，但又好像很想笑，「怎麼回事？你有沒有受傷？」

「沒有……應該說不知道，感覺沒有。被風拍倒之後滾下來而已。」

他說完嘗試活動手腳，右臂右腿有點痛，但因爲有隔離裝保護似乎沒大礙。

說到隔離裝——

他一陣錯愕，馬上擔心起裝備有破損。

他連忙坐起身子檢查，渾身黑泥但不見缺口。既然氧氣沒有迅速流失，他便安了點心。

「歐文，」麥亞說，「我們在山頂平臺，你找根樹枝揮一揮。」

他照做後沒多久就得到回應，「看見了，你別動，我們下去。」

片刻後，三個穿著隔離裝的身影穿過霧氣，帶頭的人是麥亞。

她舉起手臂盯著面板，「照估計，你的氧氣不到一成吧？」

歐文亮出自己的面板，「百分之九，還行。」

「你大概昏過去了，」卡菈解釋，「昏迷時身體消耗氧氣比較少。我們三個都還在六成以上，可以用換氣線分享氧氣，然後趕快回去。」

醫生才說完，艾里斯特就動手把歐文與麥亞的氧氣瓶接起來。他撥動活門，氧氣量在歐文眼前直線上升。

「我從上頭看到東西。」歐文指著樹林後頭的海灣，「一條船，你們有看到嗎？」

「沒有。」麥亞轉頭望著他，氣瓶又和卡菈連接，「什麼樣的船？」

「很小，但船頂裝了太陽能板。我看到的時候它是靠岸的，離這裡不遠。既然大家都在，那就過去看看，或許是逃離這塊礁島的唯一希望？」

「話雖如此，」卡菈說，「還是先回研究站，我才能為你做全身檢查。」

「我沒事啊。」

「說不定有腦震盪或內出血你不知道。」

歐文嘆息，「好吧。」

「我們去調查。」麥亞朝艾里斯特做手勢。

技工聳肩回話：「這有啥問題？我老早就想要條船，世界末日也不嫌晚囉。」

25

麥亞穿梭密林的身形十分靈敏，無論繞行樹幹或在滿地枝葉保持平衡也輕鬆自在。並不只是因爲下坡路，也不只是已經熟悉地形。

確定歐文沒死後，她卸下了心頭大石。況且居然有條船，那就代表可以離開小島，這是大家續命的關鍵。

船確實不大，麥亞聯想到小型快艇。白色流線船身、黑色拱頂的太陽能發電板似乎都沒損壞，好兆頭。

船頭靠著鬆軟沙灘，艾里斯特找到船側放下的小階梯，爬了進去，轉頭伸手將麥亞也拉到船內。再走到船尾，便能瞧見下甲板舷外有兩個大引擎泡在水中。此處有四張螺絲鎖好的旋轉椅與幾根垂直水管，應該是用來放釣竿。

開放式船艙以太陽能板當屋頂，左邊小廚房有水槽、小鍋子，櫥櫃下方那玩意兒像是冰箱，以玻璃門掩著。麥亞彎腰查看，裡頭沒東西。對面則有張L形沙發。

沙發後的駕駛艙沒隔間，有兩張絨椅靠在一塊兒，舵輪位於右側。麥亞覺得那像是傳統汽車的配置十分稀奇，後來都改成自動駕駛了。

右邊還有張餐桌和宴會椅。

然而麥亞更好奇現場找不到的東西：沒有人，沒有血，沒有使用過的痕跡。

餐桌與駕駛艙之間有扇門，比她略矮些。艾里斯特上前說：「去下甲板看看。」

他伸手一推，門就吱吱嘎嘎打開，樓梯底下沒光線。

艾里斯特開了頭燈下去，麥亞照著做。兩人一前一後步入黑暗，光束在幽閉空間來來回回。

盡頭一扇門，右手邊也有一扇門，從左邊可以繞至船尾引擎，另有一條階梯降至船底。

艾里斯特先推開右邊，應該是艙房，兩張窄床各能睡一名成人，但現在空著。

他退後一步，推開前方的門，也是空艙房，有一張大床。靠近門口比較寬，往裡面收攏，想必是配合船首形狀。

麥亞挪開身子，艾里斯特穿過後往後頭走。樓梯那頭下來的光線不多，到船尾時周圍昏昧朦朧。

她檢查氧氣量。

百分之五十二。

也得準備折返了。

小廊右邊有張窄桌與馬蹄形排列的座位。裡面剩下最後一扇門。

艾里斯特轉動門把推開，頭燈立刻左右照射。麥亞從他的動作察覺狀況不對，艾里斯特猛然後退，手抓著門把不放，好像隨時要甩上。

但過了幾秒鐘，他又衝進去，東張西望不知找什麼。麥亞終於看清是怎麼回事：門後的床是船上最大的一張，可是上面躺著兩個人。他們身穿隔離裝，也印有ARC字樣，彼此牽著手卻一動不動。

「妳先別進來。」艾里斯特的口吻前所未有地嚴肅。

技工衝向房間角落，掀開一道門就往後跳。無線電傳來他的呼吸聲，「沒事，浴室而已，空的。」

麥亞這才進去觀察，頭燈照向床上兩人。一男一女，與自己或歐文年紀相仿，雙目緊閉、神情不見緊繃。換句話說，挺安詳的。

儘管不願意，她知道別無選擇，只能伸手翻轉女性死者的手臂，在對方臂環點了幾下。遺體的裝備還有電力，只是進入睡眠模式，可惜氣瓶已告罄。

她緩緩將死者手臂放回床鋪。艾里斯特檢查了男子，「氧氣空了。」

麥亞看看自己面板，「我剩四成九。要快點回去了。」

「嗯，不過我想先試試看這艘船能不能動。」

她仰頭問：「你熟悉船隻操作？」

「唔……不算吧，但不就是漂在水上的巴士嗎？有引擎我就能啟動。」

麥亞苦笑，「希望是。」

艾里斯特指著床上那對男女，「雖然有點不尊重，但我們該把裝備帶走。原本就少一套，多的剛好備用，而且還有氣瓶。」

「沒錯。」麥亞小聲說，「我來弄吧，你先去發動引擎，真的不能再拖。」

她為死者卸下裝備時，心裡冒出疑問：這兩人怎麼死的？既然面容安詳，就一定不是窒息。後來她在床邊小桌上找到可能的答案——有ARC科技標誌的小藥罐。她看不懂藥名。

不過罐子下面壓著小筆記，第一頁只有短短一句話：留給比我們幸運的人。

她翻了翻，是本日記。要是時間允許可以趕快確認內容，但現在只能收進隔離衣口袋。

麥亞在昏暗房內注視著已過世的二人，心裡湧起一股悲傷。他們會不會也是絕跡實驗的受試者？或許同樣是從第十七號研究站逃出來？也就是之前釋放的實驗組？為什麼沒有帶著裝備與氣瓶回去除污室重新灌氣？

難道是食物不足？上船之後確實什麼吃的也沒看見，更沒有最後晚餐之類的跡象。當然也要考慮是否被昆蟲或動物分食了。隔離衣能避免遺體遭到侵擾，卻更難以判斷兩人死亡時間。

她忽然感覺鼻子下面濕濕滑滑，麥亞下意識知道是鼻血，想也沒想伸手要抹，這才意識到穿著裝備根本抹不到。鮮血一路從嘴唇流至下巴，擦都不能擦的感覺難受又怪異。

緊接著是頭疼，強烈的悶痛無處可逃。然而這種不適勾起了一段記憶。

她站在大房間裡，面對落地窗，外頭馬路人來人往。記憶中的自己汗流浹背、呼吸急促，而且同樣流了鼻血，過不久便暈倒在地。她果然生病了，所以才被送到醫院。

不知是什麼疾病，難道復發了？又或者一開始就沒治好？

陷入思緒的她，沒發現艾里斯特已返回。

「怎麼了？」無線電傳來他的聲音，語調很焦慮。

她轉頭回答：「沒事。」

「妳流血了！」

「沒大礙。」

「裝備壞了嗎？」

「沒壞，別擔心。我……還好。」

「可惜這艘船不太好。」

「怎麼說？」

「引擎發不動。」艾里斯特指著兩個亡者，「和他們一樣，困在島上無法脫身了。」

26

回到研究站，歐文與卡菈在除污室等待噴嘴灑出水霧。消毒結束後，兩人將氣瓶塞進牆上凹槽、進行填充。

主通道變得極冷，二號觀察室也只是略暖一些。威爾帶著卜蕾裹著毯子躲在角落，他拿平板大聲唸故事，隔離裝穿在小女孩身上實在大得離譜。頭罩就在她旁邊，一有突發情況可以立刻戴上。

「回來啦，」威爾起身問候，「沒事吧？」

「待會兒才知道。」歐文希望這麼說對方能聽懂。

年輕人朝卜蕾瞟了眼，「嗯，我們在平板上找到一些故事書，就拿來打發時間。」

「怎麼這麼冷？」歐文問，「電力不夠嗎？」

威爾搖頭，「倒不是。出乎意料的是，你們不在的期間電力還算穩定，我就降低用量，看看能不能減輕發電機壓力。」

「想得很周到。」卡菈示意歐文坐到折疊椅上，「過來讓我檢查吧。」

歐文悶哼著就座。

卡菈檢查完，同意歐文沒有立即的生命危險，然後威爾播放名爲「逃生門」的影片給他看。

「不大懂。」歐文說。

「沒人懂。」卡菈附和。

歐文起身踱步想了想，「再放一次。」

連續看了三遍後，歐文腦子裡的點串成線。他明白影片眞正要傳遞的訊息，古怪卻又合邏輯。

但其他人爲什麼不懂？就像用實體鑰匙解鎖平板一樣，歐文覺得很明顯。影片也是，或許他的腦袋運作方式很特別。

還沒來得及說出口，平板跳出一個通知：

氣閘開啓中。

歐文蹦蹦跳跳地回去走廊，雙腿有些瘀青，所以速度比之前遲緩。麥亞與艾里斯特不僅都在除污室內，還多帶著兩套裝備。太幸運了，解決當前窘境之一。不知道是在戶外還是在船上發現的？

兩人也將氧氣瓶塞進牆上凹槽補充。麥亞一轉身面朝小窗，歐文嚇得張大了口——她嘴巴周圍全是血，都流到脖子那邊了！

受傷了嗎？究竟怎麼回事？

她大概注意到歐文的反應，立刻伸手用袖子抹掉血跡。

內側氣閘一打開，歐文連忙問：「怎麼回事？妳還好嗎？」

「沒事，鼻血而已。」

歐文打量她片刻，一時無言以對，對自己讀不懂表情依舊十分無奈。

艾里斯特摟著自己的肩膀，「這兒是不是更冷啦？」

「嗯，」威爾回答，「爲了省電。」

「很好，就怕大夥兒先凍死。」

回到觀察室，艾里斯特和麥亞簡短敘述船上情況。

麥亞拿出日記，「還沒機會讀，不過我想會有些線索，應該能解釋他們爲何擱淺在這裡、船上出了什麼事等等。」

「更大的問題，」卡菈開口，「是那艘船到底對我們有沒有用。」

「我能修，」艾里斯特說，「只是我怕你們不同意我的作法。」

所有人盯著他看。

「我有把握能拿發電廠裡的東西修好引擎，但之後發電機就會壽終正寢。換句話說，修了船就得趕快出海。」

「嗯，可是上哪兒去？」卡菈問，「食物存量足夠支撐到下個島或大陸嗎？」

「反過來說，」麥亞提醒，「一直留在這裡，食物更不足，我們在外頭完全沒看到動物。考慮到電力問題，我認爲留越久越危險。一旦停電，除污室失去作用，氧氣瓶也不能塡充。說穿了，我們不在船上坐吃山空，也只是在這裡坐吃山空，關鍵在於乘船出海總得有個目的地。」

「這點我可能幫得上忙，」歐文說，「我剛剛看了『逃生門』影片。」

艾里斯特翻了個白眼，「『逃生門』？」他咕噥，「那有個屁用。」

「未必沒用。」歐文開門進入走廊，左顧右盼一下，走向聯外氣閘，途中望著艙室做心算。走到底他又折返，回頭步向指揮中心，還是默默數著什麼東西。

回到觀察室以後，他先驗算一次，確定以後笑著說：「影片有個很大的問題。」

「嗯哼，」艾里斯特回答，「就是它不管用。」

「不對，內容很有用，問題出在數字上。」

「說詳細點。」卡菈催促。

「數字對不上。」

麥亞手臂兜著胸口，「什麼意思？」

「精確說的話，受試者數目不對。」

「怎麼判斷？」卡菈問。

「我剛才特地算了一遍確認。」歐文回答，「十二間房，每間七床，總共不就是八十四個受試者嗎？影片裡面輔導說已經放了五十九人出去，試驗過程死了十六人，剩下四十四，這樣總數是一百一十九，根本沒地方容納，況且差得未免太多，足足少了四十五個床位。」

大家沉默半晌。

「有趣，」艾里斯特先嘆口氣，「我還真沒想過查查這件事。你挺天才的。」

「不是天才，」歐文回答，「是職業習慣。消防隊任務簡報都會提到建築物裡多少人，我們下意識會比對人數，確保所有人平安脫困。這行做久了，自然而然發現不對勁。」

「有沒有可能是放出一批受試者，」卡菈問，「之後另外補人進來？」

「理論上做得到，」歐文說，「但考慮到輔導員特地錄影卻滔滔不絕著重在受試者人數變動，不是很違背常理嗎？尤其你們想想看，他明明能與『樂園』聯絡，聽起來那邊才是指揮中樞？高層想必掌握了直到錄影前的所有數據，何必不厭其煩從頭說起？」

「有道理。」麥亞說。

「再來，」歐文繼續，「要是輔導員將人數變化製成試算表也就罷了，偏偏是個影片，然後淨說些切斷連線之前『樂園』早該知道的東西。我覺得他最後一句話露出了馬腳，『有時追尋的答案就在眼前』，這恐怕是直接說給看影片的人聽，意思是要我們找出裡面隱藏的訊息。」

麥亞微微仰頭，「所以，你覺得你破解出來了？」

「應該吧。我想『逃生門』這個檔案與實驗內容沒關係，或者不是直接相關。乍看之下是告訴我們受試者有分組、之前做過什麼安排，放出去以後觀察結果，確認樣本能不能在新世界存活之類，但我懷疑全都只是假象。」

「眞相是？」卡菈問。

「地圖。」

威爾的眉毛都快連在一起，「我不太懂你的意思。」

「那我慢一點。」歐文說，「影片最突兀的地方是什麼？」

沒人敢開口，他就自己回答：「是數字不吻合實際情況。我剛才也說了，輔導員完全沒必要複述那些數據，可見得數字另有含義。他說了六個數字，該怎麼運用？答案一樣在眼前，就是那些箱子。裡頭的東西是關鍵，除了平板和鑰匙，還有一樣派上用場了。」

歐文等了等，大家依舊盯著他不講話，「GPS。我認爲影片裡的六個數字與研究站無關，而是GPS坐標。無論那個地點有什麼，恐怕會是我們存活的唯一希望。那組數字、應該說坐標，就是所謂『逃生門』。巧的是，現在連合適的交通工具也有了。」

27

麥亞感覺又累又怕。

不過在這裡醒來以後，這是她心裡第一次有了希望，也是第一次找到手段離開小島，並能決定下個目的地。儘管不知道那裡又有什麼難關等著，但總比坐困愁城好得太多。

團隊眾人緊鑼密鼓動起來，前所未有地互助合作。

歐文、麥亞、卡菈三人著裝後，將食物包和工具搬運到船上。艾里斯特和威爾先去看過發電機，後來又到船尾研究壞掉的引擎。

二號觀察室內開始用餐時，兩人才返回。

「有把握能修好嗎？」歐文問他。

「可以，」艾里斯特回答。麥亞看得出來這名中年技工累壞了，「不過得先睡飽，」他又說，「畢竟只有一次機會，要是不小心弄壞東西那就都走不了了。」

「等電力切斷，」威爾補充，「大家就得穿好裝備，一起轉移到船上，之後就——」

「就不能回頭了。」歐文幫他說完，「只能背水一戰。」

所有人在沉默中點頭，確定了接下來的行動方針。

艾里斯特和威爾一起用餐，小聲討論計畫細節，直到兩人都累到睜不開眼睛。

卡菈躺在毯子上，從指定給自己的信封取出小東西拿在手中凝視，還是覺得很不可思議。明明看過這圖片不知道幾百幾千幾萬次，但從沒想過能像現在這樣真正擁有，腦海裡反覆冒出一句話：我自由了。

歐文待在角落閱讀從信封取出的《基本權利》，專心起來的模樣像是找到新鮮玩意兒的男學生，顯得年輕稚氣，令麥亞覺得很可愛。

卜蕾伸手放在麥亞肩膀，她回頭看見小女孩拿了平板電腦過來，「可以唸給我聽嗎？」

「好呀。」她笑著回答。

麥亞沒問過卜蕾自己能不能看懂，從外表判斷女孩應該開始識字了，或許她只是習慣有大人說故事給自己聽。反正無所謂，麥亞很樂意照顧她。兩個人縮在角落唸故事唸到卜蕾的眼皮半闔，不久後，麥亞也闔上了雙眼。

翌日早晨，四人先到氣閘著裝，等待艾里斯特和威爾從發電機拆下必要的零件。

脈搏般的紅色警報燈熄滅、不再亮起後，周遭伸手不見五指。眾人的頭燈一個個打開，六條光束掃過濃重的黑暗。

「準備好了。」無線電傳來艾里斯特的聲音。

縱隊鑽出洞穴進入森林，風暴暫時停息，外頭只有深厚的晨霧。即便如此，沒人敢冒險摘下頭罩。地勢崎嶇，卜蕾一手牽著麥亞、另一手牽著歐文，兩人做好準備，要是小女孩滑倒立刻穩住她。要是裝備刮破了，可能會有生命危險。

到了船邊，一行人魚貫登上階梯、穿過狹窄走道，停在露天甲板。

先前在研究站內討論過，結論是先穿好裝備留在這處。卡菈擔心島上的致命物質會攀附在隔離裝上，若無必要別帶進室內。

她在威爾協助下抽出了研究站的除污液，計畫是全船消毒並將裝備存放在下甲板，避免任何意外。

艾里斯特和威爾下樓去了船尾，開始認眞工作。

麥亞早看出艾里斯特做事很勤快，但勤快不代表情緒好。他手上裝著零件，口裡卻囉哩囉嗦地髒話連篇沒完沒了，最常嘮叨的就是爲什麼非得穿著裝備勞動。可是怨歸怨，他也沒膽子脫掉，連想脫這句話都說不出口。

麥亞第一次看面板時，氣瓶存量還有百分之六十二。

第二次看的時候日正當中，存量下降到百分之四十三。所剩時間不多。

艾里斯特與威爾從底層回來，四個人盯著他們，「準備好了。」威爾開口說。

到了駕駛艙，儘管艾里斯特手指沾滿油污，還是直接點擊操作面板，絲毫不在乎弄髒原本乾淨又光亮的船體，「沒反應。」他邊咕噥邊嘗試發動引擎。

引擎噠噠叫了兩下。僅此而已。

艾里斯特手一攤，「這鬼玩意兒那麼複雜有屁用！故意設計有瑕疵，好多敲幾筆竹槓嗎？」

他氣沖沖回去下層重組機器，威爾緊追在後。

麥亞與歐文交換眼神，立刻明白他的心思：狀況不如預期。麻煩在於事到如今別無選擇，只能託付給艾里斯特和威爾，並且耐心等待。

卜蕾雖然小小年紀也能感覺身處險境，臉上反映大人們心知肚明但竭力隱藏的恐慌情緒。

麥亞覺得自己彷彿站在水池中，看著水面不停上漲，再過不久就將別無選擇，只能直接脫掉頭罩，但屆時即使能存活仍舊受困荒涼孤島。

她拿出平板問：「卜蕾，想聽故事嗎？」

女孩在過大的衣服裡點頭，嘴角微微上揚。

她的朗讀聲或許讓艾里斯特聽得心煩，但既然他沒說大家也不多話靜靜坐著。無線電裡偶爾能聽見下面兩人低語打斷故事。

面板氧氣量剩下百分之二十七，艾里斯特與威爾回來再次嘗試發動引擎。然而一如上次，除了噠噠聲就沒了。

艾里斯特什麼也沒說直接衝回船尾，接著麥亞聽見砰砰咚咚一陣敲打，好像他打算以暴力馴服這條船。

「給我點活動空間吧？」無線電又傳來艾里斯特嚷嚷，「你貼著我的脖子呼吸，我怎麼思考？」

麥亞眼角餘光能瞥見下甲板，威爾已經從引擎區往後退。

「也別像是參觀動物園那樣盯著我看！」艾里斯特又說，「走遠點，別在這裡礙事。」

威爾只好爬階梯回上甲板等著，臉上寫滿了無奈。

麥亞裝作若無其事繼續唸故事。

艾里斯特又爬上來，鑽進駕駛座在面板猛戳。這一回引擎終於點著了，船尾開始一波波水幕飛濺。

「別停！」艾里斯特大叫。雖然他試圖掩飾，但麥亞聽得出他十分激動。

船搖搖晃晃漂離海岸，螺旋槳打起浪花，將船身推得更遠。

長滿巨樹的岩島在視野裡慢慢縮小。

成功了。

總算逃出生天。

麥亞起身遠眺荒島，的確不是什麼熱帶景點，更像是洪水淹沒的山頂，總之直覺讓她認爲是個不自然的地形。她開始擔憂起在這怪異的世界，前途很難一帆風順。

歐文伸手拍拍艾里斯特的背，「就知道你行，一直對你有信心。」

中年技工苦笑兩聲，「說得我都心虛了，自己都懷疑自己行不行。」

「恭喜。」威爾臉上露出淡淡笑容。

「還是挺有用的嘛。」卡菈雙手叉腰說著。

麥亞低頭看見卜蕾小臉掛著淚，「怎麼啦？」

女孩點點頭，「我以爲走不了了。我不喜歡那個地方。」

麥亞望向歐文，嘴裡哄著：「別怕，我們不回去了喔。」

PART III
汪洋

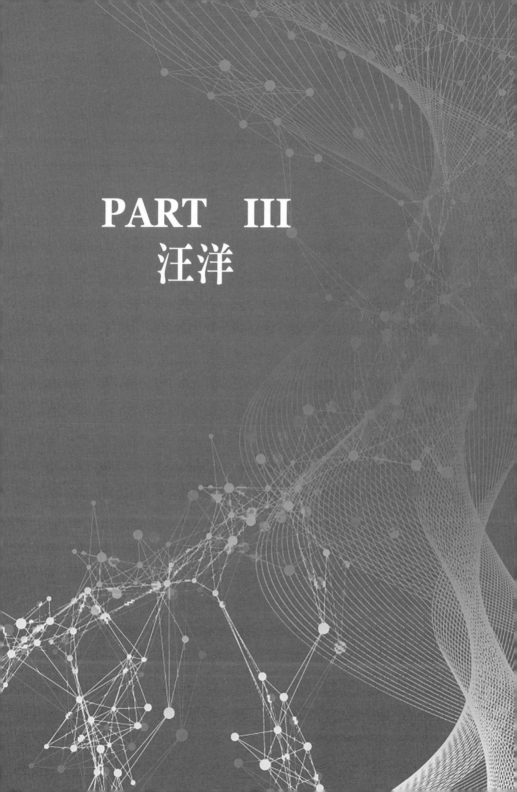

28

快艇朝著落日航行，孤島在後方越來越遠去，最後被海平線吞沒。夜色驅趕了日光，四面八方一片黑暗。

一行人集中在上層甲板，穿著隔離裝等待。接下來會發生什麼大家都清楚，也因此滿懷恐懼。歐文看看手臂面板，氧氣剩餘百分之十二，眼前沒有補充管道。

還在島上就知道氧氣是存續關鍵，但能裝瓶帶走的有限，出航至今已經消耗殆盡。遠離那座島就能直接呼吸嗎？答案若是否定，他們也沒救了。

遲早得有人摘下頭罩試試結果。至於誰先，沒人提得起勇氣開口。

面板顯示百分之六時，歐文站了起來，「去下甲板吧。」

大家乖乖照做，明白時候到了，總不能等到最後一秒。

看不見小島，夜幕覆蓋世界，只有快艇的燈光照亮周圍。

歐文不發一語等著所有人都下樓，最後只剩下自己留在上面，然後飛快地取下了頭罩。

麥亞見狀一個箭步想衝上去，卻被艾里斯特一把拉住。歐文看在眼裡，心中驚嘆之前沒發現這個中年技師的動作如此敏捷。她在艾里斯特懷裡掙扎，張開嘴巴說話，但聲音隔著頭罩聽不見。

歐文凝視麥亞，然後深深吸入一口氣。

他等了等，暗忖是不是該發作了，與洞穴裡的老人家一樣慘死。

冷風撲面，鹹味入鼻，肺裡的感受很清新。

於是麥亞也打算取下頭罩，歐文趕緊伸手示意先緩一緩。她呆愣著，不知所措。

歐文戴回頭罩。

「不能這樣吧！」她的聲音擴音出來，語調十分生氣。

「讓你們誰先我都過意不去，這是最好的辦法。」

麥亞還是瞪著他，「你要跟大家商量！」

「木已成舟。」他淡淡說，「先讓我來做清潔消毒，然後大家開會吧。」

歐文脫掉裝備、放在下甲板，來來回回將整條船擦過一遍。之後其餘人才跟進，總算呼吸到新鮮空氣。或許是受困在陰暗狹窄的地底空間太久，他覺得自己像是重新誕生在嶄新世界，正式吸進第一口氣息。

麥亞脫裝後湊了過來，兩人站在別人聽不見的距離。

「做事得有個計畫吧。」

「這件事計畫沒用，總要有人冒險，討論只會增加壓力和焦慮。反正我自願，也來不及反悔了。」

「我指的不是這次而是下次。可能致命的事情不要出人意表，好嗎？」

他笑著回：「好。」

「我怎麼覺得你在敷衍我。」

「唔，幹我們這行的習慣了吧。就算要冒生命危險，該做的事情就是得做，常常沒機會先和隊友商量。」

「但你已經不是消防員了。按照布萊斯的說法，我們認識的世界已經不再存在，你也該適應新的規則。」歐文笑了笑，「好吧。」

「那一言為定。」

❈

雖然一開始機械故障，但快艇設備其實非常精良。輸入GPS坐標以後開始自動導航，還根據電力多寡調控速度，也會自動利用太陽能板充電。

系統裡包含了天氣預報的衛星新聞服務，但什麼也下載不到。歐文開始懷疑是不是連氣象衛星也早就墜地，幸好GPS衛星還能運作。

天黑以後大家似乎都累壞了。脫離絕島險境，腎上腺素逐漸褪去，疲勞一發不可收拾。就寢前得先安排床位，不過艾里斯特舉手發言以後使討論過程很明快，「唉，沒什麼好說的，我會打呼啊！那麼大聲，你們在研究站的時候也都聽見了吧？誰要跟我一間？」

沒人講話，卜蕾則是挨近麥亞，小手伸過去抓她。麥亞將女孩拉近，歐文看了心想麥亞照顧孩童動作自然熟練，或許之前就是個母親也說不定。他常常想像自己當上爸爸的樣子，但現實中遲遲沒遇到適合對象，簡直可說工作就是初戀。當然現在情況又有所不同。

艾里斯特一說完，床位分配簡單多了：靠船頭海浪聲最吵，那間正好也是單人房，完全符合他的需求。兩張小床那間給歐文與威爾，最寬敞的艙房除了大床還有床邊桌和浴室，適合麥亞、卡菈和卜蕾共用。

眾人也排了值夜表，艾里斯特打頭陣，再來是威爾，第三班也是日出前最後一班交給歐文。

儘管忙了整天，歐文還是有股衝動想在睡前看看書。《基本權利》這本書對他來說有種魔力。威爾則是躺在床上閉起眼睛以後，呼吸立刻慢下來。歐文開著燈，所以特別留意一會兒，怕威爾的睡眠受到干擾甚至忽然醒來，但他動也不動，似乎是經過一天辛勞而陷入昏睡。

房門緩緩開啓，探頭進來的是麥亞。

她微笑說著：「晚安。」然後又走了。

29

麥亞以爲自己會很難入睡，快艇朝著GPS坐標前進時搖晃得很厲害，三個女孩共用的臥室能清楚聽見海浪聲。但沒想到躺下後自然而然就入睡，睡得還很深，彷彿所有煩惱消失無蹤。想必是荒島求生的壓力過去，身心徹底得到放鬆。

醒來時自己靠在床側，本來睡旁邊的卜蕾不知夜裡何時挨了過來，鑽進麥亞懷中縮成小人球。她輕輕拉起卜蕾的小手，以枕頭代替自己讓女孩抱著，悄悄離開臥室，走上甲板。

海平面上剛探頭的太陽只是一小團光暈。歐文站著欣賞天際，臉上有抹淺淺的笑意。

「睡得好嗎？」他打招呼時也很有精神。

「還不錯。」她打量一陣，「不會吧，你居然是個晨型人。」

他笑了笑，「算是吧。」

「可惡。」

「妳不是嗎？」

「我跟早晨不太熟。」

「還有我看著，算妳運氣好。」歐文拿起印著ARC標誌的食物包，「早餐來點綠漿糊如何？」

「你連我要點什麼餐都猜到了呢。」

兩人坐在長椅看日出，彷彿一對蜜月新人，拋下種種煩憂。對麥亞而言，這一刻寧靜悠閒、完美無瑕，可以的話眞希望時光不再流逝。

然而船身不停向前，她只期望能在遠方得到答案和庇護。

「昨晚太累就沒問，到達坐標要多久？」

「根據船上導航來看，大約六天。」

「我們的食物足夠嗎？」

歐文微微蹙眉，「只是剛好，或許有點吃緊，但不至於出大問題。」

「如果到了那邊卻找不到食物，就是大麻煩。」

他表情凝重點了頭，「說得沒錯。」

兩人同時無言，麥亞繼續用餐，歐文也繼續眺望天際，太陽彷彿穿出水面般向上飛升。

「你在想到了坐標地點會碰上什麼，對吧？」她開口問。

「我的心思這麼容易看穿？」

「算是。」

「真羨慕你們。」

「是指察言觀色？」

「嗯。我做不到。」

麥亞歪頭問：「什麼意思？」

「面部表情和肢體動作，對我來說就……唔，類似外來語吧。我小時候要當作學科那樣子特地背誦記憶才能明白意思，可是人的表情轉換太快、很難判讀，就好比……老師翻開字卡一、兩秒，然後我就要從記憶中找出對應的定義，否則完全沒辦法理解。」

「聽起來很辛苦。」

「比下有餘囉。」

「我已經很難想像。」

「我媽總說我只是受到比較多『限制』。每個人的長處短處都不同，但總會有極限，只是某些限制特別明顯罷了。」歐文從研究站留給自己的信封掏出另一樣東西，那是個消防隊徽章，底下旗幟寫著「服務十年」，圓圈外面還有三句標語：「熱忱」、「正直」與「細紅線」(注)。

「所以你就去當消防員？那個『限制』在火場救災確實無關緊要。」

「不算是。」他長嘆一口氣，「確實消防隊因此算是適合我的工作場所，但我想當消防

注：「細紅線」是美國常見用於代表消防隊的標誌。

員……完全是另一回事。」

麥亞察覺他欲言又止，懊惱自己太快切入私人話題了。

「我……」

「妳剛剛問我是不是在想目的地有什麼。對啊，整個早上都在思考這件事。」

「那你有什麼想法？」

「最大可能性是另一個ＡＲＣ旗下機構，或許也是研究站，說不定就是所謂的『樂園』。我個人希望坐標位置是都市，最好是機能正常、熱鬧繁華的大都會，這樣會有很多人伸出援手。」

「也有可能又是一座島。」

「拜託不要，我這陣子不想再住海島了。」

「如果是都市或ＡＲＣ研究站，你覺得會有什麼情況？」

「那就眞的不知道，但最好能找到我媽。」

歐文提起了家人，麥亞也想起了自己母親和妹妹，「我也是。」

威爾從樓梯口探出頭，「沒打擾兩位吧？」

「沒有，」歐文拿了食物包，起身遞過去，「來點綠漿糊？」

他笑笑搖頭，「謝了，我沒吃早餐習慣。」

「這可是每天最重要的一餐。」

「看人。」威爾不以爲意，「我認爲每個人類的新陳代謝都獨一無二，歸納法不是永遠有效。像我就從經驗發現早上吃東西的話，整天更容易餓，還會非常倦怠。」

歐文笑道：「好吧，你都這麼說了，代表其他人能多吃點。」

威爾坐下後，麥亞下去看看卜蕾，順便取了船上找到的本子，回到長椅後打開來讀。

「讀了多少？」歐文問。

她翻了翻稍微估算，「應該……還剩四分之一。」

「內容是？」

「日記，作者大概是之前船上那位女性。」

「開始日期？」

「她醒來的那天。對研究站的描述和我們那邊一模一樣。」

艾里斯特也上來了，看來睡眠惺忪、雙頰浮腫，拿了食物包就倒在馬蹄型沙發上，自顧自地吃起來。

歐文又問麥亞：「所以，作者也和絕跡實驗有關？」

「對。」

「樣本組？」

「嗯，七個人。我們也一樣，只是老先生自己衝了出去。」

「但妳和艾里斯特當初只找到兩個人對吧？」

「沒錯。」麥亞平靜回應。

「會不會，他們也曾經看過『逃生門』影片，結果……到了我們那座島？」歐文問。

麥亞沒想過這個可能性。還好日記中也沒有類似敘述，至少還沒讀到。

「很有趣的想法……」她回答，「如果你猜對了，他們就來自我們現在的目的地。」

「嗯。我覺得妳把內容直接讀給大家聽吧。」

「卜蕾還——」

「她還小，」歐文點頭，「但也被迫面對這個怪異新世界，我們不可能事事幫她安排妥當，她最好能瞭解自己的處境，比較不會出意外。總是會出現沒人在她身旁保護的情況，只是時間早晚的問題。」

30

等到卡菈和卜蕾都露面，歐文起身對全場宣布：「早上值哨的是我，就由我做個簡報。昨夜航程平順，沒有任何事故，剩餘電力始終高於五成，預計六天後抵達目的地。」

「有看到其他船隻嗎？」艾里斯特問。

「沒有，也沒在海平面發現任何光源、浮標、燈塔之類，同時船隻電腦沒有接收到任何訊號。」

「看來，」艾里斯特打趣，「真是瘋狂的夜晚。」

「非常驚險刺激。」歐文附和。

「接下來六天都這樣的話，」艾里斯特又說，「可就無聊了。」

「在研究站待過以後，我是寧可過幾天無聊的平靜日子。」卡菈開口。

歐文亮出麥亞找到的本子，「有趣的東西就在眼前。這是一本日記，來自另外一位絕跡實驗的受試者，推測作者就是先前船上那位——應該說兩位乘客之一。內容提示了往後可能面對的情況，或許能幫助大家保住小命。」

他將本子遞給麥亞，「我不太會朗誦，這任務就交給麥亞代勞了。」

麥亞笑道：「那大家準備靜下心聽姊姊說故事了嗎？」

陽光燦爛海風涼爽，麥亞朝沙發一坐，在太陽能板蔭蔽下唸出日記內文：

【第一天】

不知道誰會讀到這些東西。或許是歷史學者來研究文明的谷底，知曉人類如何在十字路口轉了彎，繞過滅亡的命運得以苟延殘喘。

但目前處境看來也未必活得了多久。寫下這些文字時，心情可謂如履薄冰，儘管舉目所及盡是黑暗，我選擇相信能在盡頭找到光明。這是我的人生哲學，無論面對什麼難關，抱持柳暗花明才能積極向前。話雖如此，也得為最糟糕的發展做好打算，走錯一步可能就是一死，據說研究站外頭寸步難行。

下面會從頭說起。

早上，我在第十三號研究站一個玻璃艙中醒來。所謂第十三號研究站是指我目前所在的地堡。那群科學家才叫它「研究站」，在我看來就是個地堡。無論地堡還是研究站，反正這地方很小，只有一條走道，兩邊好幾扇門，由兩個仿生人負責維護。人一醒來就在這種地方，震驚二字無法表達真正感受於萬一。

仿生人要求我們以文字記錄大小事，而且得用寫的。實在奇怪，這年頭還有人用紙筆？生物偵測與隨身攝影更精準也更方便才對。看樣子可能是數位儲存出了問題，才建造了地底建築並以機器人經營，卻沒辦法保護資料。這一點得列入尚未解開的謎題。

解凍之後他們給了我們保暖衣物，帶到觀察室開始簡報。仿生人還美其名為「培訓」，但只要腦袋清楚點就知道：營隊才叫培訓，非死即傷就該叫作任務簡報。絕跡實驗可不是能讓我們安安穩穩坐著上課的事情。

簡而言之文明已終結，就像被沖進馬桶那樣沒了。

現場眾人反應個個不同，有人立時崩潰，有人訝異到無法動彈，還有些人臉上表情寫著：看吧！就知道人類會自食惡果！

大家問了同一個問題，但輔導員沒辦法明確回答，那便是：世界是怎麼滅亡的？

他們說得很模糊，能梳理出的大概是一群改革家和科學家對未來有願景，認為社會不應被權力者把持——實際上就是指各國政府吧——他們聲稱能夠打破舊平衡、創造新現實，因為一切都會改變，所以稱之為「轉化」。

「轉化」——這名字怎麼回事？我的意思是，絕頂聰明的科學家竟然詞窮到這種地步？很會發明東西卻不明白標題是為了使用者而存在，應該點出內容大綱啊？還是說我太遲鈍，無法參透「轉化」這兩個字包含多少奧妙玄機？另一種可能是故意含糊其辭，避免我這種蠢材也能看穿事情眞相。假如眞是最後這個劇本，那他們完全成功了。

關於「轉化」，若要說我知道些什麼，就是它對於當權者如鯁在喉。儘管不是天才科學家，只是聽命上級差遣的小人物，但我非常明白金字塔頂端厭惡任何能改變食物鏈順序的變動。在他們眼中，改變就是風險，有可能導致自己一夕間淪落底層。此刻說的「轉化」完美呼應了那份恐懼。

所以世界之所以終結，經過大概就是這樣吧：展望未來的時候，一派人提出了構想，另一派人提出了另一個構想。想改變現狀的那群人呢，前面說過了，不是政治團體也不是挨家挨户找人聯署的義工。他們是科學家、發明家，創造出某種能顛覆一切的東西——而且無需掌權者或平民百姓同意，也能付諸實行。

科學家改造世界，引發某些人不滿與反擊，戰爭爆發、席捲全球。兩派人爭奪的是未來，斷送的也是未來。

那還剩下什麼？醒來以後，我們被告知這顆星球已不適人居。更誇張的是——這還不是最糟糕的消息。

最糟糕的是我進入了某種挽回世界的計畫。原來ARC設法保存了極小部分的人類，獲選者將重返世界定居，但種族如何延續，則要透過我們自己去探索。透過我們代表什麼？代表我們是實驗體，被施以不同的改造，放出去試試看能不能存活！

眞偉大的計畫。拿我們做測試，看誰最後活得下來。

我眞希望他們的計畫能更縝密些、更安全些。

可惜沒這麼好的事。

其實我不排斥試誤法，但代價怎會是我自己的性命？

那些科學家一身白袍滿口大話把所有人唬得團團轉，實際上不過是拿世界當籌碼的賭徒而已。他們做事用猜的，稍微有根據地猜，以既有知識爲基礎，提出自以爲會成功的假設，做實驗分析結果，失敗了再提出下一個假設。這不就是射飛鏢嗎，只要有足夠的時間與資金——也就是夠多的飛鏢，遲早有一天正中紅心。好死不死，現在我也成了他們的活人飛鏢，被射向研究站外面那個超巨型靶盤。

【第二天】

結果所謂研究站（地堡）只是名字好聽點的冷藏櫃。我們不能待在這裡，別說床鋪了，連吃東西的地方也找不到。

這是刻意爲之的設計吧，用意是逼我們出去。想看老鼠走迷宮嗎？不給出口也不給食物就成了。

大家躲在觀察室，裹著毯子睡一夜，醒來以後抓了我們還是救了我們的機器人分發物資，一人三個食物包，一臺GPS，一個死轉手坐標（注）。它們說到了目的地會找到更多補給品與下一

注：「死轉手」（dead drop）原本是情報術語，意指一方將情報置於某處後離開，另一方自行取走，過程中雙方避免接觸。「活轉手」（live drop）則相反，意指有人當面轉交。

步指示。

不知道死轉手是不是絕跡實驗高層的內部笑話，但一點也不好笑。怎麼說呢，昨天這組七個人，今天走出研究站，白天看見被炸爛的都市、畸形的動物，晚上已經三個人被轉死了。

最初是頭痛，然後流鼻血，再來記憶喪失。短短幾個鐘頭，倒霉鬼忘記自己是誰、去過什麼地方，看了讓人心慌意亂。在廢墟行走時，我想大家腦袋裡都是同一件事：自己有沒有感染？下一個是誰？

但真正的問題是：那到底是什麼怪病？我也很害怕，不過目前身上還沒症狀。說不定活下來的人就是解藥，接受過治療所以免疫。又或者能在死轉手坐標找到特效藥。總之明天就到了，只要活得下來。

歐文舉手示意，麥亞便先停在這裡，本子放在餐桌上。

「頭痛、鼻血、失憶，」他望向麥亞，「跟妳的情況一致。」

麥亞深呼吸，「看來沒錯。」

卡菈起身在周圍走了兩圈，「其實未必。」

「症狀相符不是嗎。」

醫生點頭，「對，不過日記描述的病患第一天就死亡，我們已經到第二天了。」

歐文想了想，「的確，算是好消息。」

「推論起來，」卡菈字斟句酌，「無論我們接受過什麼……處置，效果應該比前一批樣本好些，有可能已經治癒了。」

「麥亞還是會流鼻血和頭痛。」歐文提醒。

「或許，」麥亞自己開口，「我的情況，只是病程減緩。」

「還有一點要考慮，」艾里斯特說，「麥亞的失憶是從絕跡實驗之前就開始了。」

「是的，」她回答，「有可能我屬於最初發作的人。又或者……因爲某種原因，病毒是從我開始擴散的。」

31

「也罷。」歐文說，「先根據日記描述瞭解其他樣本的後續，或許能知道我們要面對什麼情況。」

「同意。」麥亞見沒人反對，就拿起本子繼續朗誦。

【第三天】

早上醒來少了兩樣東西：食物和一名成員。

是巧合還是因果？這種事情我見多了，答案心知肚明。

其他人卻不信。

他們一直幫忙找理由，什麼那人自己走掉以後有小動物進來叼走食物，或反過來小動物叼走食物以後那人才溜走、搞不好是出去幫忙找吃的但沒通知大家。

嗯哼，好有道理呢。

我耐著性子聽他們亂猜，但結論早就注定。有什麼意義？重點是我們沒東西吃了。只能繼續朝目的地前進。

後來在橋下休息。無論哪兒都一樣，景象傾頹衰敗、老舊灰暗。夜裡大家都睡得很不安穩。累到昏過去之前，最後一個念頭勾起前所未有的罪惡感：我怎麼就沒早點想到可以拿了食物逃跑？偷走糧食的人如今吃飽睡好，醒了還有早餐午餐和晚餐。這叫作有遠見有計畫，留在這裡的人遲早也要出手搶劫，而他拔得頭籌。

今天我們覺得他壞。

明天只有他活下來。

後天？這種人掌握未來。

「轉化」是什麼我不清楚，反正看起來文明滅亡了，生存的不是強者，而是智者，割破人家喉嚨就溜走才能活下來。世界也不是現在才這樣，但過去那時的東西夠大家分，所以平常沒感覺。現在不同了。

【第四天】

醒來以後想法更加黑暗，我是不是大意了，接下來還要出什麼差錯？命只有一條，該輪到我給別人驚喜，不能總是處於被動。

身在廢土之地，能出錯的次數有限，時候到了就是一死。我已經中招兩回，剩餘機會不多。

但今天又出了意外。

「轉化」後的世界看上去都一樣。

灰暗。

荒涼。

空寂。

街道沒有名字，路牌早已消失，連汽車也解體。究竟過了多少時間？有人能回答嗎？連推測都沒辦法吧？

整個世界一言以蔽之像團爛泥巴，是吹乾風化以後埋進時間的流沙。

沒有一處不破爛不古老，隨便碰兩下都會倒。

也沒再看過動物。難道死光了？這對我們而言代表什麼呢？

目的地不遠了。即將得到救贖嗎？抱歉我很悲觀，不相信會這麼簡單。

停在路旁休息時，周圍寂靜得震耳欲聾。以前的世界不是這樣子的，無論如何總能聽到一點點聲音。

內心與這個世界一樣逐漸變得冷硬無望，儘管如此，我必須承認心裡還是有個人，就在這支隊伍裡。名字暫且不提，反正不知道最後誰會讀到，也不確定明天會如何。只想留下個紀錄：我還是在乎的，這顆心還有一部分仍未死去。

眞希望能活著，可以全心全意好好愛一個人，只可惜世界已經不是那樣。

【第五天】

又死了兩個人。

還是身體最健壯的兩個。

怎麼回事？

我眞的需要寫下來嗎？

爲什麼？

或許是老毛病，以爲處境會好轉，所以能做什麼的時候就會盡力試試。於是我躲在這鬼地方，一邊寫字一邊思考到底什麼情況，希望將來讀到的人能藉此多活幾天。

這座都市也是一片斷垣殘壁。我們沒多想就朝裡面走去。太傻了。

換來了血淋淋的教訓

到了目的地附近，什麼也沒找到，只有一棟搖搖欲墜的房子，花掉的灰色外牆爬滿黴菌雜草。

來遲了一步——大家原先是這樣想。

可是GPS坐標上眞的有個東西：像潛水艇那種艙門，有如金屬香菇般自地面突起。

一個人衝上去想轉開，才碰到把手就死了。

身體被一枝箭貫穿。

我連忙轉身。

旁邊的女性倒了，心窩也插著箭。

我想都不想拔腿狂奔，根本不知道自己是往哪裡跑。

後頭傳來尖叫：「把身上東西交出來！」

我照做了，能丟的東西全丟光。

但我繼續加快腳步逃跑。

後來回想起來，之所以堅持跑下去，是因爲身旁有人。要是大家都死了……或許我也會放棄。

我們相依爲命。

心臟好像快爆炸的時候，我才停下來，彎腰抓著膝蓋用力喘氣。隊伍裡一個人從我旁邊經過後，跟著停下腳步，回頭看向我。

「妳沒事吧？」

「還好，只是喘不過氣。」

最後一個生還者也來了，呼吸同樣急促，不斷回頭張望。我們都很驚慌。

「剛才怎麼回事？」他開口問的音量太大，讓人忍不住皺眉。

「小聲點！」我用氣音警告。

他抽了口氣，盯著我瞧。

「陷阱，」我解釋之後，他大驚失色，「人家埋伏好等著我們，還準備了弓箭，說不定會追過來。」他又壓低身子轉過身，想了想卻開口說：「應該不會。他們達成目的了，而我們沒東西吃，走投無路。」

【第六天】

最大的敵人是飢餓。夜裡我們被飢餓折騰得睡不著，白天一個把持不住就會拋棄人性、淪爲無恥禽獸。太煎熬了，遲早失去理智變成神經病。

所以心情更加灰暗。

無處可去，只能在順著廢墟的馬路遊蕩。這殘破的世界太過陌生。過了多久？不知道。或許太久，或許不夠。世界有可能回復正常嗎？

似乎連動物也全躲起來了。

麥亞翻頁後，留意到書脊有條小縫，伸指試探一陣，發現觸感粗糙，應該有好幾頁被人撕掉。

她再翻一頁，紀錄還沒完。

「感覺有人撕了幾頁。」她說。

「爲什麼要撕掉？」歐文問。

「只是缺頁，」艾里斯特說，「搞不好本子一開始就長這樣？」

麥亞聽了總覺得不太對勁。

「先唸下去吧，」卡菈說，「或許後面有解釋？」

麥亞繼續朗讀。快艇劃過海面，微風吹起她的秀髮，太陽高掛在雲端。

不確定第幾天了，已經好一陣子沒算。上次寫完到現在，最大的變化是：我們得救了。至少他們是這樣說的。

醒來以後，身邊已圍著幾個人。他們衣著整齊，送上食物包，我們狼吞虎嚥地吃光光。能吃飽，耳根子自然軟，所以他們開口說要去營地，我們很乾脆地點頭了。

營地不小，他們稱作「自治區」，據說是世界上最後一座城市。裡頭什麼都有，包括農場、學校和最重要的防禦設施，無論碰上什麼都能擋下。

自治區設立宗旨簡單明瞭：重建人類。不得不說，活了大半輩子，就眼前這件事最有意義，所以我志願參加斥候隊，工作只有一項——到外頭找人。我們也是這樣被撿回來的。

第一次任務就得上船。自治區開始探查周邊島嶼，已經有過一些收穫（也碰上一些麻煩），後續就不寫了（理由很明顯吧），在此留下最重要的訊息：自治區所在位置。

讀到這本日記的你，如果需要協助就到這裡來，有很多好心人會伸出援手。

「沒了，」麥亞說，「後面是一組坐標。」

「和『逃生門』一樣嗎？」歐文問。

「不是，不同地點。」

32

歐文在甲板上踱步思考，努力消化日記裡的訊息。說實話，他覺得內容沒解開什麼疑惑，反而帶來更多問題，當然事到如今也不意外了。

而他下意識想著另一件事：自己的母親。她人在哪裡呢？文明崩潰時，她一定無力獨自存活，即使進入絕跡實驗並在新世界醒來，恐怕也撐不了太久。母親能好好活著的話，大概得去自治區，但又要考慮究竟過了多久時間，或許她眞的活了下來，但已經過世幾十年。畢竟從日記敘述看來，距離「轉化」似乎已經過了漫長歲月。

總而言之，無能爲力，此刻的煩惱毫無意義。

艾里斯特從皮沙發起身，「唉，就讓我說出大家心裡話吧——應該改變航道，去找這個『自治區』了。」

「我心裡倒不是這麼想。」麥亞盯著日記本。

艾里斯特聳聳肩，「爲啥？我們圖的不就是活下去，到自治區就活得下去了呀。」他張開雙臂，「何況人家還想重建人類社會。咱們偉大的ARC科技和絕跡實驗講的也是同一回事。再來，日記裡這群倒霉鬼按照研究站指示去找『逃生門』，結果中了埋伏，大叫一聲中箭倒地，賠掉的除了食物還有小命。我們過去『逃生門』，一定也沒好下場。」

「這還是未知數。」威爾開口。

「現在能肯定的是，」艾里斯特說，「我們有兩個坐標。對『逃生門』我們一無所知，而『自治區』則是個有人住的地方。對了，補充一點，我們知道另一個逃生門，但情報顯示它是陷阱，會死人的那種。還沒完，目前看來，我們手上的逃生門坐標與另一個逃生門大概會是同一個地點。」他的眼光掃過眾人，「你們都不覺得危險？哈囉？難道絕跡實驗動的手腳就是讓各位拋棄常識嗎？」

「又或者，」威爾小聲說，「是讓你讀什麼就信什麼。」

艾里斯特微微後仰，「什麼意思？」

威爾歪了歪頭。「有個很簡單的可能性：日記內容是假的，它本身就是個陷阱。」

卡菈轉頭望向大海，「我覺得倒不至於，至少不會全部都是捏造。筆觸與口吻都滿眞實的，我不認爲是虛構。」

「我說的是坐標。」威爾解釋，「想想看，在荒廢世界當劫匪有兩種主要手段，一個是外出狩獵，一個是設下陷阱。狩獵很沒效率；如果相信日記內容，反而能確定已經有人懂得在實驗組的逃生門設陷阱，等樣本露面再搶走他們物資。那日記本上的坐標又何嘗不是？設陷阱要有誘餌，何不將這些……類似瓶中信的東西，散發到世界各地然後等人自投羅網，就像我們這樣絕望無助渴望救贖的人。眼前的情況也很像是強盜發現了這條船，故意將本子丟在船上給人看。」

麥亞將本子放在桌上，「威爾說得頗有道理。還要考慮另一點，就是這本日記到底什麼時候寫的呢？我們根本無法確認這個『自治區』是否還存在，會不會改朝換代後不歡迎外人。」

艾里斯特搖搖頭，「日記沒過多久吧，屍體都沒腐爛。」

「遺體隔著裝備，」歐文提醒：「裡頭沒有氧氣，限制了氧化程度，成爲絕佳的防腐環境。然後威爾指出一個問題，就是我們無法確定日記作者就是那兩人。」

艾里斯特朝天空瞥了眼，「連死人在隔離衣裡腐不腐爛、日記是不是文豪海盜寫的都要亂猜嗎？爭論這些到底有什麼意義，結論還不就是到自治區去過上幸福快樂的日子。」

「太可疑了，」威爾說，「我認爲不妥。」

「同意。」麥亞附和，「總感覺事有蹊蹺，只是現在看不透。」

卡菈兩手指尖輕觸，「我也覺得事情沒那麼複雜。現在有兩個目的地，各有風險與未知，證據指向『自治區』比『逃生門』更符合我們需求。如果相信日記的部分內容，則有理由避開『逃生門』坐標。所以，我投『自治區』一票。」

艾里斯特望向歐文，「自治區和逃生門各兩票，就看你了，歐文？希望你做出明智選擇。」

歐文不喜歡被逼到角落，這樣感受異樣氣氛，就像當初觀察室裡老人排了一齣戲，結果用意是暗殺、或者說破壞布萊斯。

此時此刻又是什麼情況？

「我反對前提。」他淡淡回答。

「什麼前提？」艾里斯特反問。

「不是非得現在做決定。」

「怎麼不是？」艾里斯特說，「食物有限，不趕快改變航道就到不了自治區。現在就要動手。」

「可以考慮別的方式，」歐文說，「用其他因素做判斷。」他停頓一、兩秒，「比方說，資訊。」艾里斯特笑了笑，「聽不懂耶。」

「在場每個人都來自舊世界，」歐文解釋，「我們掌握的資訊或許能用來判斷下一步。趁這機會交換情報，再做決定不遲。」

威爾抬頭，「我也不太懂？」

「就是我們腦袋裡的東西。」歐文說，「『轉化』發生前，每個人身分背景與生活環境不同，世界終結前看到聽到的也不同，所以能從好幾種不同角度切入分析，或許能因此找到線索，瞭解『絕跡實驗』與ARC科技的眞正目的，甚至推敲出『自治區』究竟是怎麼一回事。」

艾里斯特往沙發一倒，雙手掩面叫著：「這就是你的答案？大家先來掏心挖肺？眞是……浪費時間、虛度光陰！」

「不對。」歐文語氣堅定，「不是浪費時間，那反倒是現在最重要的事。」

他走向甲板進入陽光，「你們想想，日記裡那組人爲什麼會死？」

艾里斯特朝他望去，「你是在跟我們開玩笑嗎？不就食物被偷、中了箭，還有奇怪的病毒？」他的眼光飄向麥亞。

「你說的是下場，不是事情爲什麼發生。」

麥亞朝他舉起手，「我直接問吧，你說說他們爲什麼會死？」

「因爲他們像老鼠一樣只會走迷宮。從他們在研究站醒過來，一直到被殺被抓被救之前，滿腦子只有一個念頭，就是活下去。」

「我覺得那很正常？」艾里斯特問。

「下場已經擺在你眼前。」

卡菈朝餐桌探身過去，「你的建議是？」

「應該換個模式。我的想法是從根本問題開始解決：『轉化』究竟是什麼，世界究竟經歷過什麼？確認這兩點才有行動方針，甚至能知道自己該去哪裡，什麼人可以信任。」

「說得好。」艾里斯特嘆氣，「好極了。我怎麼就沒這樣想過呢？」

「因爲，」歐文說，「我們之前就像日記作者，只想著活一天是一天，但看看那個結果是什麼？互相猜忌背叛，然後被逼進絕路。原因之一就在於他們互不相識，從未分享彼此的故事，當然不會在乎別人死活。再想像看看，如果他們曾經好好瞭解對方，會不會能有什麼發現，並且因此扭轉命運？」他又稍微停頓，「要我來說的話，他們最大錯誤就是一盤散沙、碰上緊急狀況便分崩離析。不熟悉彼此就無法團隊合作，那我們的下場不會比較好。」

33

後來很長一段時間裡沒人講話，只有風聲窸窣、馬達鳴響，水浪拍打船身。

麥亞思索日記陳述的種種，以及一行人方才的爭論，不得不說，她心裡也很矛盾。她明白自己急需治療，不能再拖。而她更希望能得知妹妹和母親的現況，會不會她們就在自治區？有沒有熬過所謂的「崩壞日」？

失憶的她如同海上漂流的小船，沒有方向、無依無靠，找不到前進方位，內心的不安筆墨難以形容。幸好身旁有個穩固的錨點，此刻他充滿自信、挺立於甲板，彷彿黑夜中的燈塔。

歐文也望向她，嘴角微微上揚。麥亞知道他是想看懂自己的表情和心思。

兩人之間有獨特的共通點：對外人來說並不明顯，本人卻非常敏感的心理限制。歐文無法釐清別人的感受思緒，麥亞無法釐清自身的過往經歷。

所以他們一同在黑暗中摸索。雖然認識才不久，麥亞卻感覺與歐文有著強烈的情感連結。這不僅僅因爲是他喚醒自己、帶自己離開休眠艙，還有更深層次的一種共鳴，她也很難解釋清楚。

總之麥亞並不介意隨歐文進入黑暗，有他陪伴似乎就無所畏懼。

她不禁好奇，在世界崩壞之前，自己身旁是否也有個歐文？抑或這是第一次？

當然更重要在於，眼前的歐文是否亦有同感。當這思緒閃過腦海，麥亞霎時理解了歐文的感受，總是要揣測別人心思的日子原來是這種滋味。

必須趕快確認了，她覺得在船上這幾天恐怕是唯一機會，往後的遭遇難以預料，靠岸前知道自己在他心裡的地位比較穩妥。

艾里斯特起身走向駕駛艙。麥亞還以為他打算硬來，直接輸入自治區坐標、改變航道。但他轉身望向歐文，「具體要怎麼做？」

歐文張開雙臂，「大家分享自身的故事，試著拼湊事情經過，之後再決定下一步，看看是去自治區還是逃生門。」

麥亞忽然緊張起來。她根本不記得以前的事情，說服力與貢獻度自然最薄弱。才這麼一擔心，她的頭痛又發作了。

艾里斯特靠著駕駛艙雙人座，手環在胸前，「好，但長話短說，大家都明白時間不多。」

「我先吧。」歐文說。

麥亞以為他會直接開始講故事，但歐文下樓進了船艙，回來時手裡拿著第十七號研究站指揮中心留給他的牛皮紙袋。

他舉起信封，「除了艾里斯特，每個人都有。」

技工陡然抽了口氣，麥亞心想這到底是覺得受辱還是厭煩呢，顯然事實被歐文點破時，艾里斯特不太高興。至於研究站內爲何沒有屬於他的物品，麥亞反覆尋思後，也覺得或許是重要線索。那究竟代表什麼？

歐文的手探進信封，「問題是，爲什麼留下這些東西給我們？目前大家看來沒有它們也能存活，但果眞如此嗎？我認爲信封裡的東西或許是線索、又或許能幫得上忙。瞭解它們，確認背後的意義，說不定就是關鍵。」他取出一個消防員徽章。小小圓圓、附有別針。歐文繞了一圈拿給每個人看，海風撩起他髮梢，背後烈日當空。

徽章中間圖案是消防員頭盔、雲梯，還有個形狀讓麥亞看不懂。外圈印了三個詞，正上方是「細紅線」，左邊是「熱忱」，右邊是「正直」，下面小旗子寫著「服務十年」。

「厲害厲害。」艾里斯特說，「大家就別管外頭世界多烏煙瘴氣，先來秀一下過去的豐功偉業。」

歐文放下徽章，凝視艾里斯特。他看來似乎刻意控制氣息、壓抑衝動，麥亞很怕歐文忽然動粗。艾里斯特也不自在地扭了扭。

「這根本不是我的徽章。」最後歐文淡淡地說，「我確實有個一樣的，還有一個十五年的。可是你們看到的東西有三十年歷史，而它改變了我的人生軌跡。」

歐文雙臂交叉，深深呼吸，「小時候我原本想當太空人，夢想能夠探索宇宙。」他微笑著說，「應該說只要能去太空，做什麼都沒關係，小行星採礦、太空梭技師之類也無所謂。反正我就是想穿上裝備，飄浮在那片黑暗，每天醒來面對危險與未知的新奇，如果能有什麼革新文明的發現那更棒。」

他的笑容忽然收斂，神情一沉，「而且我覺得自己很合適，從小我的身高就贏過別人，體格也不錯，直覺敏銳、擅長運動，還在空間認知、規律辨識這些測驗都有很好的成績。」

「我們都見識過。」麥亞說。

「嗯，可是我也有個很大的限制，就是沒辦法讀懂人心。肢體語言、面部表情這些我看不懂，到現在也沒有改善。到了太空，這種問題就無關緊要吧？也許是這一點非常吸引我。出任務的時候大半時間面對電腦就好。」

午間陽光照得徽章熠熠閃亮，歐文拿起仔細端詳，「小孩就是單純，不知道生命可能一夕驟變。

「拿到徽章哪一天，我放學以後在自家後院玩耍，又與家人用過晚餐。那時一家人都在，父親母親與姊姊，卻是全家最後一次團圓，往後再也沒機會睡在同一個屋簷下。我是在半夜嗆醒的，溫度彷彿睜開眼睛感覺會被燙瞎掉。黑煙很濃厚，像煤炭織成毯子朝我罩了過來。隱隱約約聽見尖叫，我下床跟著大喊，可是聲音似乎都被煙霧吸走了。我站都站不太穩，地板也好熱，熱度從腳掌順著腿一路往上爬，那股恐慌直到現在也忘不掉。打開臥室房間以後，一股熱風拍上我的臉，嚇得我哀嚎，忽然有一個人拉了我過去、緊緊抱住，把我的臉緊緊壓在他的衣服上。衣服的質地很粗糙，凹凹凸凸的，就像放在砂紙上摩擦那般。我本能伸手抓到一個東西，起初以為是消防員的釦子。」

歐文再拿出徽章，「原來就是這個徽章。雖然它熱得像團火，但我的小手掐得很緊，那時候以爲只要自己掉下去會一下子燒成灰。」

他的指尖翻動徽章，彷彿觸碰每個細節便能喚回完整記憶，「到了前院，消防員快速但溫柔地放我下來。我不敢鬆手，但他輕輕推開，結果徽章就被我扯下來了，而消防員根本沒發現，又立刻轉身衝進火場。只有他一個，我猜是因爲他住在附近。房子整體倒塌，我爸和我姊受困在內。我媽被救出來的時候屋頂全垮了，消防車幾秒鐘之後才趕到，一下子到處都是人，除了醫護還有更多消防員，總之非常混亂。」

歐文再次深呼吸，視線停留在徽章，「那位消防員回頭查看我狀況，他的臉上沾了好多焦炭與油污，裝備被燒得破破爛爛。有人爲我披上毯子，但我受到驚嚇，連話都講不好，只想到要把徽章還給他。消防員盯著徽章看，可能沒想到會在我手上吧，當天晚上的情況也很難注意隨身物品。他緩緩望向我家那片廢墟，回過頭以後輕輕將徽章推到我這邊，簡單說了句『孩子，你留著吧』就離開了。我連人家叫什麼名字也來不及問。事後回想，他大概覺得我快要一無所有，不只沒了玩具，還少了爸爸、姊姊與住處，所以不忍心再從我手裡拿走任何東西。而那個當下除了我媽，我確實只剩下這個。」

他將徽章收回口袋，「也就在那天晚上，我的志向改變了，不再想當太空人。我還是打算穿裝備出任務，就如同那個消防員，單槍匹馬也要衝向火場，夥伴來不及支援那就自己進去救人。

好一陣子的夜裡，我想了很久，確定自己做得到、做得好，看不懂別人表情也無所謂，能辨識環境的規律與邏輯比較重要。我相信我能成爲優秀的消防員，這個信念支撐我一路成長。脫困後，我們住院好幾天，我媽狀況比較糟糕，後來只能搬去阿姨家。上學時我還是帶著徽章，就算被同學嘲笑也無所謂。消防員訓練的時候，我把徽章別在衣服內側，訓練結業以後，我還是一直戴著。只要看著它，我就能想起自己想成爲怎樣的人，爲何加入消防隊，消防員的使命是什麼。」

歐文在甲板上徘徊一陣，似乎在思考如何表達才妥當。

「轉折在於，我在研究站甦醒之前，其實曾陷入猶豫。我不知道自己想不想繼續當消防員。」

麥亞聽了一驚，「怎麼會？」

他望向麥亞，「工作內容變了。剛進消防隊那年代還沒有消防機器人，我們救火的方式與小時候親身經歷沒兩樣。後來發明了救援無人機，任務輕鬆有趣了些，尤其要將人帶出高樓層非常方便。接著救火機器人問世，活人參與比例逐年降低。」

歐文攤手，「當然這不算壞事，危險的事情讓機器幫忙很合理，只是違背了我的初心。人性很矛盾，對自己的期望特別執著，一旦現實違背了想像，就算明明更幸福也會產生抗拒——說的就是我。我感覺自己年復一年越來越渺小，淪爲照顧機器人與ＡＩ的活人保姆，甚至好像穿著戲服出任務，扮演辛苦的復古消防員給社會大眾緬懷。」

他又遲疑一陣，「社會『崩壞』之前，我好比站在十字路口，盤算自己下一步該怎麼走。」

歐文再次伸手探進信封，取出名爲《基本權利》的書籍，「『轉化』當天早上，我正好和我媽聊到這件事，她就給了我這本書，也成了現在身邊唯一的紀念。無論書或徽章，都來自對我影響極大的人，我收到當下都站在生命的轉捩點上。所以我認爲留給大家的東西，絕對有什麼深刻含義，只是我也還不明白這本書代表著什麼。」

「書的內容是？」卡菈問。

「大部分算是心理學，瞭解心靈、與自己的優缺點和平共處之類。」

麥亞看見艾里斯特翻了個白眼，不過他沒多嘴。

「更有趣的是，」歐文緩緩說，「收到書時，也是我最後一次見到我媽。過沒多久，人生彷彿兜了個圈，我又扮演起自己心目中眞正的消防員。火災現場有個孩子受困，只有我能拯救她。」

他與麥亞目光相交。麥亞明白他爲何遲疑，畢竟可能勾起自己的傷心事。

「就說吧。」她開口

歐文點頭，「『轉化』當天，消防隊接到瓦斯外洩警報。過程很緊湊，大廈起火、我救了個小女孩，下令全員撤離的時候遭到消防機器人攻擊，一個年輕隊員犧牲自己製造空檔，我帶著女孩衝出建築物。直到後來我才得知，那孩子竟然就是麥亞的妹妹。」

眾人望向麥亞，她朝歐文輕輕點頭，示意繼續。

「我不相信是巧合，但就跟書一樣，那份背後含義還沒想通。對我而言，救出她妹妹的時候，我與小時候解救自己的消防員重疊了，雖然人倒在屋頂上狼狽不堪，心裡卻非常滿足。我不知道怎麼解釋，總之感覺我達成了與生俱來的使命。」

他再深呼吸，「更誇張的是，在ARC研究站醒過來以後，我被叫去幫忙扛你們出來、以及穿上裝備外出探索試圖救大家，過程中都有那種感受。自己的存在是有意義的。那種感覺非常好。」

艾里斯特表情一皺，「說什麼傻話呀。」

「我知道聽起來很神經病，也覺得自己是不是想太多，但這都是眞的。我認爲自己就是這樣的人。如果有間屋子在面前起火，裡頭的人出不來，我希望自己可以馬上衝進去幫忙。」

歐文又指著桌上的日記，「這群人不一樣，看看他們的遭遇。房子起火，他們會急著自救和逃跑。要問我的話，這個世界基本上就是起火的房子。ARC保留的最後一批人類受困在裡面，只有我們能伸出援手。雖然不知道ARC究竟做了什麼處置，但我們身體裡的答案或許正是人類得救的關鍵。從我的角度來看，便有如正望著火場，心裡清楚自己該怎麼做——盡力救人。」

他停頓下來，直視桌邊每個夥伴。

「所以我這一票投給『逃生門』。我直覺認爲能在那裡找到線索，帶領倖存者逃離火窟、逃離毀滅的世界。選擇『自治區』只能救自己，選擇『逃生門』則有機會救全人類。」

34

艾里斯特的手向駕駛座一推，「這是我這輩子聽過最糟糕的邏輯。完全不通。」

「我覺得算合理，」威爾說，「生命中最明顯的道路常常不是正確的抉擇。」

「說起來很好聽，」艾里斯特反駁，「但陳腔濫調沒辦法幫我們擋住人家的弩箭。」

歐文停了立刻覺得怪。哪裡怪？這句話好像藏了什麼……「弩箭？」

艾里斯特頭抬得很快，「對呀，」他指著日記本，「裡頭不是說了嗎，有人被弩箭射死了。」

歐文點頭，「嗯。」

他拿起本子翻，心裡還是覺得不對勁，好像拼圖錯置了一片。

「弩箭什麼的也不是重點，」艾里斯特繼續說，「重點是我們不可能把這趟當作什麼尋找意義的靈性旅程，不務實就活不下去。活不下去的話，奮鬥理由之類什麼的還有差別嗎？要務實就是去自治區，只有去自治區才能活下來。行有餘力時，我也支持保護人類、拯救世界那種偉大計畫啊，但都這種時刻了，拜託大家面對現實好嗎？」

「嗯，」麥亞語氣變得堅定，「是該務實些。」

艾里斯特點頭，「很好，有人聽懂了。」

「不對，或者說你的務實與我的務實很不一樣。說得明確些，我認為歐文是對的。有幾點特別值得留意，首先我們眞的需要更多情報，先確認彼此經歷才妥當。」她轉頭望向歐文，「謝謝你和大家分享，很動人的故事，我認爲值得深思。」

艾里斯特又將臉埋進手掌，「我的天啊。怎麼不讓我被箭射死呢。一箭穿心最好。」

麥亞沒理他，「下一個換誰呢？」

沒人主動，歐文很訝異。

「那，」麥亞說，「就我來吧。」

她也從餐桌起身下樓，片刻後拿著大信封回來，放在日記本旁邊。

「之前說過，我的記憶不是很清楚。有印象的只有自己在醫院，有個叫作帕瑞許的人來找我，然後隱隱約約好像知道自己在『創世生科』這個企業工作過。」

她稍微停頓，吞口口水，「老實說，我感覺記憶隨著時間慢慢消失，就像這條船出航以後離岸越來越遠，再也……找不到，可能一輩子都想不起來。」

麥亞拿起信封，「腦海裡連母親和妹妹的臉孔都很模糊，不過仍舊感覺得到母女和手足之情。我覺得這點很重要，值得思考。即使我們不記得別人，不記得他們做過什麼，卻能保留對別人的感受。人類是情緒生物，我相信記憶靠情緒累積，意見和想法也常常建立在感受上。」

她伸手從信封掏出金色小懷錶，「儘管不知道自己身上出過什麼事，一看見、一碰到這個東西，卻有段記憶跳了出來，而且非常鮮明。」

麥亞深呼吸，「這是我爸給的。那時候我與卜蕾差不多年紀吧。我爸說這是祖父給他的，而祖父又是從曾祖父那兒拿到的，一代傳一代，傳承了很久，追本溯源到不知道多少代以前，我的祖先是移民，來到異鄉奮鬥，存了一點錢買下這支懷錶，希望能夠保值，如果有急用可以典當出售。」她手裡轉著懷錶，「它都撞凹了也刮花了，但看著它，就好像爸爸坐在旁邊對我說話。他說『這錶不值錢，但它象徵的精神無價』。」

麥亞將懷錶放回桌上，「他問我懂不懂懷錶象徵什麼。我一開始以為就是傳承，但不對。後來猜家庭，還是錯。我不敢猜第三次，父親給了我答案，很直白，就是『時間』。懷錶早就不動了，但它曾經輝煌過。人也一樣，在時間的汪洋遨遊，雖然終有一天沉入海底，重要的是我們如何度過人生？是否對後世有貢獻？留下什麼給他們？一個懷錶？美好的、還是黑暗的未來？我們似乎在人類歷史最黑暗的年代醒來，可是往後如何發展，還是操之在己。所有能夠控制的資源裡，最重要的就是時間。人類語言之所以說『花』時間是有道理的，時間本身就是種貨幣，也是長遠來看唯一有價的貨幣。」

麥亞拿起日記本，「他們將時間花在哪裡？就像艾里斯特說的，全花在存活上。」

艾里斯特嗤之以鼻，「說的比唱的好聽。活不下來的人還有多少時間能浪費？遊戲結束以後什麼都沒了。」

「正好相反。」麥亞說，「我們運用時間的方式會改變很多事情，例如別人能不能存活，往後的世界是什麼風景，在乎的人有沒有好日子可過。這是懷錶告訴我的道理。原本只是家裡祖先買的古董，可是對我而言多了一層意義，象徵先人爲後人辛勞，並未只顧自己生存，而是眼光放遠，考慮到以後的世世代代。」

她放下懷錶，「關於懷錶，我還記得一件事。我爸將它交給我不久後就離世，細節沒想起來，只知道是生病，病程很快很猛。不確定他將懷錶送我是不是因爲知道自己的病情，回想起來很有可能。他的死讓我更清楚體認時間寶貴，沒人眞的能肯定自己剩下多久。如何運用時間，非常重要。」

麥亞望進歐文眼底，「所以我決定支持『逃生門』。的確生死未卜，但那裡比較可能得到答案，而答案能幫助『樂園』與世界各地的人。我希望時間能用來使世界更加美好。」

35

眾人一時無語。麥亞原本以為艾里斯特又要嘲諷一番，但他也保持著沉默。

她拿起懷錶，正要收進信封卻察覺異樣。太奇怪了，自父親手中接過這古董後，它一直是壞的不會動。其實現在也沒在轉，但指針位置卻改變了。這是巧合嗎？撞擊造成的？或者又是個訊息？

卡菈開了口，令她的思緒回到現場，「妳的信封裡只有這個嗎？」

麥亞將懷錶裝進去，「不，還有另一樣東西。」

她取出一張白紙，面積比雙掌合併再大些。

「不懂。」歐文說。

「我自己也不懂。」麥亞回答，「在研究站裡檢查過，上面沒有刻痕。」

「白紙對妳而言有特殊意義？」歐文問。

「沒有吧，至少我想不起來。除非很表面那種，什麼未確定的未來、無窮盡的選擇、人生從頭來過……記憶都沒了等於全新起點之類。」

艾里斯特很誇張地往後一仰，麥亞知道他又要冷言冷語了。

「聽聽我們嘴裡都是些什麼玩意兒，」中年技工悶哼，「盯著沒用的垃圾找意義！白紙？如果就只是白紙怎麼辦？難道忘記了這是個實驗？搞不好絕跡實驗和那種心理學家的墨漬測驗是一樣的東西啊，本身沒有任何意義，你們看到的只是內心投射，與現實一點關係也沒有。我敢打賭有『輔導員』正在觀察，取笑大家追著自己尾巴跑。這是超大型實驗對吧？幹嘛搶著當笑話？」

「那個徽章對我而言不是笑話。」歐文說。

「懷錶對我也不是笑話。」麥亞附和。

「我信封裡的東西也一樣。」卡菈靜靜回答。

「而且有個問題，在研究站的時候我就覺得奇怪。」歐文又開口，「爲什麼沒有信封給你呢，艾里斯特？」

中年技工聳聳肩，「我哪知道？也許研究員早算準我不會被小東西牽著鼻子走？」

「恐怕不是這樣。」威爾盯著他。

「還是被偷了？」艾里斯特又說，「我不就和你們一樣，都是在研究站裡醒來呀？」

一陣尷尬沉默，歐文走向餐桌，拿起麥亞那張白紙對著陽光與海風細看，看了半天才還回去，「先跳過吧。雖然很有趣，只有我和妳是兩樣東西。其他人在目前看來，都只有一件物品才對？」

「嗯，」卡菈開口，「我確實只收到一件東西。」

「對。」

「我也是。」連卜蕾也附和。

卡菈起身，「這樣的話，我也想和大家分享我的信封裡裝了什麼。」她下樓帶著非常小一塊金屬上來，尺寸只有歐文那枚消防徽章的一半。卡菈得高高舉起、對著陽光，才能讓大家看清楚。

「這東西的圖片我應該看過一千張以上。很小的時候就開始，像一把抵在我咽喉的刀。」她將金屬放在餐桌，與麥亞的信封並列，「它也一樣，提醒了我時間有多寶貴。」

卡菈將頭髮往後拉，露出右耳後方一條疤痕，「比卜蕾還大一點的時候，我出了重大車禍。那時車子開始改自動，但還有少部分自駕。我爸爸載我到學校跳舞，我好興奮，一轉眼就被撞得面目全非。」

她朝歐文一比，「不敢說自己能想像你的經歷。不過聽完你的故事，我想起自己也有過那樣一個夜晚。汽車相撞、發出巨響，然後我痛得昏迷，醒來時看見有個婦人站在身旁，雙手動作快得異乎尋常，包紮好我的兩腿與右手臂以後，她向我耳語說：『別怕，不會有事的，我是醫生哦。』」

卡菈深呼吸一口，「要不是她及時相救，我或許會死。真的是走運，她是急診醫師，下班開車回家恰好停在同一個路口。我和我爸都是她救回來的。後來我住院兩週、復健了好幾個月，整個人都變了。」

她拾起桌上那片金屬，「因爲這個小東西嵌進了我的大腦。主治醫師當然想取出來，但手術風險實在太高，他們擔心隨便挪動一點點，只要一點點就夠了，就會引發永久性的腦損傷，甚至導致死亡。」

卡菈又將金屬放下，「從那天以後，我便與大腦裡的碎片共存，無論何時只要它稍微歪了，我不是生命走到終點就是變成植物人。所以它和懷錶一樣是個提醒，時間眞的很寶貴，活著的每分每秒都是祝福，下一刻會怎樣沒人知道。如果說，這塊碎片是懷錶，那位醫師就是我的消防員。我以她爲模範，期許自己長大以後行醫救人。車禍之前我的成績不怎麼樣，後來才開始認眞讀書。太深刻的切身之痛，我沒把握自己能有第二次機會，做出正確抉擇。」

她盯著海面好一會兒，「再來有兩件事情，我認爲值得注意。第一是，『ARC科技』或者說『絕跡實驗』，竟然有能力取出我大腦裡的金屬片，代表他們的手術水準超越舊世界。」

「可能叫機器人做？」艾里斯特說。

「對。」卡菈回答，「我也這樣想，只有機器人能如此精準又自信地動手術。」

「機器人不會對失誤感到恐懼。」歐文補充。

「或許如此吧。」卡菈壓低聲音，似乎認爲這件事情值得玩味，「不管理由與方法，總之我得救了，得到我一直想要的兩樣東西：自由與時間。但該說造化弄人嗎，舊世界消失，有了時間卻不知道用在什麼地方。人生就是這樣，到手的時候通常就用不著了。但仔細想想，也許找得到更深一層意義。」

她朝麥亞和歐文比了比，「聽完你們的故事，我不禁反思自己。不同的人生卻有共通的經歷，就像金字塔每一面反射相同的陽光。我意識到這個碎片也是種『轉化』，轉化毀了舊世界，車禍改變我的人生。歐文也是，經過火災走上另一條路。無論『轉化』的眞相是什麼，它也是嵌在腦幹的碎片，稍有不愼病人就會死亡。當然現在說的病人其實是全人類。至於我們，就像是那一夜的醫生，恰好出現在對的時間、對的地點。那我們該怎麼做？眼睜睜看著時間溜走，還是衝進現場、盡力救人？」

卡菈微微頷首，「之前我傾向『自治區』。可是聽完你們的故事，再想想自身的際遇，心底那個聲音變得越來越清晰。我現在也認爲該去找『逃生門』才對。」

艾里斯特想開口，卡菈立刻伸手打斷，「還沒說完。我想我親眼目睹了『轉化』，或許知道是怎麼回事。」

36

卡菈在甲板來回走動、整理思緒，「那天我在醫院值晚班，忽然之間，外傷病人洪水一樣湧進來，傷勢很嚴重，各種撕裂、骨折什麼，而且都是機器人事故，一開始醫院是這樣子分類。」

海風吹過，揚起她的髮絲。

「下班之前，我們改了口。那不是機器人『事故』，而是機器人『攻擊』。從沒見過那種慘況，老電影也拍不出來。」卡菈揉揉太陽穴，「後來大家發現了規律：所有受害者都穿著制服。警察與消防員受創最重。」

這話簡直一記重拳打在歐文腹部，「就像我們小隊去綠洲公園大廈，機器人鎖定最先回應的人。」

「似乎是。但也攻擊了政治領袖和所謂重點工作者。」

「想要製造混亂，」歐文分析，「引發社會恐慌。」

卡菈點頭，「非常成功。早上急診室塞得滿滿的，手術室也一位難求，醫院裡找不到空床。

我們不得不在外頭搭帳篷來做檢傷分類，還發現病患類別也起了變化。隔天早晨，外傷案例下降，因爲大部分穿制服的和重點人員都已經入院……或者找地方躲好了？現場很好笑，連醫生護士也不敢換上手術服或白袍，當然不怪他們。可是護理機器人並沒有反叛，儘管慶幸但我不懂原理。」

「應該是駭入系統的人認爲醫療這塊不能碰。」麥亞解釋，「就像通常恐怖份子也不會攻擊醫院。」

「有可能。」卡菈附和，「第二天的案例不同，很多人精神錯亂，被不知如何是好的鄰居帶來醫院。起初我們推測是大規模心理效應，民眾受到亂象衝擊使腦袋糊塗，想不起名字和住處，還有人頭痛、流鼻血。」

她的視線轉向麥亞，「現在當然知道，他們與妳是同樣症狀。」

「後來如何了？」麥亞問得很鎮定。

「一成病患在兩天內死亡。我們束手無策，什麼都試過，眞的是窮盡一切手段，完全沒效果。就好像他們腦袋裡有個炸彈爆掉，非常恐怖。更糟糕的是怪病會擴散，醫院員工全部都感染。共事好幾年的人與我講話講到一半，開始胡言亂語，沒辦法說出自己是誰，也不記得我了。」

卡菈嚥了口水，「好像一場詭異的夢，整個世界當著我的面崩解。病原體在醫院肆虐……我認爲那是種病原，才有辦法一下子掠奪那麼大的建築物。」

她走到沙發坐下，像顆洩了氣的皮球，回憶這段經歷似乎令她精疲力竭，「我好怕，而且累壞了，所以回去休息室待命。接著我也開始頭痛，是慢慢累積的悶痛，止痛藥完全沒效。」

卡菈抽了口氣，「我以為自己等了一輩子、怕了一輩子的時刻到了，腦袋裡那個碎片移位，生命就會在那天結束。但結果不對，是病毒引起的症狀。」

「『創世病毒』，」麥亞附和，「簡稱『GV』（創毒）。帕瑞許向我提起過。」

「沒錯。」卡菈回應，「我在休息室躺著，順便看了臂環上的新聞，報導確實提到叫作『創世病毒』的新病原體已經無所不在、蔓延全世界，圍堵手段已不可行。我闔上眼睛小睡，醒過來就在第十七號研究站裡頭了。」

她轉頭望向麥亞，「差別是，醒來以後我一直沒頭痛，記憶也完好無損。」

「代表『絕跡實驗』治好了妳。」麥亞說，「應該也有辦法治療我。」

「對，」卡菈繼續說，「這是尋找『逃生門』另一個理由。麥亞……妳的狀況還在惡化，對吧？」

麥亞緩緩點頭。

「希望治療方法有留下紀錄。那或許是妳僅存的機會。」

37

聽完卡菈的故事，麥亞重新燃起希望，覺得自己能夠得救。只要解開絕跡實驗之謎，她也能得到自己需要的治療。艾里斯特的低啞嗓音打斷了她的思緒，「好，那就去找『逃生門』，反正我最好說話，你們都知道。」

「那意思是不是，」卡菈問，「你要順便說說自己進入研究站之前的事情？」

艾里斯特悶哼，「有何不可，我這麼樂於分享，早就準備好了。」

麥亞心想他是不是以爲會有人出面吵嘴，結果大家都不講話，只聽得到舷外引擎巨響、海浪拍打船身、微風吹過開闊甲板。或許已經互相熟稔，知道彼此界線，掌握了避免摩擦的訣竅。

艾里斯特雙臂抱胸，「我每天早起工作。眞的是『每天』。想好好把事情做完？那就早點做。我爸教的，他走之前沒教過別的。總之我每天早起上班，因爲早上比較能思考，最重要的是不會有一堆人嘰嘰喳喳。說眞的只要大家別廢話，全世界的工時可以砍掉一半，那該有多好！」

他停頓一下，好像等著誰反駁。麥亞心想這邏輯有誤，大家都不交談的話，有很多工作會停擺。她懷疑艾里斯特自己也不信，說這種話就是存心攪和，不過沒人上鉤。

「先前在研究站裡就說過，我是市區巴士維修工，所以我敢跟你們說，那些巴士根本做壞了。」他自己點點頭，「自動駕駛是沒問題啦。還有什麼最佳化設計。問題都不在那裡，而是爲什麼它們躲不開路面的坑呢？一個都躲不過喔！感覺AI駕駛是故意去踩洞，我都懷疑是不是車軸廠在程式設計師那邊安插了奸細，否則幹嘛老是朝洞裡鑽。反應過好多次，答覆都一樣，總說AI設定是人身安全優先於機械損耗。」

艾里斯特仰頭，「哈！天大的笑話。早就覺得AI和機器人會玩死人類，只是死法差別而已。它們早就一點一滴侵蝕我們的自由，後來說什麼能幫我們節省時間和勞力，根本是鬼扯。舉例來說，巴士有問題是不是？以前我們會拿扳手打開引擎蓋，靠自己大腦找出問題。很簡單。現在呢？非得接到電腦跑什麼診斷軟體，看螢幕說哪邊壞掉，要是零件沒庫存還自動叫貨。最精彩的來了——萬一工人不會修怎麼辦，沒關係，電腦先播放一段修理教學影片，然後啓動鏡頭看著你修，如果你做錯當場糾正。那工人沒了電腦的話，自己修得好嗎？當然修不好啊！最後我們根本只是坐著等命令，成了機器人的助手。」

他朝歐文比了比，「他剛才說得一點也沒錯，那和扮家家酒有什麼不同，我們只是穿著戲服假裝是維修技師而已。還有更糟糕的呢，要是我們搞砸了，機器人技師會直接過來接手。沒開玩笑喔，它們才是老大。機器人不會犯錯，一定能修好。只要市政府努力存錢，多買幾臺維修機器人就能把我們這種黑手全裁掉，時間早晚而已。」

艾里斯特看著歐文的眼睛，「相信我，我很懂你的感受。消防機器人蠶食鯨吞，把你在工作裡能得到的最後一絲樂趣也奪走。」歐文點點頭，「確實如此。」

艾里斯特的手又往威爾一擺，「但說眞的，工作上遇到最惡劣的不是機器人，是程式設計師！每個都瘦巴巴的，手裡那杯咖啡感覺比我的命還要値錢，然後滿嘴聽不懂的術語和縮寫，什麼ＡＰＩ（注）啦、運行異常啦、非同步請求和載具認證之類的，到底在說什麼啊！醫生也是這樣，發明自己一套語言以後樂在其中，突顯自己的尊貴不凡，平民百姓什麼都不懂最好。」

威爾蹙眉，「短語能簡化工作流程，用日常語言描述獨特嶄新的概念得多花半天時間。你剛才不就認爲過度依賴口語是職場功能失調嗎？」

艾里斯特手一攤，「你們看看問題多嚴重——程式設計師重複我說過的話，結果我自己完全聽不懂！還記得有一次，我跟程式設計師說巴士不會動。他做了診斷，研究老半天，我問他到底怎麼回事，他怎麼回答的呢？巴士ＡＩ碰上運行異常，原因是用ＡＰＩ呼叫地圖，但地圖系統那邊也碰上資料庫連線逾時。」他再轉頭望向威爾，「你應該懂，對吧？」

「嗯，」威爾回答，「懂啊。」

「很好，我也懂，因爲我纏著他，要他說清楚。結果呢，意思很簡單，就是白癡巴士ＡＩ沿著馬路走，正好一小塊地方施工封鎖。巴士ＡＩ要問路，地圖ＡＩ想從資料庫查路線，但是資料庫很忙來不及回應，結果巴士ＡＩ就不知道自己該怎麼辦。怎麼解決？也很簡單啊，要有人告訴它這時候等一下就好，所以他們更新了軟體，以後ＡＩ就會停在路邊休息片刻。眞是前無古人後無來者的新發明！還會記錄等待時間，常常等太久才要增設伺服器。這些東西直接解釋有很難嗎！」

「聽起來，」歐文打岔，「是不是離題了？」

「哪有離題。」艾里斯特沒好氣地說，「我要說的重點就在這裡——世界會滅亡，不就是機器人和程式設計師搞出來的嗎！當年我也可以去做程式設計師啊，但是我不想、我不要，一輩子盯著螢幕打字打到累個半死有什麼好的，看得見摸得著的東西才有意義，才會感覺自己每天眞的做了點事情。巴士壞的進來好的出去不是很棒嗎？世界滅亡那天，我也一樣在修車。」

他左看右看，知道大家注意力又回來了，「大清早過去修好一輛巴士以後，臂環跳出通知，是個意外事故，情況很怪，上路的巴士自己撞進警察局。我原本也想說，AI這樣判斷大概是要救人，不然就是非常特殊的機件故障。我還記得那時候進來上班的人也沒幾個。才過幾分鐘，第二輛巴士跑去撞軍事基地，第三輛巴士撞的是消防隊。」

「敵人拿巴士當武器。」麥亞說。

「沒錯。」艾里斯特說，「我採取當下能想到的唯一一個辦法——反正老早就想那樣做——找了根撬輪胎的鐵棍，衝進伺服器機房狠狠狂敲，敲爛它們的矽晶片腦袋。老頭子也靠這招收拾布萊斯。中間觸了幾次電，但我沒死心，砸得到處煙霧火花，天花板開始灑水，同事大叫我的名

注：API即「應用程式介面」。

字。然後聽見一聲巨響，我到玻璃窗邊一看，發現自己犯了個大錯。」

他搖頭苦笑，「早起上工，早點完工。那時候我已經修好一輛，它就當自己是飛彈，直直朝我射過來。我人在機房裡，能跑去哪兒？最後聽見車子撞上牆壁轟隆作響，意識再恢復的時候，已經在絕跡實驗的玻璃艙了。」歐文在甲板踱步，食指和拇指夾著下唇，「有趣，但這故事還是無法解釋爲什麼研究站裡沒有你的東西？」

「大概我不夠特別，沒得到關愛。」

「我留意的是，」卡菈開口，「你現在活蹦亂跳站在我們面前。所有人都痊癒了……」她望向麥亞，「大致上。」

「顯然ARC科技替我們做過治療。」歐文說。

「嗯，」卡菈附和，「而且他們應該知道怎麼清除創世病毒，所以能處理我和麥亞的感染。這麼推論的話，或許有兩種療法，其中一種有效。」

麥亞聽了又多一分信心。這種病有藥可救，只要東西還沒被時光葬送。她又開始頭痛了，彷彿眼球後方有什麼東西在振動，於是下意識伸手揉按太陽穴，想要減輕症狀。

歐文湊近低聲問：「又頭痛了？」

「嗯。」

他深深一嘆息。儘管認識不久，麥亞清楚知道歐文內心所想，畢竟自己也冒出同樣念頭：時間所剩不多。

38

眾人繼續在快艇主甲板開會討論。威爾表態要說自己的故事，十分迅速下樓去臥室拿了信封回來。

「裡頭的東西相較之下有點特別，」他說，「因爲我這輩子都沒見過它。所以不像麥亞的懷錶、歐文的徽章、卡菈的金屬碎片，都是改變人生的關鍵。」

威爾從裡面取出一個銀色金屬圓筒，大致與他手掌同長、兩指同寬，兩端裝了透明玻璃。

「單筒望遠鏡。」歐文伸手接過，舉起對準眼睛，以爲能夠觀察海面遠方的焦點位置，結果根本沒有放大效果。他上下前後轉來轉去，找不到可以操作調整的地方。

「不能用啊。」他低聲說。

「嗯，」威爾說，「也許是裝飾品之類。」

艾里斯特又往後仰，「呃，打住，別說。」結果眞的沒人開口，他只好自己接下去，「所以我猜是什麼『人只能看見自己想看見的』、『注視未來或遠方無法解決眼前的問題』？」

歐文忍不住笑了笑。艾里斯特明明對哲理反感，但即便是譏諷，他也堪稱出口成章。

「我倒不這樣想。」卡菈說，「我懷疑這裝置能識別現在看不到的東西，或許是專門的夜視鏡或紅外線儀器。」

艾里斯特頭一回聽得傻了，「嗯？嗯……好像有理。」

「你覺得你爲什麼會拿到這個？」歐文問威爾。

「有個理論。可能因爲我最後參與的專案，叫作『示現』。」

艾里斯特開始揉眼睛，「搞什麼？」

「什麼搞什麼？」威爾一派天眞。

「你們程式設計師怎麼總要裝文藝？『示現』、『洞察』、『揚升』……幹嘛裝模作樣啊？沒聽過正常人講話嗎，鉗子就鉗子、錘子就錘子，不是很簡單？」

「專案名稱不是重點吧。」

「當我沒說話。」艾里斯特咕噥。

「所以『示現』是什麼內容？」歐文拉回正題。

「很龐大的大數據計畫。出發點很單純，只要設計出演算力足夠的系統，並輸入海量資料——這邊說的是名副其實的『海量』，系統不只能回答問題，還會回答從未有人想到過的問題，而結論當然能改變人類對整個宇宙的認識。這是我入行以來最有趣的專案。」

艾里斯特搖頭，「華而不實。」

「明明值得期待。」卡菈打斷，「威爾別理他，繼續說。」

「之前提過，我們那個小組專門負責一個客戶，就是『創世生科』。」威爾轉頭看著麥亞，「妳說自己在那裡工作過？」

「嗯。」

「記不記得負責項目？」

「不太確定，相關的記憶就一點點。我去上班，換衣服，進了很乾淨的房間，覺得自己應該是個科學家，研究生物方面的東西，可能是病原體或什麼危險藥物。」她停頓一下，「但我還記得，那個叫帕瑞許的人說過，我的身分有點複雜。」

「什麼意思？」卡菈追問。

「我不確定，會不會……唔，不知道。」

歐文覺得麥亞有所保留，但猜不出她想隱瞞什麼。

「我能說的是，」威爾繼續，「『創世生科』，我們通常簡稱『創科』，主力放在神經研究。他們創辦人理念很單純，認為人類面對的真正威脅始於大腦也終於大腦。」

歐文一聽就想起母親留下的書《基本權利》。兩者是否有關連？

「創科最初嘗試治療腦損傷和神經退化疾病，切入點與其他生技產業有很大差別。他們沒有成立實驗室做各種測試，而是收購資料——非常龐大的資料量——來源有醫院、有以前失敗的研究計畫，甚至還有政府，比方說監獄和軍隊。所有資料先去除身分標籤，因為主要是拿非公開的既有資料做統合分析，看看會得出什麼結果。他們相信人類累積的資料裡早就有答案，只是我們從來沒做到足夠的解析，所以找不到。與ARC接洽就是要對大數據做倉儲與計算，我們的小組設計機器學習演算法，反覆掃描數據，直到能跑出有意義結論。這就是『示現』的目標。」

威爾停頓片刻，方便大家思考理解，「專案針對不同結果建立不同分支，我知道有一組特別針對罪犯的腦部活動，前提假設也很單純：會犯法的人，思考模式與不犯法的人有沒有差別？」

「有什麼發現？」卡菈問。

「答案是，確實有所不同。」

「怎麼可能，」艾里斯特反駁，「一定又是那種……相關不等於因果吧？」

「這點我們納入考量了。」威爾淡淡地說，「創科提供了足夠數據，可以證明犯罪活動確實源於不一樣的腦部模式。」

「怎麼從來沒聽說過這種大發現？」歐文問。

「問得好，我做專案的時候也問過自己，但沒有答案。我認爲一個明顯原因或許在於，公開眞相的話會天翻地覆。往後怎麼預防犯罪？很明顯，做個機器監控思考就解決了，可是這代表什麼？思想審查體制嗎，人民能接受那種社會？而且這種權力會不會遭到濫用？很有趣的是，創科好像對這個大發現沒什麼興趣，反倒專注在記憶研究上。」

「例如，刪除記憶？」麥亞問。

「倒不是。」威爾回答，「至少我接觸到的不是這種內容。他們想瞭解大腦如何儲存記憶，並聚焦在如何修改記憶。一開始以有過創傷經驗的人進行研究，目標是幫助樣本與事件和平共處。只要稍微改動記憶內容，當事人回憶事件經過也就不會產生身心疾病。創科認爲負面記憶造成大腦結構變化，類似免疫系統失調或癌細胞在體內作亂。」

「眞的很有趣。」卡菈自言自語，似乎有了很多想法。

「有效嗎？」艾里斯特問。

「有。」威爾說，「早期實驗成功修改了記憶，原本因爲事故無法快樂健康的樣本完全克服了心理障礙，而且沒有追蹤到副作用。」

「眞的？」麥亞問。

「詳情我不清楚，」威爾回應，「只是看過實驗數據。但我發覺，創科好像將實驗結果視爲文明轉捩點，透過記憶修正與維護，有望打造更幸福美滿的未來。」他朝麥亞一瞥，「妳剛剛講了一段話很像創科的信念。人類記得的其實不是事情經過，而是事件帶來的感受。某種程度上，記憶決定人類對世界的詮釋和對應的行動。」

歐文又在甲板走動，「按照你說的，已經有技術可以修改人類記憶，代表我們記得的、現在說出來的未必是事實，有可能是創科編纂……或是ＡＲＣ植入的內容。」

39

艾里斯特搖搖頭，「我可沒有。巴士衝進機房的畫面在我腦袋裡很眞實，就像大家現在站在這裡一樣眞。」

「我認爲應該假設，」卡菈附和，「可以相信自己的記憶，因爲拒絕相信不會導出新的選擇。這個訊息本身沒有實際作用，只會由於不確定感反過來產生危害。」

「我同意。」威爾跟著說，「沒有理由要修改我們的記憶——至少目前看不出來。但有些跡象顯示，創科要亮底牌了，所以收集更巨量的數據，後來ＡＲＣ發現要提供那麼龐大的儲存空間與運算能力，負擔實在太重。」

「他們還能從哪裡找到資料？」麥亞問。

「不確定，」威爾回答，「我只知道他們好像和別的企業、甚至一些政府達成協議，形成代號『人類聯合』的組織。中心思想是以創科別的計畫爲主軸，帶來大規模的社會變化。」

「社會變化……」麥亞沉吟，「會不會就是『轉化』？」

「這也不知道。」威爾說，「不過我會認爲創科、GV與他們想要的轉變有關。」

「話說回來，你是ARC的人，」歐文問，「怎麼也被放進絕跡實驗？」

「剛剛有提到我參與叫作『示現』的專案，可是儲存空間快用光了，運算力怎麼加都不夠。上級要我出差到外面一個資料復原機構，結果就是第十七號研究站。我進去以後……不知道怎麼形容，反正等到意識清楚，已經和大家一起待在觀察室。」

麥亞說不上來爲何，但她同樣覺得威爾的故事有點怪異。

「記不得別的？」歐文問。

「其他事情對我們沒什麼幫助了。」威爾說。

大家在沉默中吃了午餐。麥亞再讀一遍日記，歐文則十分沉浸在《基本權利》中。

「好看嗎？」她問。

「很有趣。」歐文回答。

用餐過後，麥亞帶卜蕾下去臥房，「我知道妳可能不想說，但如果妳能告訴大家，妳在研究站醒過來之前的事，可以幫我們很大的忙喔。」

女孩點點頭，「我想說。」她從床邊桌拿起印了自己名字的信封，隨著麥亞回到上甲板。在麥亞注視下，女孩從信封取出一張照片，大小剛好能放在她掌中。

卜蕾將照片遞給麥亞，「幫我傳給大家看。」

麥亞先好好端詳。鏡頭前面有成年的一男一女和兩個小孩，應該是卜蕾和她弟弟。距離現在有段時間，卜蕾已長大了些。背景似乎是個遊樂場，麥亞不認得。他們一家人曬紅了臉，神情頗爲疲憊。看完以後，麥亞遞給卡菈，醫生看的第一眼就表情錯愕。

「怎麼回事？」麥亞低聲詢問，但卡菈只是搖搖頭就將照片遞給威爾。威爾的反應更強烈，抬頭望向卜蕾好好打量了一陣，似乎對女孩有了全然不同的想法。艾里斯特對照片則毫無反應，看都不是很想看。歐文瞥了一下，反應也很平靜。

「我和你們有個很大的不同。」卜蕾開口，「其實我在研究站醒來之前就聽說過『絕跡實驗』，也知道我能活下來。」

「誰告訴妳的呢？」歐文問。

「我爸爸。」卜蕾回答，「照片裡的大人。」

「同時也是。」威爾補充，「創世生科的創辦人。」

「沒錯。」卜蕾坦承。

「而妳媽媽，」卡菈也開口，「恰好是我小時候車禍那天，將我拉出汽車急救的急診醫師。」

卜蕾聽了沉默片刻，「這件事情他們沒說過。不過我知道，我爸是爲了我媽才成立創世生物科技，執著在記憶研究上。因爲我媽變成了那樣。」

「她……還活著嗎？」卡菈問，「應該說，妳進入實驗之前，她還健在嗎？」

「嗯。」卜蕾說，「可是跟以前比起來變了很多。感覺一年比一年嚴重。媽媽從急診室回家以後會倒在沙發上盯著電視，表情很難過，而且每天都很累的樣子。她說自己看到那麼多人受傷生病，通常只因爲出現在錯誤的時間和地點。她還說有些人去急診室是因爲別的地方都不肯幫忙。爸爸跟我說，媽咪是很聰明的醫生，只是受不了每天看著大家受苦。爸爸想幫她，一開始叫媽媽辭職，但媽媽不願意，說行醫救人是她的天職。」

「我明白那種感覺。」卡菈感慨。

「所以爸爸想了別的辦法。他說媽媽記住事情的方式、媽媽對那些記憶的感受，都是可以調整的。就好像不同記憶裝進不同罐子，看起來就會清爽舒服。」

卜蕾望著照片，「爸爸是個好人。他只是想幫忙媽媽，還有像媽媽一樣的人。」

女孩將照片收進信封，「去十七號研究站前一天，夜裡我被爸爸叫醒。他看起來很害怕，但是不肯告訴我和弟弟爲什麼，直接帶我們上了直升機，飛了一整夜。我不知道究竟要飛去什麼地方，只記得降落在山上的停機坪，還看到了日出。我們走路到研究站，爸爸說要讓我睡一下，醒來的時候世界就會不一樣，變得更美好，我記得的犯罪、饑荒、疾病這些東西會全部消失。還有我起床就會見到爸爸媽媽，而且媽媽會像以前那樣開朗。」

卜蕾安靜了幾秒，好像在壓抑情緒，「我好怕。從來沒去過那個研究站，感覺像醫院。等到醒過來，沒看見爸爸，我也不知道怎麼回事。」她又拿起信封，「可是我好像能懂他爲什麼留這張照片給我。拍照那一天，我在遊樂園迷路了，也是很害怕。爸爸媽媽找我找了好久，好不容易找到了我。他給我這張照片，意思是他還在找我，等我們見面，一切就會好起來。可能爸爸在『逃生門』等我，所以就算迷路也沒關係，就像那天一樣，不會有事的。」

40

日落時分，大家又聚在上甲板各自用餐。

「ARC這鬼東西我已經吃膩了。」艾里斯特抱怨。

「有得吃該感恩了。」卡菈冷冷地說，「此時此刻可能很多人空著肚子挨餓，不知道下一餐上哪裡找。就算有吃的，大概也要帶著逃命。」

「說得好，」艾里斯特回嘴，「抱歉啊，我這種幹粗活只求吃飽穿暖的人就是愛發牢騷。」這話究竟是道歉還是反唇相譏呢，歐文真希望自己能從語調聽出端倪，但卡菈也沒再講話。

入夜了，只有船上燈光照亮甲板，六人各自打發時間。歐文訝異地發現艾里斯特和卡菈兩個人找到紙牌在餐桌對戰，麥亞則是躺在沙發又再讀日記，應該是想找出之前漏掉的線索。雖然認識時間不長，但歐文很肯定麥亞十分注重細節且性格認眞。

威爾待在駕駛艙，雙手在操作面板上跳動，努力熟悉系統功能，學習速度快得驚人。

卜蕾坐在沙發上，離歐文和麥亞很近，獨自一個人抬頭看星星。他心想可惜自己找不到什麼東西能逗女孩開心，讓她轉換個情緒也好。卜蕾應該在想念父母與弟弟，好奇家人身在何方、是否平安。下午所有人分享故事以後，歐文也常常想起母親，想知道她的生死。

除此之外，他花了些時間思考自己聽見的種種。團隊成員的故事對他而言都很不可思議，就像破碎的拼圖等待重組。然而情況有點出乎意料，似乎有個地方兜不攏，儘管一時半刻說不清，卻很肯定另有隱情。目前看來，一行人的過去能夠串連起來，這應該是理解現況的關鍵。怎麼串呢？卜蕾的母親救了卡菈，也造就卡菈成爲急診醫生。麥亞曾經在卜蕾父親的公司做事。威爾也一樣，而這間公司與絕跡實驗又脫不了干係。

然後是歐文自己與艾里斯特。歐文救了麥亞的妹妹，卻與創世生科或絕跡實驗不直接相連。艾里斯特更像是憑空冒出來的，連研究站都沒準備信封給他。這個情況又怎麼解釋？

「卜蕾？」卡菈叫喚。

女孩挺直身子。

「要不要來和我們玩牌？」

她笑著走過去餐桌，加入艾里斯特和卡菈的賽局。歐文留意到卡菈聽過卜蕾故事以後，態度更加親切，很欣慰自己的預想正確：瞭解彼此是改變的第一步。

他走到駕駛艙，發現威爾緊盯著螢幕。在威爾關掉系統介面前，歐文看見了——通訊視窗。他很訝異。

「通訊能用？」

「不行，」威爾回答，「都離線，很奇怪。軟體執行了，硬體也完整，理論上應該可以運行，卻好像被什麼東西擋住訊號。」

「例如什麼呢？」

「我不知道。」

「會不會是船主人之前動過手腳？比方發送訊號會引來危險人物？或許對我們而言也一樣。」

威爾想了想，「有可能。但我認爲，要是能修好通訊，小心使用應該沒問題。」

「怎麼說？」

「我建議找個空曠地點，附近要有能躲藏的地方。發送求救訊號以後，我們躲起來監視船這頭的情況。」

「看看來的人會是誰。」

「沒錯。」威爾肯定。

「好主意。」

歐文回去沙發上思考通訊設備如何運用。用得好得救，用不好全滅。這破敗的世界就是如此極端。

最後他又打開《基本權利》開始讀。

「好像該來開個末日讀書會。」麥亞出聲卻沒抬頭。

他聽了失笑。

「那會是我的讀書會初體驗。」

「我也是。」

「不管是不是末日，」他斟酌著如何表達，「這個讀書會我都有興趣。」

笑意慢慢在麥亞唇上漾開，但她還是沒抬頭，「我正好有同感喔。」

後來沒人講話，只有引擎駛過黑暗海面。威爾繼續輕點螢幕，桌上紙牌聲窸窸窣窣。

找到上次進度，歐文再次接受《基本權利》的啓發。

人類心靈是一組工具，可以決定我們的命運，開創我們的幸福。

然而更重要的是，我們從未學會運用工具。

這種窘境到此爲止。

心靈裡，最強而有力的工具或許就是「觀點」。

現實生活有許多情境要運用觀點。世界究竟是什麼模樣？由什麼構成？將鼻子貼近地面，會得到一個觀點；從直升機向下俯瞰，會得到另一個觀點；乘坐火箭上太空，又是迥然相異的觀點。

實際上對象卻是同一個：我們的世界。

只因爲獲取觀點的途徑不同，於是看起來、聞起來、摸起來就十分不一樣。

這道理適用於生命中出現的人，以及我們自身的煩惱。

有些人在接觸當下似乎蠻不講理，但如果拉開焦距，從更遠更廣的角度觀察他們的經歷，會發現其言行自有一套邏輯。

我們面對的問題也一樣，或許因爲心靈視野狹隘，無法立刻找到解決方法。如果轉換觀點，例如退後一步觀察大局，就有可能找到突破口。將臉靠著泥土，便看不見山間的蜿蜒小路。行走於丘壑，便看不到峰巒另一側大海遼闊。即使凌空鳥瞰，雖然不會錯過汪洋，卻可能遺漏了地面潛藏的危機。

觀點的影響深刻至極。

眾人解散，各自下樓休息。麥亞回頭對歐文說：「共享經歷這主意很棒。」

「怎麼說呢，我喜歡『抱團』。」

「別謙虛了。有時候聆聽與理解彼此，確實就像救人離開火場一樣重要。」

「嗯，沒那麼刺激就是了。」

「眼前這情況，我可不想再更刺激。」

⁂

快輪到艾里斯特守夜時，歐文走下小樓梯，發現他的房門沒關緊，便站在門口觀察一下。中年男子背對著他，駝背低頭盯著自己前臂。艾里斯特的前臂居然有刺青，那是歐文沒見過的圖案，而且對這件事情毫無印象。

技工忽然察覺門口有人，猛然拉起袖子遮掩手臂與刺青。

「現在大家都不敲門了是吧？」

「抱歉，因爲門沒闔緊。」

「那就關上，正好有事和你聊聊。」

歐文關上門，站在小房間裡有些尷尬。床佔掉大半空間，船頭波浪聲像雜訊籠罩周圍，聽了心都慌起來。

「你信她嗎？」艾里斯特問。

「誰？」

「卜蕾。」

歐文聳聳肩，「當然。應該不信嗎？」

「唔，不是很明顯嗎？」

「顯然對我沒那麼明顯。」

「怪了，我以爲你是腦袋靈光的那個。」

「我的工作是衝進火場，比起來應該沒那麼聰明。」

「我是指常識。我覺得其他人好像沒這東西。我有常識，原本以爲你也有。卜蕾的故事違背常識啊。」

「怎麼說？」

「你自己想想，要是她爸還在，怎麼不親自過來接？他總記得自己把女兒丟在哪裡吧？」

歐文不知如何回話。艾里斯特說得沒錯，這是個很好也很大的問題，也是盤踞他腦海諸多疑問的其中之一。即使回到與威爾共用的臥室、躺上了小床，歐文的腦袋還是轉個不停。

只可惜他並不知道的是：卡菈、艾里斯特、威爾都撒了謊。很大的謊。這三個人心裡有數。

謊言導致一切變了調。

41

又是麥亞最早醒來。歐文一個人在甲板上。

「早安。」他笑著招呼。

「早。」

「今天深夜就會抵達『逃生門』。」他一說完，眼神都亮了。

「你當班的時候？」

「剛上哨就要到了。」

「那我得設個鬧鐘，起床看看。」

他又笑了，「那就說定囉。」

✕

大夥兒吃了早餐又各自散開。卡菈、艾里斯特與卜蕾繼續玩牌，威爾將整條船從引擎到電腦都研究了一遍，感覺他在探索新大陸，資料怎麼樣都嫌少。

麥亞到了沙發，坐在歐文旁邊。

「有個小小請求。」她耳語。

「請說？」

「我沒東西看了，不知道能不能一起讀你這本？」

「《基本權利》？」

「如果靠太近會不自在——」

「我沒關係啊，只不過得先說好，我讀書很慢。」

「那就讓你翻頁囉。」

「好啊，那要從頭嗎？」

「不必，從你的進度接下去吧。」

歐文打開書本，麥亞也跟著讀下去。

處於壓力的心靈自然抗拒休息，如同持續運轉的機器。

然而時常可見：想突破肇因自壓力的障礙，唯一辦法就是充電，以求更好的表現。

因此該採納新觀點——休息是生產過程。承受高度壓力時，休息常常是最有價值的活動。

麥亞原本打算在下面走廊那張小床稍微打盹，床邊正好有小鬧鐘，抵達逃生門時醒來就好。結果因爲太興奮、抑或太焦慮，總之完全沒睡意，索性留在甲板上陪歐文。

快艇劃過夜色。

她三不五時走去船頭眺望，希望在海平線看到燈光、燈塔、海岸線一類。

但眼前始終一片黑。

分分秒秒過去，興奮轉變爲恐懼。

不只她，歐文也在甲板來回亂踱。

「你怎麼想？」她開口問。

「我懷疑自己錯了。或許完全誤會了影片的意思。」

「也許還沒到。」

「這個距離應該要能看到東西。」

「先等等吧。保持信心。」

歐文點點頭，但麥亞看得出他已經動搖。

「等眞的到了坐標再評估吧，現在就坐下再讀讀書，如何？」

歐文沒多言，直接坐進沙發。麥亞打開書，兩人一起看了起來。

涼風吹來，麥亞稍微挨過去靠著，歐文將她拉近。

兩人沒那麼專心在書上。麥亞輕輕抬頭，發現歐文也低頭望過來，眼裡那團暖意流進自己心底、點燃火苗。她願意往後每一天都看著眼前這個人。

歐文搖頭嘆息，「要是能看懂妳現在臉上的表情，要付什麼代價我都願意。」

「我可以告訴你啊，免費。」

「是？」

麥亞湊近，凝視著歐文眼睛，四片嘴唇輕輕貼合。彷彿綿延至永恆的一吻，卻在結束瞬間製造巨大的空虛。她想回到剛才那一刻，內心的空洞只有歐文能夠填補。

歐文朝通往艙房的樓梯口瞥了眼，「會有人——」

「都世界末日了，」麥亞說，「你還擔心會不會被別人看見？」

「妳不介意的話，就算全世界看見我也不介意。」

他撲過去又一個吻，然後伸手脫了麥亞上衣，動作快得像餓壞了急著吃最後一餐的人。緊接著發生的事情，麥亞有著同樣的感受——她不知道自己原來也有這樣的渴求需要被滿足。

快艇引擎停止，麥亞和歐文躺在沙發上，蓋著毯子一起看星星。那段時間裡，他們與世隔絕，什麼絕跡實驗、ARC、創世生科、轉化事件——全部拋諸腦後，儘管只是短短幾分鐘。星空下、甲板上，麥亞感覺自己與歐文成了絕無僅有的兩個人，天和地都屬於他們，無憂無慮、自由自在。

然而駕駛艙突如其來的警報音不僅尖銳刺耳，還無情地將她拉出幸福幻想。

歐文穿衣速度之快令她吃了一驚。但回神一想，人家可是消防員，早就習慣了。自己會一點一滴看見更多不同的他。

他跳下沙發竄到駕駛艙，搖頭晃腦地掃視面板資訊。

「到達坐標了。」他轉頭告訴麥亞。

麥亞趕緊更衣，起身左顧右盼。

歐文說出了她的內心話：「什麼也沒有。」

42

海面一片空無，歐文凝視良久。

他很累，很怕，對自己很失望。犯了天大的錯，將所有人帶來這麼遠的死胡同。眞的是死胡同，因爲食物很快會吃完。

走錯哪一步？「逃生門」影片給的坐標是不是誤判？或者根本沒道理沒意義，只是他自作聰明，捏造了不存在的規律？果眞如此，爲什麼？是爲了在團體中出頭、爭地位、建立權威當老大？不可否認自己性格裡有這種元素，畢竟消防隊裡很多場合不得不出面帶頭。

自責懊惱在腦海糾結，他明白苛求自己沒有用，但心底的恐懼失落太過龐大。

麥亞在他身旁遠眺海平線。歐文仍然願意付出一切讀懂她的表情，她同樣害怕嗎？是否對自己充滿怨懟？

「有個主意。」麥亞開口。

「很好。現在看來，我的主意沒想像中高明。」

「別這樣想，這是投票結果。你提出想法，我們大家一起討論才做出的決定。」

這番話像在歐文傷口上敷了層藥膏。

麥亞走下樓，歐文跟到自己和威爾的房門口，她轉了門把輕輕推開。

「威爾。」麥亞輕輕朝著黑暗叫喚。

「嗯？」他回話聲音很清楚，不像忽然被叫醒。歐文懷疑威爾是否根本沒睡。

「單筒望遠鏡還在吧？」

歐文聽見他下床進了走道，將東西給麥亞。麥亞跑回上甲板，將眼睛對準單筒。

「看到什麼？」歐文問。

「還是沒有。」

「是值得一試。」歐文說。

但他死心了，也很清楚爲今之計只剩下前往自治區。麻煩在於時間所剩不多，必須盡快重設坐標、改變航道。

「要不要叫醒大家？」他問。

麥亞點了頭，威爾卻用力搖頭，「先等等。」

「等什麼？」歐文問。

「你們兩個守了一整夜，對嗎？」

「嗯。」麥亞回答。

歐文察覺她的兩頰像是花朵綻放——臉紅了。其實他自己大概也一樣，但威爾對此毫無反應，直接開口說：「我也沒睡，大家都很累了。接下來這個決定看似簡單，不過我認爲還是頭腦清醒、體力充沛的時候，再認眞思考比較妥當。」

頗有道理。儘管歐文也同意了，躺下以後卻怎麼也睡不著。

他輾轉反側不知多久，恐怕到了凌晨才墜入夢鄉。

然後他被一雙手搖肩膀叫醒。

睜開眼睛，麥亞站在床邊，低頭瞪著自己。

「怎麼了？」他低聲問。

「上來看看。」

兩人爬窄梯回到上甲板，威爾正在等他們。

「那邊。」他伸手一指。

歐文轉過身，立刻留意到海平線上有東西。

一條船。

43

沒過多久，所有人來到上甲板，一齊望向遠方那條大船。

「是貨櫃船。」威爾說。

「陷阱。」艾里斯特立刻接話。

麥亞搖頭，「無法確定吧？而且我認為應該先假設它就是『逃生門』影片指引的目標。還能算在同坐標上，船可能稍微漂離原位。」

「會漂流就表示，」歐文說，「船上可能一直、或者『已經』沒有人。」

「嗯。」麥亞附和，「是好是壞還未知，不過沒人的話不太可能有威脅。」

「看似荒廢的場所可能最危險。」艾里斯特嘀咕，「提醒大家一下，日記裡那些又傻又可憐的傢伙也找到了『逃生門』，同樣看起來沒人打理，結果一靠近就被萬箭穿心，現在你們竟然巴不得貼過去。」

「你講那些沒意義。」卡菈語氣明顯不耐煩，「食物快吃光了，那條船是最後幫我們活命的可能，所以一定要上去瞧個究竟。」

「我同意，」歐文說，「就讓我過去看看吧。」

「不，」麥亞搶著說，「我去。」

艾里斯特聳肩，「你們一起去無妨，別叫我去就好。」

「有個東西或許能派上用場。」威爾轉身到樓下，取回像是耳機的東西，「原本是頭罩裡的無線電，我拆出來稍微改造過，目前已連接到這條船的通訊系統。」

麥亞接過後塞進耳朵。威爾走到駕駛艙點了面板，「聽得到嗎？」

艾里斯特望著天空，「你們程式設計師到底……她怎麼會聽不到，你就在旁邊啊！」

「我是說從耳機。」

麥亞笑了笑，「可以，有聲音。威爾，幹得好，這很有用。」

卡菈雙臂交抱四處踱步，思考之後說：「你們要不要穿著隔離裝過去？」

「沒有氧氣吧？」歐文說，「幾乎用光了。」

「但還是比較安全？或許船上會有病原體，或其他不該碰的東西？」

歐文也想了想，「雖然多一分保障，但對現實情況而言很妨礙活動，我覺得保持機動性更重要。」

儘管他沒明說，麥亞理解他的背後考量，或許有危險人物潛伏在船上，眞的打起來的話，穿著裝備無法施展身手。

才這麼想，又一段記憶閃進腦海。她曾經在醫院，坐著輪椅，起身與病房內某人搏鬥。自己的拳腳功夫不差？有趣。也是工作一部分？以前受過特訓？究竟代表什麼呢？

思考這些又突顯自己是個失去過往的人，彷彿舊瘡疤被揭開那樣使心裡難受不安。然而麥亞因此更想親自登上大船探索，既可以轉移注意力，也有機會找到解藥。

威爾進入駕駛艙，改變航道朝貨櫃船移動，引擎活了起來嗡嗡叫著。

眾人站在甲板，目光鎖定起起伏伏的海平線上那條船。

歐文走到麥亞身旁，「猜猜看船上有什麼？」

「答案吧。」她低語，「還有食物。現在哪個比較重要，我也不知道了。」

他笑了笑，「我也是。」

貨櫃船越來越近，麥亞發現它靜止不動。船身沒有任何線索，船名或編號之類付之闕如。整個甲板都是金屬貨櫃，堆了三層高，有藍色紅色綠色，從外觀判斷都沒打開過。

找不到的東西最令她煩惱——怎麼上船？甲板距離海面太高，就算站在快艇頂端也搆不著。歐文應該也察覺到了。「威爾，繞到另一面，看看有沒有地方能爬上去。」

沿著貨櫃船周邊移動，麥亞留意到一艘小船自甲板垂掛而下。橘色的，大小約略是他們快艇的一半。補給船後頭就有橡膠繩梯，底端懸在船體外殼一半處。要從快艇摸到繩梯並不容易，但麥亞認為自己和歐文的體能做得到。

再來則是繩梯背後的意義：也有人趁這艘船航行中登上了甲板。生死未知，人是否還在船上也無法判斷。

總而言之，待會兒便見分曉。

✻

繩梯下方就定位，麥亞站在快艇後側露天甲板邊緣，戴好耳機之後確認口袋，除了手電筒還有父親留下的懷錶——一個用來照明，另一個是幸運符。

歐文伸展手臂，「我拱妳上去，妳盡快抓住梯子。我會趕上妳。」

他有力的臂膀摟著麥亞腰部高高抬舉到半空，似乎不怎麼辛苦。

她抓住繩梯，上頭沾了海水又濕又滑，還在風中左右擺盪。橡膠摩擦金屬船殼聲音銳利，令麥亞多多少少驚慌起來。歐文的手掌從她腳底施力將她往上推，麥亞趕快使勁抓穩，心想還好沒有穿隔離衣，否則現在已經被裝備重量壓得動彈不得。

腳掌構到繩梯底部，她往上攀爬時回頭瞟一眼，艾里斯特已幫忙將歐文撐高。

爬到頂端翻進甲板，麥亞迅速觀察貨櫃船。露天走道可以往返船首與船尾，金屬支架向外開展後繞弧線回到船側，形狀像是彎曲的H型鋼。很多地方已掉漆露出鏽紅色，彷彿船的皮肉遭受巨大海獸啃噬後肋骨突現。

此情此景令麥亞想起日記內容，作者形容全世界在時間洪流中溶解消散。看著眼前這艘船，她也有同感，古蹟在漂流中慢慢被海風和海水分解爲塵埃。

「通訊檢查。」威爾呼叫。

「收到。」歐文回報。

「從哪裡開始好？」麥亞問。

「艦橋。」歐文說，「接著應該是引擎室、船員艙房、廚房。」

「我強烈建議，」威爾說，「你們宣告自己登船探查。」

無線電背景冒出艾里斯特大聲嚷嚷，「什麼爛建議！」

「這是保險起見。」威爾鎮定地解釋，「我們根據指引找到船，沒有打算武力衝突。如果船上有人，我們二話不說四處亂闖，在對方眼中就成了威脅。」

麥亞聽著兩人爭吵，聲音變小了，可見威爾已離開駕駛艙，沒再對著麥克風講話。

歐文似乎打定主意，朝太陽方向扯開嗓門，聲音迴蕩在金屬牆壁與走道間，「哈囉！有人在嗎？」

一片死寂，只有快艇那頭傳來的引擎鳴叫。

歐文提高警覺，邁步向前。走道地面鋪著橡膠軟墊，兩人從貨船中段往船尾接近，一座好幾層高的塔樓俯瞰著貨櫃山。麥亞看見塔樓後方也有幾排，不過主要集中在前面。這畫面好比水上有個貨櫃碼頭，中間插了一根小型摩天樓。

兩人進去以後爬上搖搖晃晃的梯子，不少地方鏽了歪了得避開。接近上方樓梯口，歐文扭動長條金屬門把，推開了門，鐵鏽摩擦出刺耳聲響，劃破靜謐的早晨。

「現在進入艦橋，」歐文透過無線電告知，「還沒發現生命跡象。」

他提高音量大叫：「哈囉？有人在嗎？」

艦橋內，左邊牆壁是一整面窗戶眺望甲板和海面。麥亞覺得裡面那排電腦工作站看上去很老舊。

電腦後面的四個玻璃艙與之前研究站內相似。都打開了，甚至有兩個艙的玻璃罩裂開。

艦橋中央地板上有個人面朝下倒地，完全沒有動靜。麥亞覺得是男人。

歐文伸手示意麥亞先退後，自己走過去出腳一撈，將那人翻到正面。

布萊斯。應該說，另一個布萊斯。

「找到一個『輔導員』，」歐文報告，「看起來壞掉了。」

「船有動力嗎？」威爾問。

他觀察控制面板，抹去鍵盤與操作桿上的灰塵，「沒啓動，看起來像沒電，也應該有段時間沒人用過。」

「還有別人嗎？」威爾又問。

「艦橋這邊沒有。」歐文回答。

透過窗戶，麥亞看見的東西令她心跳漏了一拍。

「各位，有麻煩了，遠處起了風暴。」

氣流形成的漏斗就在眼前逐漸變黑變清晰，足見威力持續增強，筆直朝他們所在位置席捲而來。

44

歐文趕到窗前，觀察還在遠方的風暴，默默估算速度與方向。結論很簡單——極其不妙。

目前看來快艇勢必被捲入。問題在於會有什麼下場？之前在荒島，歐文沒機會從高處研究風暴的實際狀態，但不難推敲兩者的共通之處是狂風暴雨。

可是之前荒島上的風暴、或者說空氣裡有某種東西能夠殺人，所以老先生一走出地堡就喪了命。他們藉助隔離裝得以離開，等快艇出海遠離小島與風暴以後才敢卸下。如今裝備氧氣已經見底，發揮不了多少作用。

所以只剩一個方法。

他盯著逼近的風暴說：「麥亞，妳先回去，我隨後就到。」

她立刻回答：「不行，一起來就一起走，兩個人搜索也是兩倍效率。」

他揚起雙手想說服麥亞，麥亞卻逕自轉身衝出艦橋，回頭拋了句：「爭執只是浪費時間。」

歐文追過去時，麥亞已經三步併作兩步，跳下了那條搖晃金屬階梯。

鑽進艦橋下面那層，外觀看起來是交誼廳，桌子積了一層灰。現場有幾個餐盤，上面連食物殘渣也沒有，反倒好幾個地方出現ARC食物包包裝，全都空了。

誰吃掉的？另一個研究站的倖存者？或者這裡是「逃生門」，原本有專人負責？他們後來怎麼了？

廚房旁邊的用餐區空空蕩蕩，冷藏櫃冷凍櫃都沒庫存，看起來應該空了有段時間。

再下一層樓，兩人面前是交錯複雜的走廊。歐文覺得自己走進了機械怪獸肚子裡，踏著牠的血管逐漸深入腹中。

推開第一扇門，後面是工具倉庫。隔壁是臥房，小床靠著小窗，窗外看得見貨櫃，還有書桌與狹窄浴室。

「這邊應該是居住區。」麥亞透過無線電回報。

「瞭解，」威爾說，「兩位小心。」

「有人在嗎？」歐文又大叫。

毫無反應。

沿著走廊再開一間，還是空的。

第三間，空的。

第四間，空的。

歐文聽見無線電另一頭傳來引擎運轉聲。

他與麥亞交換了個眼神。

「你們準備出發嗎？」她呼叫問道。

「還沒。」威爾立刻解釋，「只是想繞到船另外一邊觀察風暴動向。」

總算在下個臥房找到遺體。是個女性，但已腐爛嚴重，身上衣服與歐文等人在ARC研究站醒來後取得的一樣，地板有堆空的食物包。他檢查各處，找不到別的線索，書桌沒有紙張筆記之類。

「找到一名死者，」麥亞進行報告，「女性，看上去已死亡很久。」

接著一大段時間沒有新發現。

看見女性遺骸後，歐文就心神不寧。她獨自駐紮在船上嗎？多久時間？又或者她乘船抵達，原本的船隻已經漂走？這樣可以解釋繩梯爲什麼還沒收起。那另一條船現在到了哪裡？是整個樣本組一起過來？艦橋的輔導員怎麼回事？眼前一幕幕依舊成謎毫無頭緒。

到了住房區深處，外門窗戶滲入的光線很稀薄。歐文打開手電筒，麥亞也照做。走廊盡頭有一條船內階梯，下去都是機械設備。他覺得自己踏進怪獸腹部深處，這裡的器官負責船隻運作。然而怪獸生命早已凋零死寂，眼前所見不是蒙塵便是生鏽，各種管線因時間和重力而低垂。

光束來回掃射，歐文像是在探索一座封閉多年的古墓。

「這裡應該是引擎室，」他朝無線電說，「或什麼硬體機房之類。」

接著他雙掌圈住嘴巴發聲：「哈囉？有人嗎？我們可以幫忙！」

毫無聲息。

兩人踩著金屬地板繼續前進，空間開闊，腳步聲迴蕩得響亮。偶爾會有水滴在頭頂，彷彿這條船為自己將死而落淚。

又下一層樓，看到了引擎。還是沒有人，環境也似乎棄置很久。

「引擎室沒有人。」他朝無線電說。

「收到。」威爾回答，「提醒兩位，風暴速度正在加快。考慮到空氣性質可能與荒島相同，你們最好盡快撤出。」

麥亞用手電筒朝歐文臉上一照，「得搜搜貨櫃。」

他想了兩秒，「可是不知道有幾百幾千個。」

「所以動作要快。」

她搶在歐文來不及開口前轉身跑走。兩人的互動模式好像定案了。

就在此刻，歐文覺得體內腎上腺素暴增──承擔好幾條生命與時間賽跑激發出潛能。就像之前走出研究站一樣，這條船也如同起火的建築，得趕快找到需要的東西並盡速脫身，否則就會來不及。

麥亞在附近找到艙門，扭動轉盤用力推卻打不開。

「過來幫忙。」她叫著。

歐文靠體重壓了過去，金屬門吱吱嘎嘎尖叫，露出了一條縫。兩人繼續使勁，總算推出能過去的寬度，後頭有條金屬網格地板與扶手欄杆以繩子捆綁構成的窄道，上方沒有遮蔽，所以繩索裝了橡膠皮套。從這高度，歐文能瞧見甲板的平坦底部，底下貨櫃最少也有三層高。

他對無線電說：「我們到了緊鄰引擎室的貨艙，準備開始搜索。」

「快，」威爾提醒，「請一定要快。」

從窄道高度碰不到那些貨櫃，但歐文看見它們都有編號，似乎照順序排好。向著兩人的那面漆上白色大字：「ARC科技」。

窄道盡頭有條階梯能下去，儘管也是搖搖晃晃，他們腳步飛快地往下竄。之前角度看不見，走到了這裡，歐文才知道最接近的貨櫃已經打開，雙門間的縫隙正好容得他鑽過。手電筒朝裡面一照，竟然至少有十二個玻璃艙。

麥亞將這發現回報給快艇。

旁邊還有個貨櫃也開著，同樣裝了休眠艙。再查下去，其實整排都一樣。幸運的是每七個貨櫃就空一小條路，讓他們能穿行在層層疊疊之間。

兩人迅速調查其他幾排。貨櫃金屬門都開著，裡頭的東西在歐文看來像伺服器。

他轉念一想便明白了：這條貨櫃船運送ARC研究站的硬體設備。休眠艙和伺服器是最核心的兩樣東西。

接著幾排貨櫃大約一半打開，裝著可以鑲在牆壁的凹龕。第十七號研究站也有相同裝置，歐文當初推測這是仿生人輔導員的充電站。

他轉頭對麥亞說：「這裡沒用，都是建造研究站的元件。」

「繼續搜索。」她回應。

「麥亞，我們沒時間了。」

45

麥亞凝視一落落一排排的貨櫃，需要的答案就在眼前，她真的感覺得到。

「麥亞，」歐文語氣緊張起來，「該走了。」

他轉身要登上階梯回去窄道，或許期待麥亞看了會願意跟過來。

「等等。」麥亞叫喚。

只差一步，但她就是卡在這兒想不通。

「沒時間了！」歐文再次轉頭呼喊，一隻手抓著欄杆。

「沒時間……」她喃喃自語，反覆斟酌。

就是這個。

時間。

麥亞從口袋取出懷錶亮給歐文看，「爲什麼留這個給我？」

他眉頭緊蹙，「啊？」

「而且還動過指針，所以『時間』就是解答。先給我們坐標，再給我們懷錶上的另一組數字。根據這組數字找到對應的貨櫃，裡面應該會有留給我們的東西。」

「可是麥亞——」

「歐文，先想想，你找到坐標線索，結果也證實這裡確實有東西。既然這是ARC的船，負責運送元件到研究站，我感覺一定還會藏著其他東西。懷錶指針應該是ARC動過手腳，我相信同樣是留給我們的訊息。有人讓我們在未來甦醒，靠這些線索指引倖存者找出眞相。」

「我們現在回到原位，」無線電傳來威爾的聲音，「你們要趕快，時間不多，外圍氣流馬上就到了。」

歐文注視麥亞。

「拜託，歐文。」

他緩緩點頭，「好，一起去找。」

兩人在貨櫃迷宮飛竄，但每排都得停下來檢查第一個貨櫃的編號，很快便發現它們按照順序遞增，找到超過四八一五一那列就折返，鑽進前列以後邊跑邊比對數字。

「等等。」歐文在金屬地板滑了一步，頭向後扭過去，瞇起眼睛確認。

麥亞順著他視線望過去，忽然萬念俱灰——目標四八一五一號被另外兩個貨櫃墊高，門把位在半空，高度至少有她身長的四倍。

歐文二話不說，一腳橫踏身後貨櫃，兩手拍向前方牆壁，用這個姿勢撐起身體，慢慢向上挪動。從無線電能聽見他的沉重喘息，但速度頗快，讓麥亞心中直呼不可思議。

到了上頭，歐文抓住門把，腰一扭把雙腿甩到貨櫃底，利用反彈力道扯開鐵門，尖銳刮擦聲掠過貨櫃窄巷。

他一手拉門、一手拿手電筒，打開開關來來回回。

「看見了什麼？」麥亞叫道。

「兩個圓筒包和一臺平板。」

他鑽進貨櫃不久就捧著圓筒包探頭，身子伏在貨櫃底部，盡可能伸長手臂讓包包靠近地面。麥亞舉起手臂接好丟下來的東西，連忙拉開繫繩，裡頭是好幾十包食物。

吃的問題解決了。至少暫時。

歐文放下另一個圓筒包。麥亞再打開，內容一樣，還是ARC食物包。

等她確認兩個包包裡沒有其他東西，歐文已經爬回地面從上衣裡撈出平板，與研究站找到的ARC裝置看來差不多。

「快走吧。」他催促。

片刻後，兩人抓著拍打船身的繩梯往下滑去。風勢漸強，波濤洶湧，艾里斯特與威爾留在甲板待命，接住小跳過來的麥亞。

歐文丟下兩個圓筒包，腳掌碰觸甲板的瞬間，威爾便衝進駕駛艙操作，快艇全速遠離逼近的風暴。

不知道是一夜沒睡的疲憊，抑或是探索貨船消耗太多體力與腎上腺素，麥亞覺得自己徹底精疲力盡。

她下樓躺平在床上，雖然快艇晃得厲害、螺旋槳吵個不停，還是馬上進入了夢鄉。

她醒來時，發現其餘人都在甲板用餐，神情帶著一股焦慮，甚至恐懼。

可見自己睡著時有了新狀況。

「我錯過什麼？」麥亞故作鎮定。

歐文自沙發起身，「正在等妳一起看影片。」

「影片？」

威爾舉起ＡＲＣ平板，「裡面有六個影片。」

麥亞一看，螢幕上有目錄。

1. Genesis（創世）............[16]
2. ARC Technologies（ＡＲＣ科技）........[23]
3. Revelation（示現）............[90]
4. Dark（黑暗）............[30]

5. Exit（出口）. . . . .
6. Next（後續）. . . . . [51][32]

「檔案前面有編號，」麥亞說，「我猜是建議的開啓順序？」

「應該吧。」歐文回答。

「但後面的數字呢？」她問。

「只是影片長度。」威爾解釋。

這句話似乎引起歐文注意，他走過去仔細看了看螢幕。麥亞以爲他會說出來，但歐文只是點點頭示意，威爾便在平板上點擊。

第一支影片開頭是個輔導員，長相依舊如同布萊斯。他所站之處是某艘船的艦橋，而歐文和麥亞也在貨船艦橋找到同型仿生人。輔導員語調平淡，完全不眨眼。

「你們好。各位找到的是第九十一號研究站緊急訊息。我是ARC旗下PI，原本負責絕跡實驗計畫的後勤，今天任務已經結束，將駐紮於此，根據指示提供輔助。」

他稍微停頓，麥亞猜測只是方便身爲人類的觀眾而已。

「基於命令，我製作此影片，提供可能需要的背景資訊。首先關於『創世生科』，目前情報顯示此企業隸屬『人類聯合』，簡稱『聯合』。聯合意圖引發後果不明的變化，已確認數國政府針對聯合與創科展開調查，一名代號『榛』的臥底成功找到創科在『轉化』中扮演的角色，亦即提供創世病毒，簡稱創毒（GV）。關於GV，現階段可以確認的效果是消除記憶，感染者九成受到影響，其餘一成會死亡。我們推測創科準備釋放病毒，但計畫被『榛』發現並密報給政府。政府方先發制人，攻擊聯合各處基地，尤其瞄準創科可能啓動『轉化』的地點，此行動稱爲『先手』。『先手』並不完全成功，聯合仍有足夠資源發動『轉化』。進一步分析，我們認爲聯合遭到先手後爲爭取時間重建組織，反而提早啓動了『轉化』。其他資訊請參考後續影片。」

平板螢幕暗下，麥亞卻舉起了手，「有件事情該告訴你們。我之前說過，自己生病期間有個叫作帕瑞許的人過來探視，他提到我在創世生科工作，其實還說了我是調查創科的政府密探，代號就是『榛』，原因是我有榛子色的眼珠。」

她凝視眾人，「如果帕瑞許說得沒錯，我就是榛本人，那麼我的行爲就是導火線，引發政府攻擊創世生科，提前啓動轉化……演變爲絕跡實驗。」

46

很長一段時間沒人講話。快艇持續疾馳，遠離遭風暴吞噬的貨櫃船。

歐文的腦袋轉個不停，對麥亞的自白抽絲剝繭。原來她是密探……一路經驗合理了起來，好幾次危難中她的直覺拯救了他、甚至整個團隊。麥亞非常擅於控制恐懼，鼓起勇氣完成使命。

她起身在甲板繞了繞，低頭繼續說：「影片內容符合我的狀況。我不單純是創世生科員工，還是政府安插進去的探子，發現事情眞相以後通報了，於是政府發動攻擊。創科對我用了病毒，除了讓我失憶避免情報進一步外流，說不定更希望我死了就算了。見我死得不夠快，創科派出刺客想直接收拾，但我掙扎反抗，活了下來。」

「就算到這邊都沒錯。」艾里斯特問，「妳又怎麼會跑進絕跡實驗裡頭？」

「不知道。」麥亞小聲回答。

「我認爲，」歐文說得謹愼，「看完所有影片再下結論比較實際。」

沒人反對，歐文向威爾示意，他便點了下一個影片：

2. ARC Technologies（ＡＲＣ科技）‥‥‥‥[23]

畫面上又是輔導員，依舊站在貨船艦橋。

「第二個主題是ＡＲＣ科技。各位應該觀看了第一支影片，我已經提到自己就是ＡＲＣ內部人員。本公司始於數據與文件的倉儲管理，後來業務擴展至特殊資料的儲存與分析服務，因此與『轉化』和後續的重要組織間都有密切關係。其中值得注意者是一個特別小組，與創世生科等組成人類聯合的企業有緊密聯繫，在此稱作ＡＲＣ聯合組。政府對創世生科及其聯合夥伴發動攻擊後，ＡＲＣ聯合組第一時間得知『轉化』即將展開。爲了簡化用詞，之後國家政府這個陣營簡稱爲『同盟』。後續影片會說明ＡＲＣ在事件中扮演的角色，以及我們隨後得知的一切。」

艾里斯特把腳擱在休息區咖啡桌上，「搞什麼？分六個幹嘛，塞同一個檔不就好？搞得像撿麵包屑一樣，直接告訴大家答案不行嗎？」

「我認爲答案……」歐文說，「很快就能看出來。或許他們曾經在別的地方留下簡單易懂的指示，只是沒有人成功。我們是研究站內最後醒來的一批，可以想見更直接的方法全部失敗了。這些檔案應該是最後防線，ＡＲＣ對絕跡實驗得以成功的最後寄託。」

「說得容易。」艾里斯特嘀咕。

威爾輕點平板，播放下個影片：

3. Revelation（示現）………………[90]

「第三支影片，預設各位已經看完前兩部。這次要講ARC的『示現』計畫，服務對象最主要是創世生科，再來就是各國政府專案，主要目的是增進人民長遠的健康和壽命。

「但首先提供背景資訊。ARC內部有個名爲『絕跡實驗』的計畫已經進行一段時間。ARC過去專業是儲存資料及特定生化樣本，此計畫進一步擴張事業版圖，達成在滅絕等級現象前收容人類的任務。原本認爲遙遠的未來才會正式啟用，卻因爲先前描述的同盟『先手』及隨之而起的『轉化』導致實驗提早啟動。世界陷入混亂，兩大陣營衝突不斷，所幸ARC對雙方都有足夠認識，同時掌握獨特工具能夠預判可能結果。這個工具就是『示現』。轉化過程以及之後的轉化戰爭中，我們收集大量資料投入示現計畫，進行分析與預測，下支影片會說明有什麼發現。」

威爾立刻點擊下個檔案：

4. Dark（黑暗）………………[30]

鏡頭前還是同一位輔導員與同一個艦橋。

「第四支影片。『黑暗』。」

輔導員稍微停頓，或許是給觀眾做筆記的時間。

「『轉化』擴及全世界，同盟發動反攻，然而軍隊遭到癱瘓，無法採取傳統戰爭策略，只能以其人之道還施彼身——以科技爲武器，就像人類聯合那樣。各國政府還掌握一樣可操作的資源，也就是無人機。他們很快找到方式，以高空無人機發動氣候作戰，由小型風暴開始逐漸增強爲超大型風暴。不久之後，我們還發現這種人造風暴有個非常獨特的性質：任何經歷了『轉化』的人類身處其中，便會喪命。從ARC的角度來看，潛在的滅絕危機已經浮現，於是正式啓動絕跡實驗。最初我們仍期盼所謂轉化戰爭能夠和平落幕，因此目標十分簡單，就是盡可能收集人類並加以保存，等到世界安定便可重新建立社會。但阻礙也顯而易見，我們必須開發創世病毒的疫苗與療法，並且改變人類體質，以免他們活不過同盟製造的風暴。」

輔導員放慢後說：「無論之於ARC或絕跡實驗，這都是個轉捩點。我們保存了最後一批人類倖存者，彼此交戰的『同盟』與『聯合』兩陣營，都十分需要人口才能組建軍隊、開墾土地，否則無法奪回這顆星球的主導權。於是他們開始搜索研究站並動手劫掠，我們只好不斷深入地底，採取更多封鎖機制，最後被迫進入潛伏模式、與世隔絕。」

影片結束，歐文情不自禁回頭望向肆虐貨船的風暴。這也是同盟無人機製造的嗎？很難相信會是單純的巧合。

那麼，同盟對貨船展開了攻擊？與一行人登船是否相關？在歐文看來這是符合邏輯的推測。

麥亞朝平板點點頭，「我想或許是政府將我置入絕跡實驗，一來避免我被『人類聯合』或者創科發現，二來有可能治好我。假如實驗開發出藥物，直接進入實驗最有可能獲得治療。」

「唔，」艾里斯特潑她冷水，「可是看樣子，妳被放生了。」

「的確。」麥亞回答，「我猜我也不是唯一一個。還記得一開始的老人嗎，就是大家在第十七號研究站醒來之後，把布萊斯打壞的那個人？他說過實驗與我們想像不同，而且急急忙忙一個人逃出去，不相信外頭眞的有風暴。從種種跡象判斷，他大概也是政府的人，事前得知絕跡實驗的內容，認爲ARC與同盟搶人不還，而且並沒提供治療病毒的方法。按照時間順序，他被選爲樣本、加以安置，應該是研究站進入潛伏模式之後的事情。」

「嗯，」歐文附和，「合理。」

「還有兩個影片，」威爾說，「可能會說更多內幕。」

他按下編號第五的檔案「出口」。輔導和艦橋又出現在畫面上。

「第五支影片。『出口』。」

仿生人同樣停頓片刻，「各位看到這裡時，代表絕跡實驗失敗了。我們努力想找出一組樣本能夠在『同盟』與『聯合』夾擊下的世界生存，然而至今沒有成果，因此我也很難針對往後的行動提出建議。各位離開研究站，外頭的戰爭還在繼續或者已經結束，恐怕難以判斷。必須確認的有以下幾點：『聯合』是否仍在活動？『轉化』是否已經完成？『同盟』戰勝還是戰敗？實際上，問題核心是對於人類和未來抱持何種看法。ARC科技與絕跡實驗的目的僅止於爲人類保留可存續的未來。下一步指引，請參考本系列最後一支影片。」

威爾切換下一個檔案。

「第六支影片，來談談後續行動。基於我在計畫內的角色必須提供各位清楚的前進方向，如今我已經完成使命。祝各位好運。」

畫面沒了，螢幕一片黑。

艾里斯特將臉埋進手掌，「開什麼玩笑啊？」

「我也不懂。」卡菈嘆息。

可是歐文懂了。他在甲板走來走去，消化方才聽見的一切。

「別無選擇了吧？」艾里斯特又開口，「只能去找『自治區』，不然還能怎麼辦？」

「但自治區由哪一方控制？」卡菈問，「是舊世界各國政府組成的『同盟』，還是那個『人類聯合』？更何況，這兩邊到底誰是好人？」

艾里斯特翻個白眼，「我的天，什麼叫作好人！誰能塡飽妳的肚子、不讓妳被一箭穿心就是好人！」

「我不太同意。」麥亞說。

「不聽勸的都死了。」艾里斯特反唇相譏。

歐文轉身對他們說：「不去屯墾區，去找『樂園』研究站，爲絕跡實驗畫下句點。」

艾里斯特大笑，「是啊是啊，好棒的主意。搭船還是搭直升機去？現在去還是等休假？」

「現在就去。靠這條船。」

「你挺逗的。」艾里斯特咕噥。

麥亞認眞看著歐文，「意思是？」

「很簡單，他們已經說出目的地了。密碼就在影片上。」

47

主甲板上，麥亞從沙發上打量歐文。他又露出那種神情了，之前研究站裡想出實體傳統鑰匙可以解鎖平板、GPS坐標藏在影片臺詞時，也是同樣的表情。

歐文朝威爾做手勢，「叫出檔案列表出來。」

威爾點了平板以後，將螢幕轉給眾人看。

麥亞研究列表，卻沒能看出歐文找到什麼線索。

1. Genesis（創世）........................ [16]
2. ARC Technologies（ARC科技）........... [23]
3. Revelation（示現）.................... [90]
4. Dark（黑暗）.......................... [30]
5. Exit（出口）.......................... [32]

歐文又來回踱步，似乎也在思考，「大家想想看，我們是怎麼來到這裡的？是因爲我們能從研究站影片找到意義，其他人未必有發現。更早的樣本身在何處，我們並不知道，但應該可以假設他們也得到了『逃生門』坐標，可能直接告知，也可能同樣以隱晦方式傳達。」

「所以呢？」艾里斯特問。

「所以，」歐文凝視遠方的大風暴，「我們要以相同方法切入來找線索。研究站影片用一堆假訊息包裹了貨櫃船坐標，就是那些對不上的病人數字。這次的影片也有類似的錯誤訊息，而且還是數字。」

他轉頭看著大家，一臉期盼。

「麥亞，貨櫃裡這些東西是怎麼找到的？」

「按照懷錶上的時間。」

「妳怎麼注意到的？」

「錶的時間變了，和我在實驗之前記得的不同。」

「沒錯。那你們看看檔案列表。」

麥亞注意力又回到平板，怎麼看都沒發現不對。

「也是時間，」歐文說，「時間不對。影片不是更長就是更短，對不上列表顯示的數字。所以說那根本不是時間，應該是GPS坐標。」

其他人圍在平板前面仔細觀察。

「什麼地方的坐標？」麥亞問。

「『逃生門』該通向何處？安全和救贖。所以我認為任務終點就在眼前，找到『樂園』就能解放ARC收集的所有樣本。」

「我什麼也沒看見。」艾里斯特嘟噥。

歐文指著螢幕，「再看一遍。注意檔案名稱。」

1. Genesis（創世）…………………[16]
2. ARC Technologies（ARC科技）…………[23]
3. Revelation（示現）…………………[90]
4. Dark（黑暗）…………………[30]
5. Exit（出口）…………………[32]
6. Next（後續）…………………[51]

「檔名第一個字母，」歐文說，「組合起來是GARDEN，也就是『樂園』啊。後面的坐標想必就是樂園研究站所在位置。」

48

快艇航向「樂園」，歐文下樓回去自己與威爾共用的艙房，倒在床上想小睡，睡意卻遲遲不來。

他的腦袋裡轉著同樣幾件事，反覆想著到了「樂園」會有什麼發現。眞的能夠拯救全人類？可以逃離化爲火場的世界？

思緒時常飄回最後一次與母親的會面。她是否還在等待自己？抑或已隨世界被轉化戰爭和後續慘況呑沒？

還有一件事情如鯁在喉。他默背了大家的故事，直覺認爲其中有蹊蹺。

但到底是什麼？

艙門打開，麥亞探頭進來。

「抱歉，不知道你在休息。」

「沒有，我在想事情。請進。」

她溜進來關上門，「你能注意到檔案列表的時間長度，眞是不簡單。」

「對我而言挺明顯的。」

「對我們其他人就不是喔。」

「應該只是大腦運作方式不同。」

麥亞坐在對面那張床。兩人這樣近的距離，勾起歐文體內的一把火，他很想將麥亞拉過來親吻，然後鎖上門，趁著還沒抵達樂園研究站之前好好親熱一番。可是現在必須趕快釐清大家的故事裡有什麼環節不對。他心底有個預感——這個眞相攸關性命。

麥亞又好像一眼看穿他心思。

「你有心事。」

「嗯。」歐文坦承，「我覺得自己漏掉什麼重要的關鍵，但遲遲沒頭緒。」

「哪方面？」

「其他人說的經歷，有什麼地方怪怪的，我雖然感覺得到，卻說不清楚。」

「我想大家都累壞了，壓力也很大。說不定是疑心生暗鬼？」

「或許吧。」不知為何，歐文忽然想到，「妳有沒有看過艾里斯特的刺青？某一邊前臂上面。」

「沒有，他前臂哪來的刺青？」

歐文撐著床起身，「眞的有。我昨天在他房裡看見了，很精緻。」

「這就怪了，剛才在上面天氣熱，他都脫掉衣服了，但我什麼也沒看到。」

歐文試著釐清。他確實是守夜結束在疲憊時看見的，或許是眼花，或者自己胡思亂想？好像只能這樣解釋。

「有關連嗎？」麥亞問。

「如果沒有，就是我產生幻覺了。」

沉默片刻後，麥亞繼續說：「之前在貨櫃船，謝謝你願意相信我的直覺。」

「妳的直覺很敏銳，已經救了大家好幾次。」

「你也一樣。」

歐文一聽，心中彷彿接上線，「這該納入考慮。『我們』，六個人，相互糾纏。」

「糾纏？」

「每個人的故事，以至於專長和性格，都像紡織那樣緊密結合。其實連價值觀也不例外，這應該不是意外，也許……就是所有問題的解答。」

不知何時兩個人沒再繼續聊，麥亞已平躺在床上，一條胳膊摟著歐文。有她的體溫與海浪聲相伴，歐文終於緩緩睡去。

後來他被人輕輕搖晃肩膀與臉頰喚醒。

「歐文——」

是麥亞。

「到了。」

他跳起來衝出房間，從樓梯回到上甲板。

日落遠方，他得舉起手掌遮蔽才能看得清楚。

本以爲不是島嶼就是海岸線旁的都市，再不濟也該是另一條貨櫃船。

但是什麼也沒有。

空無一物。

四面八方都是海。

他錯了。

49

麥亞在歐文臉上看見了濃濃的失望，也能明白他是什麼感受。之前在貨櫃船上，她希望歐文能相信自己，那時候也同樣是孤注一擲。

只是歐文這回賭輸了，賭到一條死路，海上的死路。而且他們時間不多。

雖然貨櫃船的圓筒包內還有食物，但目前沒有辦法取得更多。

不過，站在甲板眺望遠方的歐文露出了熟悉的表情，自第十七號研究站醒來以後，麥亞就很熟悉那張臉——他的精神高度集中，而那份專注能夠突破任何障礙。

歐文再開口時，聲音平靜但堅毅：「威爾，借一下單筒望遠鏡好嗎？」

麥亞聽了振奮起來。沒錯，就是它。

歐文拿起望遠鏡慢慢轉身。

她只能等待，然而歐文開口說話前，她已經知道答案。

「沒東西。」歐文將望遠鏡還給威爾，威爾自己也看了一遍。

「說不定晚上才有用？」工程師想了想，「也許沒太陽以後就能看到東西？」

艾里斯特重重嘆息，「是啊，搞不好要開煙火大會。」

沒人理他，他就自己接下去：「我說啊，已經努力試過了，既然這裡沒東西，就趕快改道自治區，別再廢話了。」

「我想等等看，確定沒東西再走。」

麥亞忽然有個想法，「會不會等待就是答案呢？」她拿出懷錶，「時間。等到這支錶的時間吧。或許要找的東西不在這裡，而是正在接近。」

快艇引擎靜止，船身隨著波浪起伏。

既然要等，艾里斯特、卡菈與卜蕾又玩起了牌。

威爾開始檢查隔離裝。麥亞覺得他看過風暴後好像很懼怕，一直嘗試爲氣瓶塡充以防萬一。

她和歐文窩在沙發繼續讀《基本權利》。麥亞停在自己覺得特別有趣的段落：

負面評價在人生中也有一個角色：通往更大成功的指引。倘若無法依據負面評價改善自身，最合適的對應也十分簡單——什麼也別做。

夕陽西沉，歐文又拿起望遠鏡試試看。「還是沒東西。」

「還沒，」麥亞提醒他，「時間還沒到。」

他們吃了自研究站帶出來的最後一批食物，耳邊只有浪花拍打船身的稀哩嘩啦。

用餐完畢，繼續等待懷錶上指定的時刻。

時間到了。過了。

風平浪靜。

沒有船，沒有直升機，沒有任何變化。

威爾拿起望遠鏡又試了試，連沒看見東西也懶得說了，直接將東西收回信封，彷彿以此動作宣告結案。

「我值第一班吧。」他開口，「我休息得比較多，而且看起來我需要的睡眠比較短。」

雖然下午小睡過，麥亞還是覺得好累，但她沒直接回房，先去了歐文那兒。

「說不定早上才找得到東西。」她扶著門框。

「或許吧。」

「你在想什麼？」

「想這世界有多空虛。」

她進去關上門，不希望卜蕾聽見這種話。儘管處境眞的絕望，麥亞還是希望那麼小的孩子別聽見大人吐露眞實心聲。恐懼會傳染，在團隊中濃稠瀰漫。

「在研究站的時候，」歐文解釋，「大家被關在地底，沒電力沒空氣。」他朝外一比，浪濤聲不絕於耳，「那時候我們只想出去。現在空氣電力充足，但四周什麼也沒有，不知道該去哪兒，連塊陸地也找不到。我們漂流落難了，這是事實。」

「還可以去自治區。」

「嗯，我還是覺得這裡有東西。我懷疑自己看漏了非常重要的提示。」

麥亞伸手搭著歐文肩膀，「休息一下吧，別想太多，或許到了早上一切會不同。」

他點點頭，「就是要保持信心的意思？以前我在消防隊也有過這種日子，衝進危險又難以預測的情況，不知道接下來還有什麼狀況，除了勇往直前，沒有別條路能走。」

「沒錯。」

「說來有趣，在第十七號研究站大家要逃出去那時候，我覺得自己充滿活力。後來上了船，時間一分一秒溜走，大家有共同目標，我又有了同樣感覺。而現在好像回到『崩壞日』之前，隨波逐流，不知道自己的存在有什麼價値。」

「我認爲你在這個團隊裡不可或缺。正因如此，你一定要好好休息。」

睡醒了以後，麥亞回到上甲板，看見威爾、歐文、艾里斯特三人已經等著。旭日東升，夜色消散。

她慢慢轉身，結果一樣，無論哪個方向都看不見東西。

望遠鏡就在歐文手邊，「還是沒有。」他說。

眾人用過早餐，歐文起身說出麥亞心中所想。

「就算有過東西，現在沒了；或者有什麼該來的，看樣子也不會來了，所以我們也差不多該出發。」

艾里斯特挑起一邊眉毛，「去自治區？」

「嗯，去自治區。」歐文轉身問威爾，「有辦法規畫航道嗎？」

「坐標已經輸入導航系統。」

「食物夠不夠？」卡菈問。

「挺多的。」威爾回答，「如果自治區靠海，可能有多達三天份的盈餘。要是得走進內陸，或許就剛好，不過路途中也許有機會補充。」

快艇日以繼夜航行。麥亞覺得船上如同一家人，大家發展出各自的生活作息，彼此既互補亦有摩擦，但都懂得點到為止，不會一直擱在心上。

例如艾里斯特和卡菈，想得到的事情他倆都能吵。

卜蕾趁著沒人留意時，私下取出信封內的照片偷偷凝視父母與弟弟。麥亞發現之後，心裡天人交戰，不知該過去給小女孩一個大大擁抱，還是留些私人空間給她。

思量之後，麥亞決定讓卜蕾獨處。比起肢體觸碰的撫慰，她認爲女孩現在更需要心靈的平靜。汪洋之旅漫長空虛，每個人都得面對自己的恐懼和心魔。

處境最糟的應該是歐文。兩人沒有再一起擠沙發讀《基本權利》的時候，他將自己關在房間來回踱步，表情很沉重，麥亞簡直能看見那顆腦袋在眼睛後頭不停轉動，像著魔似地糾結於沒有解答的疑惑。即便很想幫忙，她也想不出辦法將歐文的心思轉去別的地方。

何況麥亞有自己的問題要面對，同樣和腦袋有關。每天早上醒來時，她嘴唇和臉頰都有乾掉的血漬，而且頭疼得極其厲害。她只能趕快進浴室，趁卜蕾與卡菈沒發現先清洗乾淨。

她不想讓別人知道自己的狀況逐漸惡化。

所以也變得更加敏銳，感覺鼻孔不對勁就立刻下樓躲進浴室，等止血了才出來。

然而某一回躲完出來，歐文居然在外頭守著。

「症狀變嚴重了對吧？」

「沒事。」

「別逞強了，雖然看不懂妳的表情，但我總知道妳的膀胱沒萎縮。更何況妳鼻孔下面那塊皮都擦到破了。」

「暈船而已。」

他嘆口氣，「也罷。要是暈船有什麼併發症，希望妳能告訴我。」

麥亞點點頭，但心裡不禁問道：就算有併發症，能怎麼辦？海上有醫院、有藥局？即便有，也治不好這個怪病。

夜裡，她躺在床上思考，開始回想自己怎麼走到現在這處境。醒來就在地堡，或者說研究站……幾號研究站？十九嗎？好像是。但眞的是嗎？

研究站之前呢？發生了些什麼？……她只記得自己生病入院，有個人來探視。是誰？

顯然記憶空白隨著時間擴大，而時間正是她最缺乏的東西。會不會到了最後她全部都會忘記？不知自己是誰，不知爲何上船，不認識包含歐文在內的身邊任何一個人，也遺忘上貨櫃船前兩人的短暫相處。從這角度來看，麥亞漂泊無依，除非盡快找到祛除GV的辦法。

50

歐文聽見上面傳來叫聲而驚醒。

他跳下船，衝上樓。

威爾蹲在地板，桌子與沙發上散落駕駛艙內的電腦零件。歐文還能聽見引擎嘶吼，也確定船身持續移動。看樣子快艇失去電腦的影響沒那麼大。

艾里斯特雙手叉腰，站在一旁瞪著年輕人，「你居然把電腦分屍了！」

「這不叫分屍。」威爾語調平淡。

艾里斯特指著一地東西，「所以說，駕駛艙很聰明，知道我們迷航了所以自爆？」

「首先，」威爾回答，「我們沒有迷航。再來，我只是拆開電腦，確認裡面有什麼組件，或許靠岸後會用到。」

艾里斯特哼了一聲，「那和分屍有什麼不同。」

「這裡會修東西的不是只有你。」

眼看爭執即將爆發，歐文伸出一隻手，示意兩人都緩緩，「你不是軟體工程師嗎？」

「是的，但對電腦硬體也有足夠認識。」

歐文聽見腳步聲，轉頭一看是麥亞上來了。她揉著眼睛問：「什麼情況？」

「電腦神童把船肢解啦。」艾里斯特咕噥。

「你想找什麼東西？」歐文不理會技工直接問。

「無線電。」威爾回答，「拔出無線電的話，到陸地上或許也能用。我們很需要發出求救訊號。」

艾里斯特閉著眼睛大聲嘆氣，「也要這些屍塊靠岸以後還有用，我是不抱什麼指望。你怎麼知道不會引來壞蛋呢。」

「工具能用只是個選項，」威爾解釋，「不是就非用不可，例如確定無路可退時再用就好。」

歐文指著駕駛艙，「船還能動吧？」

「沒問題，導航與引擎控制系統都如常運作，只是爲了拆下無線電組件必須先關掉螢幕，所以暫時無法看顯示。」威爾微微揚手，「反正短時間內不會改變航道，我在那之前就能整理好。」

「那就盡快吧，」歐文說，「也不知道還會碰上什麼。」

「從上次經驗來看，」艾里斯特悶哼，「可能什麼也不會碰上。」

值哨時間到了，歐文回到甲板時，看見威爾已經重組電腦。

「抱歉讓大家虛驚一場。」威爾說。

「不是你的問題，」歐文抹抹臉提神，「艾里斯特太擔心船壞掉。」

「嗯……」威爾回話很慢，「的確如此。」

歐文總覺得對方話中有話，只可惜自己終究看不透別人心思。

「無線電能用嗎？」

「可以，」威爾回答，「找到應該是無線電的組件了，到時候就知道。我還拆下了屋頂一塊太陽能板，同樣可能會有用。」

❖

隔天風平浪靜，唯一的差別是麥亞躲在下面的時間更長。卡菈進房探問以後，也關在裡頭好久才出來。

歐文見狀更加不安，他知道麥亞的記憶逐漸消失，身體也愈發衰弱。很多層面上，他們眞的沒有時間了。

❖

太陽將沉時，歐文看見了一條細線將海天隔開。是陸地。

遠方線條越來越粗，歐文忍不住叫著：「大家快看！」

麥亞在隔壁一手遮陽，另一手滑過他的背部搭著。

身後其他人歡呼同時，歐文也伸手摟住麥亞。兩人轉身一看，艾里斯特和卡菈已互相擁抱，卜蕾與威爾的笑容也非常燦爛。

終於到了。

不久之後海岸線進入視野。似乎沒有都市，至少歐文看不到。土地上有著很大一片藍綠色樹林，偶有岩山點綴其間，陡峭懸崖彷彿巨大面孔，凝望他們周遭的海浪。

海岸彷彿無邊無盡，他不確定是不是島，視覺上遼闊得像大陸。

「得找地方靠岸了。」艾里斯特開口。

距離更靠近之後，他們能看見樹林邊緣的缺口。

「我想，天一亮就天直接登陸吧？」歐文說。

艾里斯特有點錯愕，「天亮？爲啥要等？」

「等光線呀。」卡菈淡淡地說，「歐文的考量沒錯，我們先休息。不知道要走多遠，也許還需要爬山，我可一點都不想摸黑趕路。」

翌日清晨，一行人收拾圓筒包內剩餘的糧食、手電筒和毯子，讓快艇靠在森林線較稀疏處。

威爾將組裝好的無線電裝進肩包，裡面還有醫療物資。

「可惜沒有船鑰匙能拔。」卡菈說。

艾里斯特冷笑，「誰說沒呢。」

他下樓去引擎室，捧著一小堆零件出來，「沒這些東西，船就不會動，我猜這世道應該找不到船塢能修理了。」

歐文暗忖兩人設想周到，自己完全沒考慮到這點，艾里斯特卻立刻能變通。很有趣的現象。腳踏實地的感覺好得令他心頭一驚。

「這裡。」威爾叫喚。他蹲在地上拿了顆石頭，歐文定睛一看，發現是裂開的人行道磚塊。

「以前這裡是馬路。」威爾開口。

「通向海岸？」艾里斯特補上一句。

「有可能是海面上升，淹沒部分陸地，或許城市一部分已經在水底。」

「既然有路，總會通到什麼地方。」麥亞跟著說。

威爾拿起GPS，「看起來通往我們想去的地方。」

PART IV
廢土

51

那條路上無處可藏身。

六人背對朝陽，靜靜邁步。光線從樹葉縫隙射入，身子漸漸暖和，麥亞脫下厚上衣，換成船上找到的長袖衫。

路上的地磚大半不見了，埋在經年累月生長的樹根與灌木底下，好像這星球伸手奪回屬於自己的土壤。

麥亞一直在留意有沒有路牌，或是其他能辨識的標誌也好。但什麼也沒看到。

午餐時間一行人停下腳步休息，威爾開了無線電試試看，雖然只有雜訊，他還是挺振奮的。如果說歐文能看出別人視而不見的關連，威爾可能是聽到別人聽而不聞的訊息。

下午繼續前進，大家還是默不作聲地留心環境。麥亞覺得最奇怪的是森林中似乎沒別的動物，應該說，沒有體型大到能發出聲響的動物。目前爲止除了夥伴之外，最大的動物僅僅是樹幹上的蟲子。

她本來擔心整天跋涉會讓卜蕾吃不消，但女孩緊緊跟著五個成人並沒有落後。

遠離岸邊以後地勢開始上揚，麥亞的呼吸變得沉重，雙腿微微發燙。隊伍更長時間地停下來休息，通常都是艾里斯特開口要求。

他扶著膝蓋喘氣，「世界末日居然是這樣子的嗎？在森林健行到累死人？」

「這環境不安全，」威爾小聲提醒，「最好保持安靜。」

「是、是。」艾里斯特嘟噥。

再次停下不是天黑，而是大家都沒力氣了。

「今天在這休息過夜吧，」歐文說，「明天天亮再繼續。」

眾人拿毯子鋪地以後，開始拆起食物包。

「照今天這速度，」歐文問威爾，「多久能到自治區？」

「快的話明天。」

所有人盯著他，他輕輕揚起頭，「要是我們腳程慢下來就要後天了。我覺得機率很高，前面看起來是山路。」

入夜以後氣溫下降，麥亞穿回螺紋針織衫，與卜蕾和卡菈一起擠在毯子裡，雖然很想生火取暖，但風險太大了，連手電筒都不能用。他們只能躲在黑暗中等待黎明，祈禱再趕一天路，就能找到救贖。

✻

睡著前，麥亞仍試著尋找回憶中最後的事件，結果是老人衝出氣閘死亡那一幕。她很清楚前面還有好多事情，但究竟發生了什麼？記憶的時間線不斷向後推，自己還有多少時間？還能記得卡菈與卜蕾又或者歐文多久，會不會最後連在這裡要做什麼也忘掉了？

✻

她被爭辯聲吵醒。那是卡菈和威爾的聲音。

一轉頭恰好看見女醫生拉開了威爾身上的毯子，底下無線電機組面板亮著。他沒講話，起身走入幽暗森林。卡菈緊追在後，口中不斷低語。

麥亞想起床跟過去，睡意卻濃得化不開。

上唇帶有濕潤感，一伸手果然摸到了血。頭昏腦脹中，麥亞一眨眼又昏了過去。

✻

再醒來，卜蕾挨著自己熟睡，卡菈與威爾依舊不見蹤影，歐文正輕聲打呼。

艾里斯特醒著，他背對麥亞低頭注視前臂。從這角度剛剛好能瞥見技工手上的確有刺青，歐文沒眼花。艾里斯特還以另一手指尖觸碰滑動圖案，那片皮膚跟著動作又扭又皺起來。但麥亞的腦袋還太昏沉，一時反應不過來他到底在幹什麼，而且才閉上眼睛又提不起眼瞼。

隨後聽見遠處傳來卡菈的大叫，似乎顧不得被別人聽見，「得回應了！」

聽見這句話，麥亞終於醒神。她趕快留意四周，只看到圓筒包旁邊堆著毯子。除了自己和卜蕾，其餘四人都不在，全進了樹林深處，可能是怕吵醒她。

「回應什麼？」歐文開口。麥亞只聽見聲音，隔著晨霧和樹影找不著人。

她撐起身子，踩著搖晃步伐進入樹林，穿越崎嶇小路，在空地上看見大家圍著放在地面的無線電。

艾里斯特也穿回針織衫，大搖其頭說：「絕對不行！」

「怎麼回事？」麥亞問。

「收到無線電訊號。」威爾解釋。

「誰？」

「搞不好是雜訊。」艾里斯特說。

威爾彎腰按了無線電面板，「不是雜訊。」

喇叭傳出了輕響，有節拍的敲打聲，以長嗶做間隔之後反覆。規律是四下後短嗶、七下後長嗶。

「四、七，」麥亞低語，「不懂什麼意思。」

「短波廣播。」威爾忽地叫了一聲。

「但訊息內容是？」麥亞又問。

艾里斯特攤手，「什麼訊息，根本沒內容。四七，然後呢？」

「不是沒內容。」卡菈說。

艾里斯特譏諷地說：「那妳說說講了啥？」

卡菈瞪著他，「是『數字電臺』（注），持續發送訊息，我們應該要回應。」

注：以規則或不規則方式持續發送數字的電臺，一般懷疑是情報機構傳遞訊息用。

52

晨光自高聳樹梢灑落，一時間眾人無語，只留下廣播傳來的輕敲與嗶嗶聲。

「妳怎麼知道這是數字電臺？」艾里斯特問卡菈。

「很明顯呀，」她直接轉頭對威爾說，「得立刻回應才對。」

「回什麼好？」威爾問。

「『樂園』的坐標。」

威爾仰起頭，「爲什麼？」

「不然呢？」卡菈顯得不耐煩。

「感覺對我們沒有幫助。」威爾遲疑，「我覺得應該就回四七，這是表達接收訊號的標準答覆。又或者四八，代表繼續往下。」

「回這些同樣沒幫助吧，」卡菈說，「只是暴露我們的存在，甚至是位置，廣播訊號是可以測定的。還是發送『樂園』坐標比較有用。」

威爾瞇起眼睛，「要是對方能偵測訊號位置，發什麼都一樣會被找到。」

「對，但至少也會幫到他們。」

歐文觀察大家表情和肢體動作，努力嘗試瞭解眼前究竟怎麼回事。現在和第十七號研究站觀察室是同樣氣氛，當時眾人初見面，老人卻像下棋般操弄同伴，利用機會打壞了布萊斯。歐文能察覺狀況不對，卻看不出棋局走向，無法猜到棋手們的目標與招數。現下他發覺卡菈與威爾應該都掌握了某些資訊，並未開誠布公，只可惜內容是什麼他毫無頭緒。

「兩個都是餿主意！」艾里斯特低吼，「『樂園』研究站那裡什麼也沒有，暴露位置會害死所有人！」

「這是未知數吧。」威爾回答。

「你瞧瞧日記裡那群倒霉鬼是什麼下場。」艾里斯特不肯退讓。

「可以一邊廣播一邊移動。」威爾回答，「發送四七，看看得到什麼回應。或許也會有蛛絲馬跡能判斷數字電臺背後主人是否有敵意。」

「你倒是教教我，」艾里斯特反問，「哪個數字能表達友善？哪個數字最友善啊？」

有個聲音勾走歐文的注意——森林裡細微的窸窸窣窣。是他們休息處那方向？

他回神繼續聽大家討論。威爾又說：「所以要和對方建立溝通語言。」

「胡說八道什麼……」

艾里斯特的聲音逐漸變小，因爲歐文開始轉頭往回走。林子裡霧氣瀰漫，就像當初那座島。

怪聲又來了，感覺像是樹枝遭到擠壓。

其他人開始爭論。

緊接著一陣金屬與塑膠的碎裂聲響起，嚇得四人都沒再說話。歐文再轉頭，竟看見艾里斯特正猛踩無線電，「沒啥好談！不可以回應，該上路了別廢話。」

「艾里斯特你這白癡！」卡菈驚呼，「怎麼可以——」

卜蕾突發的尖叫像把利刃插進歐文心坎。

「**救命！**」

四肢動得比腦袋快，他大步狂奔、穿過森林想找到女孩，腳下又跳又閃地躲開低垂的樹枝和傾倒的樹幹。

「走開！」卜蕾又大叫。

歐文本能地想高呼，但最後一刻咬了牙——現在出聲只是暴露位置，如果發生衝突會陷於劣勢。

回到營地周邊後，歐文停下腳步觀望。視線所及來了兩個戴兜帽的人，其一拿起圓筒包，另一人則抓住卜蕾，女孩不斷抵抗。他們身上是同樣的黑色針織衫。

看來也是絕跡實驗的樣本。

歐文高舉雙臂，「住手。」

搶圓筒包的人轉身衝進森林，抓住卜蕾的人見狀立刻鬆手，跟著溜之大吉。

歐文追了過去，原本心想放走他們也罷，但又記起他們偷走了食物，自己人沒有存糧了。

背後傳來麥亞的聲音，她溫柔地詢問女孩：「妳沒事吧？那些人去哪裡了？」

尾隨匪徒的歐文算準距離飛撲，一肩用力撞倒那人，雙臂朝腰部扣下。

令歐文大吃一驚的是，衣服底下幾乎都是空氣，真正抱到身體才發覺對方瘦得離譜，簡直不是活人。

兩人倒地，歐文壓在對方上面，真怕把他給壓死。

拉下對手風帽，裡面是個男人面孔，蓄了一嘴灰鬍，兩眼凹陷狂躁，臉頰枯槁程度似乎離餓死已不遠。

他奮力掙扎，但歐文壓得很緊，「我不想弄傷你。」

男人像溺水那樣揮舞雙臂，不知是想找到東西抓牢使力，還是打算拿石頭樹枝之類當武器。

歐文好好端詳過後，發現自己認得這張臉、這個人——「崩壞日」之前，雙方曾在醫院接觸過。

不就是帕瑞許嗎？

他老了，體況顯然也很糟。

歐文張嘴要講話，但轉瞬的錯愕就被帕瑞許逮到機會，他的手真的摸了塊石頭，朝歐文腦袋用力砸來。

歐文瞬間天旋地轉，眼前一黑。

53

麥亞在林中朝卜蕾慘叫的方向奔跑，在前方的歐文跑起來那樣簡單，她卻一直被樹枝與灌木拖垮速度。不過消防員早就習慣在危險環境移動，還特別能夠忍痛。他的身體很久以前就適應了。

過沒多久，歐文已超前太多，麥亞連人影都看不到。

回到紮營處，卜蕾緊抱圓筒包站著不動，眼淚撲簌簌落下來。

麥亞將女孩摟進懷中，「妳沒事吧？那些人去哪裡了？」

「我沒事，」卜蕾聲音顫抖，「有兩個人，他們搶走一個裝吃的包包！」

「歐文呢？」

卜蕾指著森林深處，「追過去了。」

麥亞二話不說竄了出去，仔細聆聽周邊動靜，遇上礙事的樹枝或閃開或拍開。她想著是不是該呼救，但直覺認為此時保持安靜才是上策。

左邊有什麼東西滾過落葉，然後有人講話，音量太低無法聽清楚。

不過她聽得出是歐文。

麥亞朝那方向衝了過去，心跳加速、兩腿用力過猛非常疼痛，但身體自己動了起來。

看見歐文她才停住。人還倒在地上，臉頰上有血跡。

「卡菈！」麥亞顧不得誰會聽見、誰會出現，在霧氣濃重的森林裡放聲大叫。若有必要，打一架便是。

她跪下來伸手在歐文脖子探了探，脈搏強勁代表性命無虞。

接著麥亞湊近，嘴巴靠到他耳邊。

「歐文……」她低聲呼喚。

沒有反應。

麥亞坐直身子，轉頭打算再呼救，恰巧聽見卡菈在濃霧另一邊喊著：「麥亞？」

「這裡！」

片刻後卡菈到了，跪下仔細查看歐文，接著從醫療箱取出藥錠，在他鼻孔前捏碎。歐文氣息一急，肢體蠕動，但卡菈伸手用力按著他的頭顱。

「別亂動。」

歐文慢慢醒來，兩眼茫然地流著淚。

「怎麼回事？」麥亞問。

「是帕瑞許，他拿石頭砸過來，感覺可能不記得我了。」

「帕瑞許?誰?」麥亞問。

歐文坐起身,「妳不記得了嗎?」

麥亞搖頭。

「妳說之前在醫院見過,而且早就認識他。」

麥亞聽了不由得害怕起來。無論這個帕瑞許是誰,自己不但已忘得徹底,最糟糕的是前兩天明明記得,否則怎麼可能親口告訴歐文。

自己的過去又消失一大片。

「又惡化了對吧?」歐文問。

「處理你的傷要緊。」

歐文站起來,「我還好,可是有一半食物被他們搶走。」

艾里斯特、威爾、卜蕾三個隨後趕到,手裡有圓筒包、毯子和其他雜物。

「要趕快離開。」艾里斯特氣急敗壞地說。

歐文指著他,「你把無線電踩壞了。」

「聲音小一點。」

「有意義嗎?人家已經知道我們在這裡。他們瘦巴巴的,全都餓壞了。」

「印象裡挨餓的人最可怕吧?」艾里斯特忽地啊了一聲,「無線電會招來更多人,站在這裡也一樣,不快點就來不及了,人家一定還在搜。」

卡菈轉頭問威爾，「無線電修得好嗎？」

「沒辦法。」

她挑眉，「確定？你不是拆了不少東西？」

威爾一臉疑惑地望著她，「當然，壞了就是壞了。何況艾里斯特說得沒錯，既然我們不能原地不動，那我也不可能邊走邊修，所以有零件也沒用，總之快上路吧。」

一行人不要命似地疾步林間，踩過根枝、穿過灌木，翻過一座座小丘。無分大小，途中仍舊沒別的動物，也毫無文明痕跡。

沒人想講話。麥亞感覺大家心裡卡著同一件事：現在得與時間賽跑，必須盡快找到安全可防守的地點。

樹林遇襲讓一切變了調。

她只能不斷在心裡說，只要腳程夠快，日落前就能趕到自治區。那裡能滿足一切需求──安全、食物、治療一步步奪走記憶的病毒。

但她知道時間隨著自己的過去持續流逝，好像身體漸漸地被掏空那般。

現在最深刻的記憶是與歐文在船上度過的夜晚，兩人拋開所有煩憂，全心與彼此相處。

隊伍稍事停留，吃了午餐立刻上路。還是沒人講話，所有人一邊進食一邊掃視森林，擔心又有突發狀況。四周靜得詭異，對麥亞而言極度不自然。這個新世界看越久越討厭。

午後他們慢下速度，太過緊繃，儘管持續前進卻越來越勉強。狀態最好的是威爾，於是他獨自在前方偵察。半晌後，麥亞看見他停在下個山頭，那邊光線較明亮，像是一塊空地。

走到威爾等待的地方，麥亞才明白處境更加不妙。山谷下方是巨大的城市廢墟，大樓矮房已化作斷垣殘壁和一堆又一堆的玻璃及水泥，彷彿浩劫過後為曾經的繁華立碑紀念。雜草和藍綠色苔蘚逐漸覆蓋都市屍骸，土地生於自然，也終將歸於自然。

「自治區在市區裡？」歐文問。

「不是。」威爾說，「另一頭，過去就到了。」

「感覺繞道比較好。」歐文凝視著底下。

「會花很多時間。」威爾回答。

「最缺的就是時間。」艾里斯特附和。

「同意。」威爾淡淡說，「切直線，加上動作快的話，太陽下山前能到達。」

沒人講話。麥亞明白、相信其他人也心裡有數：再過一夜或許就會沒命。眼前有兩條路，一條是冒險穿越廢墟，另一條是躲進黑暗森林度過夜晚。大家在沉默中做了決定，寧可賭一賭自己的腳力，朝著毀壞的都市前進，希望天黑前能找到自治區。

於是眾人一個接著一個走下山坡，深入險境。

54

進入市區的路早已長滿大小樹木，只能從廢棄車輛看出這裡曾經人來人往。

六人走在四線道上，周圍都是汽車，車門開著，裡頭只有泥巴、污垢與露水。

歐文經過時忍不住窺探，好像身處一場花車遊行，只是隊伍不會動。其實他在尋找線索，想判斷廢墟中藏著什麼。

除了偶有混凝土崩落或玻璃砸落地面，此外聽不見其他聲音。廢墟彷彿也有生命，必須隨時間褪下舊皮。外圍有些倒塌平房，屋頂陷落，窗戶碎裂，門扉被震開。外頭的樹木因此更顯高聳，如巨人睥睨著詛咒人造物沒入塵土、永不超生。

接著是公寓大樓，停車場也一樣，除了有車子的地方都被大樹與灌木覆蓋。此情此景令歐文想起「崩壞日」那天，自己曾經在綠洲公園大廈救援麥亞的親人，不知道她是否想念母親和妹妹——應該說不知道她是否還記得。麥亞的時間不多了，會不會最後連自己、連船上那一夜也忘記？

走過另一棟公寓，腦海閃過別的畫面：自己走在一條長廊，許多寢室外面有長者坐著。應該是安養院吧？他停在某一間門口探頭進去，有位年長女士在裡頭。歐文知道自己就是要見她，卻想不起來這人是誰。儘管知道兩人關係匪淺，但無論多用力也無法在心中描繪出對方的輪廓。

然後他終於明白——自己也有了症狀。他的記憶、麥亞的記憶，都和這座城市一樣步向凋零衰敗，每跨出一步就拋棄了一些前塵往事。

最後會不會失去自我，連自己是誰、做過什麼全都消失？新的恐懼開始蔓延。

幸好，卡菈發出叫喚，將他的思緒從無底深淵拉回現實。

「這裡。」醫生音量很小，避免引起注意。

她走向一個小土丘，旁邊都是破車。看樣子以前是公寓停車場。

歐文接近以後才明白卡菈要大家看什麼。有個人倒在汽車旁邊，身上穿著ARC科技的隔離裝備，與他們在第十七號研究站用過的是同類型。

那人一動不動。

卡菈將人翻了面，頭罩玻璃損壞嚴重，裡面是張腐爛的臉孔，很難判斷死亡時間。

隔離衣靠胸口處開了個洞。

「被箭射死的。」艾里斯特說。

「傷口形狀是吻合。」卡菈的視線還在遺體上來回。

「死了多久？」歐文問。

「已經看不出來了。」卡菈說。

「能確定的是，」艾里斯特提醒，「這城裡頭曾經有人打獵，搞不好還在。」

毋須多言，殺害ARC隔離裝內這人的凶手或許仍虎視眈眈，令他們自然而然地加快腳步。

出現更多的公寓，零星的帶狀商場，再來逐漸有些摩天辦公大樓，以及看似住商混合型的建築物。

一堵大磚牆上被人以金屬片插出一句話：轉化救世人。

看來也有人對轉化這件事充滿期待。除了已死的絕跡實驗參與者，總算對這都市的過去多了點眉目。

威爾走在隊伍前端，帶領大家穿越廢墟。他偶爾參考GPS修正方向，歐文感覺就是沿著最短路徑走，希望盡快到另一邊、進入自治區。

轉彎進了另一條街，歐文看見食物包裝如拂風滾草般被吹過荒涼廢墟，彎腰拾起檢查，果然也印著ARC標誌。

他拿給其他人看。

「看不出多久以前的。」艾里斯特開口。

卡菈研究了一下，「也許有活人住在附近。」

「你們有沒有聽見？」威爾像是對那包裝毫無興趣。

「聽見什麼？」歐文問。

「風。越來越強。」

旁邊瓦礫堆有四層樓高，從外觀判斷應該是辦公大樓倒塌後。威爾二話不說衝過去往上爬，身手俐落得超乎常人能及，歐文看了震驚不已。到頂端以後，他手遮太陽望向遠方，接著又取出單筒望遠鏡掃視周邊，沒講自己看見什麼就又收好東西往下跳。傾倒的大樓很多石塊玻璃，他二度失衡，但很快找回重心，然後靠手掌減緩滑落速度，最後都有驚無險。那熟練的動作簡直像是練了一輩子功夫。

「有風暴接近，」他回到隊伍後告訴大家，「得再加把勁了。」

55

麥亞心跳狂烈。不單是威爾說又有風暴，而是這個都市廢墟令她不安，渾身上下每條神經都呼喊著現在立刻該離開。

卜蕾緊緊抓著她。小女孩一樣很害怕。

「得找個地方避一避——」艾里斯特開口。

「沒時間了。」威爾說，「我有更好的辦法。」

他將望遠鏡遞過去，技工對準眼睛以後轉了圈。

「你怎麼知道的？」艾里斯特一邊問一邊又遞給歐文。

「邏輯。」威爾答得很簡單。

歐文將工具按在眼睛前面，快速掃視一圈，然後又遞給麥亞。

起初麥亞還覺得明明沒東西，但靜下心仔細觀察後，原來視野內有幾道很微弱的光，間隔似乎相同。最靠近的就在下個路口，更遠些右邊那條街上也有。不難推測那是可見光外的電磁波長，得靠儀器才能辨識。

威爾與艾里斯特已經朝光標走去。麥亞將單筒遞給卡菈，歐文守在三名女性旁邊等待，醫生卻指著前面準備追過去，「你們知道路就好。」

一行人很快會合，匆匆穿過街道。

威爾特地回頭朝卡菈伸手，「單筒請給我。」

醫生遞東西過去同時，麥亞察覺附近瓦礫堆好像閃過什麼，一轉頭卻找不到，只有剝落的鋼筋玻璃混凝土。是錯覺嗎？

稍微分心就跟大家拉開距離，只有抓著她的手的卜蕾還在身旁。

歐文放慢腳步，片刻後三人會合。前面的夥伴留意到了，也減速等他們跟上。

「在這裡會被甕中捉鱉，」艾里斯特催促，「要走快點。」

麥亞正想開口說卜蕾沒辦法再快了，一聲槍響隨即劃破寂靜。

艾里斯特倒地滾開。

又一次槍響，榴彈在破牆瓦礫間彈射。

威爾身形一晃也摔倒了，卻用雙手撐住地面，似乎沒受傷。

歐文和卡菈跑到艾里斯特身旁蹲下查看。

「別管我！」他大吼。

歐文不理會他，拉起他的手臂搭上自己肩膀，拖著走向街邊傾頹的摩天樓。

卡菈追過來要幫忙，卻被艾里斯特推開了。她轉頭要查看威爾傷勢，只見年輕人早就起身跟進大廈。

六人逃竄時仍能聽見槍聲在街道與汽車間迴響，流彈、火花與磚瓦碎片四處噴濺。

麥亞緊抓卜蕾兩條上臂把她向前推，自己則完全遮蔽她的背後。

進去建築物內，麥亞覺得像是貨車裝卸平臺，有個寬敞開放的接待區，後面就是平臺。雙門緊閉，卻被威爾輕易推開。

躲好以後，歐文先將艾里斯特放下。技工忍不住哀嚎，氣息急促、手壓肩頭，指縫不停滲出血。

「艾里斯特——」卡菈才開口又被他趕走。

「別管我。」

歐文張開嘴巴要講話，一發子彈飛進來擊中牆壁後彈開，逼得他趕緊壓低身子。

威爾彎腰撈起艾里斯特，他又疼得慘叫。明明技工不只年紀大體型也比較大，麥亞此時對威爾隱藏的力氣十分訝異。

又一發子彈嵌進裝卸場牆壁，混凝土渣滓散進建築物內。

威爾沿著走廊朝裡面狂跑；麥亞抓著卜蕾的小手追過去，歐文與卡菈殿後。

所幸槍聲停了下來。

拐了個彎又是個大而開闊的場地，辦公桌椅與電腦螢幕全蒙上了灰。

威爾轉身，從口袋取出單筒丟給卡菈。

「預防走散。」他毫不遲疑。

穿過下道門，狹廊通向另一塊貨物平臺。鐵捲門沒關，外頭看起來是旁邊街道。

威爾跑下金屬階梯，才踏上外頭路面，立刻引來一陣彈雨。他左蹦右跳，閃得靈巧。卻還是被擊中一發。

他倒地時，艾里斯特也跟著翻滾。

麥亞不可置信地看著威爾居然站了起來、重新捧起艾里斯特，雖然步履蹣跚但仍然鑽進了對面的樓房。

緊接著敵人衝進街道露面，令她心頭一凜。

56

外頭槍聲平息。

歐文站在裝卸場裡觀望。

威爾帶著艾里斯特已消失在對面建築物陰影之中。

追殺他們的人衝入街道，俐落地繞過草地與灌木，將車輛當作土丘直接翻過。

其中一個轉身跨進貨倉，絲毫沒有畏懼或猶豫。

第二個、第三個，很快總共七人入內，上下打量歐文、麥亞、卡菈和卜蕾。

誰也沒講話。

只有麥亞悄悄緩緩挪動手臂，讓卜蕾藏在自己身後。

歐文向前一步。如今除了勇敢面對現實，已經無計可施。儘管記憶逐漸流失，人的本質不變——挺身而出的此時此刻，他更加確定這一點，行爲已說明一切。

朝他們開火的人沒動作，靜靜地與歐文對望。

那根本不是活人，而是六腿小型機器人。貨倉內部幽暗，只有門外透進微弱光線，但它們的銀色機殼仍舊閃亮。

六條腿底部不但不平整還銳利如鉗。記憶流進歐文腦海，另一個樣式的機器人朝自己衝過來，射出濃稠白色液體，然後穿著某種裝備的人撲過去制止，讓歐文轉身逃開。那個人救了自己，但他叫什麼名字？

更多回憶不見了。

他內心為此糾結時，六腿機器人小隊轉身離開裝卸場，似乎認定這裡的四人不構成威脅。

一個逐漸失去記憶的男人還能對它們幹什麼？

卡菈卻跑下金屬階梯追在機器人後面，「快跟上。」

「妳瘋了？」歐文大叫。

她跑一半停下來，「機器人不會攻擊我們，現在要搶在風暴到達之前躲進地底。」

「妳怎麼知道？」麥亞問。

「我……就是知道啊，別廢話了，快走！」

歐文也想不到別的辦法，便先按照卡菈的吩咐行動。她到街上以後，拿出單筒望遠鏡搜索隱形光標，那些東西應該能指引大家找到棲身之所……歐文只能如此希望。

機器人小隊還在前方疾行，偶爾停下來搜索車輛，或從商店的破門破窗進去探查。

麥亞氣喘吁吁跑到歐文身旁，「它們追殺的是威爾和艾里斯特。」

「似乎是。」歐文說。

事情脈絡有什麼環節很奇怪，歐文覺得對不上。卡菈看起來似乎熟悉這些機器人，是「崩壞日」之前就見過嗎？但她完全沒提到。

「為什麼？」

「我不知道。」

「這邊！」她在前方大叫，明顯已經不管會被誰聽見。

四人轉入一條街，被翻倒的消防車與幾輛警車幾乎將通路完全擋死，彷彿原本就想阻擋什麼人或什麼東西前進。推敲起來，這個都市是戰場，過去是、如今依舊是。熠熠生輝的機器人直接翻越障礙、穿過車陣。天空逐漸昏暗，雷鳴敲碎寂靜，彷彿風暴來襲的預警。

卡菈帶他們衝進一棟樓裡，混凝土牆早已因為時間和流彈而坑坑巴巴。醫生匆匆竄進走廊，兩旁有幾個打開的房間，但她從後門跑了出去，外頭巷子很窄，滿地紙屑開始隨風飛揚，有如死而復生的幽魂。

醫生指著磚砌階梯，連接到地下一扇雙門，「這裡。」雙門開著一邊。

已經有人進去了？艾里斯特和威爾嗎，還是另有其人？

一組機器人爬過巷子，完全沒停下來搭理他們。

四人下樓鑽進門內。裡頭潮濕窒悶，天花板很矮，靠牆處有很大臺的銀色立式冷凍櫃，歐文據此猜測樓上是餐廳或肉鋪。

卡菈取出單筒查探後遞給歐文。他對準眼睛掃視，訝異地發現冰櫃一側的鍵盤纏繞了綠光。醫生上前按了兩個數字立刻解開門鎖，拉開後竟是個除污室，簡直與第十七號研究站那邊一模一樣。

歐文、麥亞、卜蕾跟著醫生進去。外門關上以後，天花板噴頭散出水霧，冷得歐文渾身顫抖。回頭望向凹龕，掛著五套隔離裝，他見了安心許多，過去找了第一套檢查，氧氣存量百分之百。只缺了一人份，待會兒再想辦法，畢竟能否與剩下二人合流仍是未知數。

上方擴音器傳出電腦語音：「除污完畢，歡迎進入第四十七號研究站。」

內側氣閘打開，卡菈邁步就要進去，卻被歐文拉住手臂。

「妳怎麼會知道進來的密碼？」

「猜的。」

「也猜得太準。」

「有提示啊，人家不是廣播了數字嗎？四七。我想這個絕跡實驗研究站本身就是數字電臺。」

走出氣閘是個平臺，後頭又是一小段金屬梯，看得見底下那層有一道轉盤式鐵門已經打開，只是裡頭全黑。

三個大人拿出手電筒，走下陰濕搖晃的樓梯。

「有人在嗎？」歐文叫著。

沒回應。

到了鐵門前面，他照亮一條狹窄甬道，兩側有門，和第十七號研究站是同樣光景，差別就在於牆面並非白色塑膠與鋼材，似乎是磚塊和混凝土爲主的建築改建而成。

「有人在嗎！」歐文又叫了一遍，心想——

艾里斯特就算痛苦也要嘮叨，聲音從甬道深處傳出來：「閉嘴！人都快死了還不讓我清淨清淨嗎？」

歐文聽了忍不住嘴角上揚。

卡菈提著醫療包跑過去。

麥亞作勢要跟，卻被歐文伸手攔下，「慢點，進去之前先確保環境安全。」他聳聳肩，「我們在第十七號研究站不是先看過嗎？」

她沒回話，怔怔望著歐文。歐文看不懂別人表情，但此刻仍能猜到意思。

「妳不記得了是嗎？我們一起調查研究站的事？」

麥亞搖頭。

卜蕾伸出小手放進麥亞掌中。

「我最後的記憶是與艾里斯特一起找到船。」

「沒關係，」歐文說，「很快就會找到辦法。」

他朝裡頭挑了最靠近一扇門推開，果然也像第十七號研究站擺了七個休眠艙，不過已經空了。壁面螢幕啓動，跳出白色大寫字母：

啟動數字發送模式
程序結束
第四十七號研究站

對面那個房間也有休眠艙，手推車的東西都被帶走了。

再來找到觀察室，有間小廁所和散落的金屬椅。找不到毯子，艾里斯特躺在角落咬牙忍痛，卡菈跪在旁邊打開醫療箱為他治療，地上散落著紗布與染紅的軟墊。威爾蹲著朝醫生激動耳語，歐文卻沒在他身上看見一丁點紅色。

「要幫忙嗎？」歐文問。

卡菈回頭說：「看看找不找得到止痛藥吧。」

麥亞輕輕將卜蕾拉到外頭。不管艾里斯特傷勢如何，還是別給小女孩看見比較好。

再過去還有三個房間，休眠艙都空了。這研究站倒是多了個觀察室。

「有人搜過了，」麥亞開口，「物資被一掃而空。」

剩下走道盡頭的房間，門沒關緊。歐文一進去發現是小型除污室，另一端連接小型控制室，有幾個電腦工作站與一整面牆的螢幕。

問題在於地板，他看了一呆。

屍體。

他以爲自己產生幻覺。

然而靠近蹲下，手電筒照在年輕人臉上，結果還是沒變。

「威爾？」麥亞低聲說。

起初歐文很困惑，怎麼會呢？剛才還在觀察室看見他和卡菈、艾里斯特在一起啊？但他隨即會意了過來。

57

控制室內，歐文將屍體翻面，在背部找到一條很長的傷口，但皮膚底下是堅硬的塑膠零件與電線。

「仿生人，」歐文說，「原來威爾也是『輔導員』。」

「『輔導員』？」麥亞連這個詞也忘掉了。

歐文彷彿肚子被人揍了一拳，「不記得嗎？」

「記得什麼？」

「布萊斯？」

「那是誰？」

歐文吞口口水，「『絕跡實驗』的成員。之前是。威爾也是。都在操弄我們。」

「爲什麼要這樣做？」

歐文起身，「不知道，但必須調查清楚。說不定場面會很火爆，妳和卜蕾先留在這裡，門也鎖上。」

「那可不行。」

「嗯？」

「假如對方是機器，你又認爲他有意加害我們，大家一起上才有機會。」

麥亞一轉身，竟看見威爾已經站在門口。他雙手垂下，神情平和，聲音也很輕柔：「我的確是機器，但無意傷害任何人，很抱歉之前無法說實話。」

他上胸靠近右肩處被子彈貫穿，開了很大一個洞，底下的白色電線還冒出藍光，左大腿上也有彈孔。

「請你們先過去集合，我有話對大家說。」

回到觀察室，麥亞抓著卜蕾小手留在門邊，歐文擺好架勢擋在她們前面，隔開了威爾。

「各位已經發現我是機器這件事。ARC內部說法將我們稱爲『末期輔導員』。」

「爲什麼不說？」歐文發問。

「程序不允許。實驗期間我停在充電槽待命，沒有得到相關資料。我實質上是緊急備用方案，主實驗進行時，我被排除在外，實驗失敗時才會啓動，負責帶最後一批樣本脫離研究站，並保護各位在外界存活。」

「哼，設計失敗！」艾里斯特吼著。

「無法否認你的指責，我沒能好好保護各位，希望最後有機會完成使命。」

歐文舉起手，「等等，還有別的問題。爲什麼那些機器人……姑且叫作『蜘蛛』好了，它們爲什麼只攻擊你和艾里斯特，卻不對我們四個開槍？」

「答案顯而易見，」威爾解釋，「『聯合』與『同盟』交戰，『蜘蛛』恐怕是其中一個陣營開發的兵器，程式設定爲攻擊非友方的機器人。」

此話一出，麥亞視線立刻飄向艾里斯特。

「幹嘛那樣看我！」他口沫橫飛，「我都失血過多快沒命了，當然和你們一樣是活生生的人類！」

「那爲什麼你會中彈？」歐文問。

「我哪知道！」艾里斯特態度軟了下來，「或許是膝蓋有人工關節？我勞動了大半輩子，把自己都給操壞了也得不到半句感激啊。」他朝威爾一指，「不老實的是他，問我有屁用。」

「我從未說謊。」威爾說：「只是基於製作者的設定而稍有隱瞞。『輔導員』的設計理念是協助各位並推動實驗，換言之，就是希望你們能拯救位於『樂園』總站的人。」

說到這兒，威爾視線忽然往下飄向卡菈和艾里斯特，「另外，我並不是此處唯一隱瞞身分的人。」

「這又是什麼意思？」歐文追問。

「還在鬼扯。」艾里斯特駁斥。

「重複一次，」威爾回答，「我從未說謊。沒表明身分是因爲辦不到，可以公布的條件爲你們主動發現，或者爲挽救各位性命而有告知必要。如今時機已成熟，我便不再隱瞞。房間內還有其他人藏著其他祕密，時機到來自然會被揭露，但目前不適合討論。當務之急是各位要盡快離開，估計外面仍有二十架『蜘蛛』巡邏，推測會有增援，若我們不離開就會一直守著。」

艾里斯特搖頭，「『蜘蛛』沒什麼大不了，只會追殺我……還有威爾你。其他人能走呀，所以趕快走，風暴要來了。」

「就因爲風暴，所以你們五個都得走。」威爾說，「麻煩的是，並不只有『蜘蛛』與風暴。」

「意思是？」歐文問。

「還有別人在外面。」

「別人？」

「絕跡實驗受試者。他們透過隔離裝聯繫，無線電內容被我竊聽。對方看見我們進來，已經展開追捕，很快就會抵達。」

「你們快走。」艾里斯特說，「別廢話了。」

歐文搖搖頭，「怎麼可能留你一個下來。」

「有啥不能。」

「我們不會拋棄夥伴。」歐文語氣堅定。

「聽起來很高尚，但現實世界——」

「這裡就是現實世界啊，艾里斯特！一個荒廢虛無、處處殺機、只剩下彼此能倚靠的世界。

可是最重要的是什麼?」

技工重重嘆息。

「是我們怎麼面對它。」歐文說，「既然世界只剩下我們，就由我們決定世界變成什麼模樣，自己決定價值、設定底線。現在走出去又如何，或許馬上被獵捕同胞、拋棄夥伴也無所謂的受試者宰掉；然後還有風暴和機器人，未來有更多未知數。但我們要堅持到最後，守住自己認爲重要的東西，例如尊嚴和人性。帶著信念生存的話，死於信念又有何妨。」

58

觀察室內一時無語，似乎所有人都認真地思考歐文這一番話。

卡菈打破沉默，「我這輩子沒這麼認同過一個人。要走一起走，否則就別走了。」

「我同意。」麥亞說。

「我也是。」卜蕾也附議。

艾里斯特翻了個白眼，「你們眞討厭。」

歐文笑道：「我們有同感喔。但就算你亂踹亂叫，我用扛的也會把你扛出去。」

「我自己能走啦，」艾里斯特嘀咕，「中彈的是肩膀又不是腿。」

「走多了會累吧，」歐文說，「要是跟不上就老實說。」

「快動身吧，」威爾開口，「我懷疑這個研究站本身就是陷阱。他們又開始在無線電上通訊，可能已經知道我們在這裡，而且利用其他研究站補充氧氣。數字電臺功能大概是故意留著不關，當成誘餌吸引其他受試者，這裡的地形方便守株待兔。」

「你有計畫嗎？」

「各位先穿上隔離裝以避免風暴危害。」威爾解釋，「目前難以預測風暴何時會籠罩這座都市，或許已經到達了。我會將機器人引開，確定它們都跟過來以後，會透過裝備的無線電頻道聯絡各位，到時你們趕緊脫離此處去尋找自治區。動作一定要快，務必搶在追兵來襲和氧氣耗盡前到達。」

眾人不再贅言，一一竄入氣閘換裝，艾里斯特口裡的埋怨沒停過。

威爾將GPS交給歐文，「自治區坐標已經輸入。」

他抓住外氣閘把手後，又停下來回頭，「祝各位好運，可惜沒能幫上更多忙。」

說完以後，威爾以超乎人類的速度開門、瞬間消失。

歐文從隔離裝外部收音聽見了遠處槍聲，但越來越微弱。

「各位請出發。」威爾透過無線電告知。

歐文與艾里斯特帶頭，一行人自狹窄甬道返回入口，探頭查看街道情勢。

空無一物。

五人朝著自治區方向快步小跑，能聽見的除了艾里斯特的痛苦喘息，便只有遠處聲聲槍響。

歐文持續留意周圍，提防其他實驗成員偷襲，但路上只有傾倒建築、廢棄車輛以及覆蓋其上的大樹和灌木。

一步接著一步，越走越有信心，就快得救了。

雷聲開始隆隆，暴雨砸落地面又彈起，彷彿無數碎石打著水漂。

狂風捲起，拔腿要跑的卜蕾當場跌倒。

歐文聽見無線電傳來驚叫聲，轉頭看見卜蕾倒在街上。麥亞反應迅速地將雙手鑽進女孩腋下扶起她，並檢查裝備是否破損。

「沒事。」麥亞說，「繼續前進。」

五人振作起來，踏過地上一潭潭泥水。強風狂吹猛打隔離衣，在建築物崩塌的破洞之間呼嘯如怪獸追趕。

無線電裡，艾里斯特斷斷續續的喘息可以媲美風聲：「我……跟不上了。別管我，你們——」歐文伸手將艾里斯特沒受傷那側手臂拉過來、勾在自己肩頭，然後兜著他的腰輕輕上提。艾里斯特疼得哀嚎，但歐文看得出來這樣能幫他分擔體重。

雖然速度變慢，隊伍持續向前推進。兩邊景物從高樓大廈漸漸變成了低矮平房。

至此已經聽不見機器人開槍，是距離太遠聲音太小已經被豪雨蓋過，抑或威爾已經慘遭破壞，歐文不得而知，但心裡有點五味雜陳。世界崩壞前，攻擊消防隊的機器人殺害了自己的隊友，他已想不起那人的名字，但厭惡機器的情緒仍然深埋腦海。

可是威爾真的幫助了他們。雖然隱瞞身分，但回顧事情經過，歐文明白有其不得已之處，若威爾在第十七號研究站內公開仿生人身分，他亦有可能親手砸爛威爾的人工大腦。

周圍已經連房屋也看不見了，只剩下逐漸被大大小小植物掩埋的廢棄車輛。儘管看不見路面，他們仍能捕捉到輪廓，原本柏油路所經之處目前還沒長出樹苗，這條空白切過荒野，朝山丘慢慢爬上去。

到了城市外圍第一圈山頂，無線電裡再度爆出槍聲，歐文回頭眺望市區，竟看見威爾正爬上曾是摩天大樓的高聳瓦礫堆，機械四肢動作快得遠超凡人之軀。隨著下一次槍響，威爾滾落了，但立刻爬起來繼續移動。

緊接著歐文又看見二十多個「蜘蛛」機器人朝威爾包圍過去，只有發射子彈之前會停下腳步、重踩地面。

他心想或許「轉化戰爭」就是這副光景吧。世界明明毀滅了，機器人卻還要在敗瓦殘牆間彼此殺伐。

令歐文嚇了一跳的是，另一棟倒塌樓房後頭，突然有人緩緩走出！那人身穿黑色裝備，大搖大擺地接近威爾正攀爬的巨大瓦礫堆。

「『輔導員』毫無勝算。」男人聲音傳來。

這時歐文才明白自己爲何能聽見槍聲——是透過對方無線電傳來的。那人故意調整了頻道，讓自己聽得見戰況。

「你是誰？」歐文問。

「基本上和你們一樣，在滅亡的世界甦醒過來，努力尋找活下去的辦法。」

機器人縮短距離後密集開火，威爾遭一陣彈雨猛轟，身體劇烈抽搐。

「你有什麼目的？」歐文繼續問。

「很明顯吧？想幫你們一把。」

「閣下幫忙的方式很特別，朝我們的人和我們的『輔導員』開槍。」

威爾倒在瓦礫堆上一動不動，蜘蛛逐步逼近他。

「嗯，」無線電另一端的人哼一聲，「你們可以之後再感謝我。」

「為什麼要？」

「因為每個『輔導員』都一樣，只會帶人去送死。」

「怎麼說？」

「我是過來人，那條路和你以為的不同。」

「不然是？」

「死路一條。」

「證據呢？」

「你們早就知道了吧。我猜猜，『輔導員』說什麼要拯救人類，當種族最後的希望，對不對？」

「那真相是？」

「世界變成這樣，還談什麼希望？跟我走至少能活，不跟我走只能怪你們蠢。」

「問題就在於，」歐文回答，「你們才剛打傷我們的同伴。」

「我能解釋，前提是你們要過來。」

「我現在就要答案。你們究竟是誰？」

「『同盟』，也就是各國政府殘存勢力，以及逃脫『絕跡實驗』以後腦袋清楚、選對邊的人。」

無線電第一次傳出卡菈的聲音，「不是『自治區』？」

「不是。自治區受到『聯合』支配，你們過去的話會被植入『轉化』。」

「一定要去，」艾里斯特大聲說，「別聽他們胡說八道，被他們抓到就死定了。」

下一個說話的人又令歐文詫異——是威爾。仿生人明明被打成了蜂窩、摔在瓦礫上動也不動了，但擴音器傳來的聲音異常清晰，顯然是以數位語音發送，「艾里斯特說得對，請前往自治區。」

蜘蛛團團包圍威爾後，已經近距離射擊不知多少子彈，射完以後還上前踩踏，以足末尖刺撕裂合成皮膚與他體內的零件。

「他們是政府，」卡菈又說，「我們該過去！」

「用機器人追殺公民的政府？」艾里斯特反駁，「趕快逃才對！」

歐文看見底下再走出一人，手中拿著平板。「同盟」二人似乎切換至其他頻道交換訊息，接著一齊抬頭望過來，很明顯已經掌握五人藏身位置，大概是追蹤了無線電訊號。

歐文拿著GPS轉身跑進森林，回頭確定大家都有跟上。方才表態支持同盟的卡菈暫時跟著，但沒有善罷甘休。

「不討論一下嗎？」她開口。

結果是同盟那人回應：「說得好，請各位留步，兩邊仔細談談。」

歐文做手勢要大家繼續往森林深處移動，自己則折返回去樹蔭下偷看市郊，很快便得到答案：機器人已往外移動，朝著樹林——也就是他們所在的方向而來。

於是他在無線電說：「又有個問題了。」

「是什麼？」對方回答。

「你們的機器人不只摧毀我們的『輔導員』，現在還追在我們後頭。如果你們只是想交談，何必派它們搜捕？」

「因爲你們不明白現在的情況。」

「那請你好好解釋，我洗耳恭聽。記得叫你們的機器人別再靠近。」

歐文繼續觀察，發現機器人確實停在了都市外緣。

陌生男子在無線電上零零落落說了一堆，但不出所料，內容都曖昧含混，根本沒解答任何疑問。換作以前天真的歐文，或許眞的會聽進去。

但現在的歐文根本沒心思理會，而是轉頭追上同伴，率領大家繼續趕路，打算以最快速度找到自治區。

頻道安靜片刻後，那個男人才問：「聽見我說的了嗎？」

歐文伸出一根手指抵住面罩，示意所有人不要出聲。他不敢說很懂科技，但猜想自己這群人總得發出訊號才能被追蹤。

「就算你們不相信，」對方繼續說，「至少給個回應，我才知道你們還活著，否則怎麼談下去？」

歐文直接點了前臂面板，關閉無線電功能，其他人依樣畫葫蘆，大夥在沉默中以最快速度翻越叢林山嶺。風雨也尾隨而至，細枝與樹葉迎頭灑下，有如森林遭到炮火轟炸。

他幾度回頭確認，沒有看見追兵，只有林間的昏暗、滿天的落葉以及逐漸升騰的霧氣。

每隔一段時間，歐文就會低頭確認GPS。顯示的距離與所需時間越來越小。

當數字終於變成零，GPS螢幕跳出綠色訊息：已抵達目的地。

歐文左顧右盼，卻只見陣陣濃霧飄過。

這下麻煩了。

59

一行人站在林中張望了好久，希望能趕緊找到點線索，決定下一步。

「自治區」應該就在這個位置。

但他們找不到。

麥亞眞希望能打開無線電講話。就算不用短距離無線電，靠內建麥克風與收音器也好。但即便不是廣播，裝備發出任何聲音都會構成風險，那些自稱隸屬同盟的人，很可能已經進入叢林搜捕，時間越來越急迫。

逼近的威脅不只這一項。

她看看前臂面板，尤其注意氧氣量。

剩下六成八。

氧氣耗盡前必須找到棲身之處，無論自治區還是別的地方。

這片森林彷彿逐漸分解著，枝葉不停飛落，天空隨著風暴來襲，愈發黑暗。

眞的什麼也沒有？又是一條死路，就像尋找樂園總站？

麥亞幾乎肯定同盟會派出追兵。如果被找到會怎樣？像威爾那樣？

歐文用力跺腳，踩出一個淺凹，伸手在周圍比一圈以後，又指了指凹洞。麥亞看不懂，接著歐文挪了位置，低頭盯著腳下地面。她這才明白了，歐文希望大家散開搜索，之後回到這裡集合。

麥亞牽著卜蕾，與卡菈、艾里斯特、歐文三人分頭，各自前往不同方向。

兩人在樹林裡走得很慢很謹愼，不小心摔倒的話太危險了，若被細枝石塊刮破裝備，恐怕將落得與第十七號研究站那位老人一樣下場。

每走一步都感覺得到時間流逝，林間光線更加黯淡，拍打自己的風勢越來越猛烈。

沒過多久已經看不見其他人。該折返了嗎？還是啓動無線電。

到底怎麼辦才好——

麥亞的腳下忽然踏空。

卜蕾的手滑開了去。她獨自摔落、滾進地洞，洞壁的堅硬岩石不斷摩擦、碰撞她的肩膀、肋骨和大腿。

如此一來，裝備不可能毫髮無傷。想著這件事情的麥亞忘記了疼痛，眼前一黑後意識消失。

60

歐文在林中邊邁步邊張望，希望找到自治區的蛛絲馬跡。枝葉飛散，樹木好像都要散開了。他低頭確認氧氣量。百分之五十七。

感覺好像又回到第十七號研究站那時，他獨自走出地堡、迎著殺人風暴探索森林，尋求一線生機。本以爲自治區會是圍牆高聳的都市或營區，至少也該有個明顯地標，沒料到坐標竟是什麼也沒有的荒山野嶺。

一行人穿越了森林，卻什麼也找不到。

他們在這裡耗了多久？

廢墟那邊的追兵遲早會逮到大家。即使能夠拖延，氧氣耗罄、在風暴下呼吸也不會比較好。明明在戶外，歐文卻覺得像是被關在密室之中，四面牆壁往自己壓過來。這感受與救火倒是很類似，看著房屋逐漸熔化、天花板即將坍塌，使命就只有力挽狂瀾，搶先時間帶著所有人撤離。他此刻亦有同樣想法：以最快速度解救隊員，還有樂園總站的人。如果這個團隊是人類最後的希望，失敗就不是選項之一。

必須成功。

他再看看前臂面板的氧氣數字。

百分之五十四。

歐文停下腳步，觀察身旁的大樹和濃霧，目前顯然已經離開GPS定位範圍，還是什麼都沒看見。

眞的什麼也沒有。

怎麼辦？

同伴也會寄望他能想出辦法。這時該選哪道門？門後會是烈焰還是出口？

計畫在他心中成形。

他伸手點了面板開啓無線電，才張開嘴巴要說話，卻聽見卜蕾在頻道上驚聲尖叫。

「誰來幫幫麥亞！」

「怎麼了？」歐文的腦袋轉個不停。

「她掉進一個洞——」

「在哪裡？」

「我不知道。」

「妳在哪呢？」

「我……我不知道怎麼說。」

「妳先回剛剛地上做記號那裡，我會趕過去。」

歐文轉了一百八十度，被心中的恐懼逼出全力奔跑。他的腦海浮現兩人在船上沙發共度的夜晚，自己手裡是《基本權利》，麥亞眼裡卻全是他，而且越靠越近。歐文的世界天翻地覆之後，卻找到自己從未發現的寶藏。此時他心底有個感覺：失去麥亞，就會失去那份無比珍貴的情感。

於是他顧不得可能會跌倒、可能刮傷裝備，大口呼吸大步奔跑。

無線電傳來卡菈的聲音：「有人聽得到嗎？我這邊什麼也沒有——」

「回集合點！」歐文喘著氣說。

「怎麼了？」

「麥亞受傷。」

「立刻過去。」卡菈也緊張起來。

歐文沒停過腳步，閃躲樹幹樹枝時，感覺自己差點被風吹走。

接著無線電上是艾里斯特的聲音：「傻瓜們有找到東西嗎？」

「艾里斯特——」歐文上氣不接下氣，「回一開始分頭的地方。」

「小事，」對方說，「反正我也沒走多遠。」

歐文回到記號處，卜蕾已經等著。

女孩驚慌失措指著她和麥亞探索的方向，「那邊，她受傷了叫不醒。」

「沒事的。」歐文嘴上這麼說，卻一點也不覺得沒事，「走吧。」

卡菈及時趕到，彎腰按著膝蓋用力吸氣，看得出她全力狂奔。

緊接著艾里斯特也走進小空地，同樣喘得厲害，但歐文看不出他到底是因爲肩膀受傷，還是因爲剛才在樹林調查太累。

四人一起走進森林，卜蕾帶頭，歐文緊隨，卡菈和艾里斯特殿後。

靠近目的地以後，歐文覺得眼前的東西根本是個排水孔：正方形的大洞底下一片漆黑。

卜蕾停在洞口指著下面。歐文亮起手電筒照了照，麥亞就倒在下方，眼睛閉著，一動也不動。

61

她聽見某種敲打聲而醒了過來。

頭很痛，身體也很痛。

那聲音又來了。是面罩，被敲出很大的聲響。

麥亞才張開眼睛，立刻又闔上。一道強光直射面部。

光線挪開了，她總算能睜眼，看清歐文正俯視自己，卜蕾站在他身旁。

無線電傳來他的聲音：「妳沒事吧？」

麥亞朝面板伸手，想要啓動通話。

「我已經幫妳打開了。」歐文說。

「沒事。」她氣若游絲。

「裝備也沒壞。」歐文告訴她。

麥亞察覺卡菈也在自己身旁。醫生把她扶起來，雖然背上那隻手的手勁很輕柔，但只要一點點動作，她就好痛好痛。

麥亞坐直以後才理解狀況。她摔下了一條混凝土砌的階梯，地面入口被樹枝落葉覆蓋，黑雲蔽空加上草木橫飛，根本不可能事先看見。

轉頭一看，後面有個艙口，旁邊還有鍵盤。

「你們怎麼找到我的？」麥亞呼吸順暢了些。

歐文轉頭，隔著面罩望向卜蕾，「妳運氣好，卜蕾知道要叫人，我就把大家都帶過來了。」

「感人的重逢是吧，」艾里斯特嘀咕，「但該趕路了。」

他走向鍵盤，鍵入數字。

「你知道密碼？」歐文問。

「禁、用、無、線、電。」艾里斯特冷冷地說，「直接關掉最好。」

他伸手在自己裝備面板快速點了幾下，接著指指GPS，最後又往自己頭頂比劃。認識久了，麥亞已經看得懂他的意思：用腦袋啊，白癡。

所以艾里斯特猜測密碼就是GPS坐標，而且他眞的猜對了。

艙門彈開，後面是個昏暗的房間。

歐文扶麥亞起身走進去，卜蕾跟在後頭，卡菈用力將門闔緊，艾里斯特拿手電筒四處照明。

麥亞以爲這裡又是除污室，但狹窄房間只有四面混凝土牆，以及另一頭可以出去的小走道。

歐文帶頭闖進那片黑暗，麥亞尾隨，其他人跟上。

走到底又是一扇艙門、一個鍵盤。歐文瞟了眼GPS，將數字輸入進去，機器卻亮起紅燈。什麼反應也沒有，大家面面相覷，不知如何是好。艾里斯特開始搔抓自己前臂，神態十分侷促，麥亞心想是旅途勞累加上肩膀受傷，終究影響到他的狀態了。他現在人還站得好好的，已經不可思議，只不過面罩下那張臉全是汗。

奇怪的是那道門竟自己打開了，這次後頭眞的是除污室。大夥兒趕緊進去，氣閘關閉，上方噴頭啓動後灑下乳白色液體。

消毒結束，擴音器傳出男子聲音：「脫下裝備。」

麥亞心想別無選擇，大家似乎也都意識到了，於是紛紛卸掉面罩和外衣，堆在地板上。

她鑽出衣服時，一張白紙飄了出來，是第十七號研究站信封裡的東西。它正好掉在地上一小灘清潔劑上。麥亞彎腰拾起，正要收回口袋，卻發現沾到藥劑的地方出現了模糊黑線。儘管很想看個仔細，但現在行動太引人注目。她直覺認爲自己還沒確認前，這個新線索最好別曝光，畢竟還不知道自治區是否眞的安全。

她站起身，將紙張收好。

「身上有武器嗎？」擴音器又傳出問句。

「沒有。」艾里斯特吼回去，「我中彈了，放我們進去！」

擴音器後頭的人呵呵笑，「過了這麼久，還是一點也沒變啊，蓋瑟瑞。」

內門打開，短髮長鬍的高挑男子一露面就朝艾里斯特微笑，「歡迎回來，做得好。」

62

歐文好一陣子仍沒反應過來。對方認識自己的夥伴？所以說艾里斯特、還是「蓋瑟瑞」——無論叫什麼名字，他早就進來過了。

但怎麼可能？巴士技工應該是與大家一起在第十七號研究站醒來的啊？

陌生男子走進來，「我們都快放棄了。」

說完他作勢要給個擁抱，艾里斯特卻舉起好的那條胳膊，「別碰肩膀，我中彈啦。」

「馬上為你包紮。」

艾里斯特盯著對方，眼神並不和善，「你們……？」

「別擔心，她還在這裡。既然都講好了，我們不會違背承諾。」

艾里斯特呼了口氣，「嗯，謝謝。」他又朝麥亞輕輕點頭，「這位感染了GV。」

陌生人打量麥亞，「唔，我們清楚她的身分，也知道她已感染。應該說，我們找妳很久了，楊恩博士。有些問題要向妳請教，待會麻煩了。」

他又蹲下注視小女孩，「也找了妳很久。還有人等著見妳，卜蕾，他已經開始解凍了。」

男子起身對大家說：「歡迎來到『自治區』。」

⁂

武裝衛兵護送一行人到房間安置，周遭環境令歐文想起ARC研究站的觀察室，同樣有小廁所、幾張椅子，牆上掛著大鏡子。他猜鏡子後頭有人正在觀察大家、品頭論足，制訂計畫甚至實驗。之前期待自治區是個能正常生活的地方，目前看來似乎是進了另一個牢籠。

但衛兵卻對艾里斯特另眼相待，從氣閘出來以後，他就被陌生男子帶去了別的地方，兩個人像老朋友久別重逢般。

艾里斯特究竟是什麼人？

現在又是什麼情況？

「該談談了吧。」卡菈朝歐文和麥亞低語。

他們來不及回應，房門忽然打開，進來的人竟是卜蕾的父親！

他立刻跪在地上，張開雙臂，「卜卜，過來！」

女孩鑽進爸爸懷中，男人抱住孩子，閉上眼睛。

「爹地！」她柔聲呼喚。

「乖孩子，我好想妳。對不起，妳醒過來的時候，我沒辦法過去。」

「我好怕。」

「我知道。別怕，都結束了，沒事的。」

他站起身，抱著女兒輕輕搖晃，轉頭對三個大人開口：「謝謝你們帶我女兒過來，一路上想必吃了很多苦吧。」

「爲什麼把我們關在這裡？」歐文問。

男子放下卜蕾，朝門外叫著：「梅麗莎，先帶我女兒過去好嗎？」

穿著灰色制服的高䠷女性進來，朝著卜蕾伸出手，「卜卜，跟她走吧。」卜蕾的父親說，

制服女性牽著卜蕾，小力拉了拉想帶她離開，但卜蕾回頭望向麥亞，忽然甩開手跑過去緊抱麥亞不放。

「我一會兒就過去。」

「沒事的，」麥亞摟著女孩：「別擔心。」

「你們要去哪裡？」卜蕾問。

麥亞嚥下口水，「我也不知道。」

卜蕾父親的眼睛轉了轉，應該也很訝異女兒竟然這麼放不下麥亞，「乖，楊恩博士生病了，得先留下來。」他望向麥亞，「我們要爲她治病，然後再聊一下之前發生的事。」

只剩三人在房間裡，卡菈將他們拉到角落低聲說：「得想辦法逃走，要快。」

「爲什麼？」歐文低聲問，視線飄向鏡子，盤算對話是否遭到監聽。

「此時此地不適合解釋。」

「之前在廢墟那個研究站，威爾說妳和艾里斯特也都隱瞞了事情。」歐文耳語：「我想艾里斯特的祕密已經揭曉，他打從一開始就是自治區的人。那妳呢，卡菈？」

「我會告訴你們的，先出去再說。找到創世病毒解藥以後就趕快離開。」

「離開去哪？」

「回去剛才的市區。」

「去找殺死威爾的人？」

「沒錯。」

歐文正要回話，房門忽然打開，卜蕾的父親又走進來，一名灰色制服女子推著金屬推車，最上層擱著三個注射器與一疊消毒棉片。

男子微笑，「朋友們，應該不必再遮遮掩掩了吧。」

歐文朝他邁一步，「非常同意，那爲什麼把我們關起來？」

「保護你們，也保護我們。」男人雙手插進口袋，「我是達瑞斯．奧卓吉，是『創世生科』的創辦人。」他的目光射向麥亞，「我們以前共事過，妳很快就會想起來。」

「你打算拿我們怎樣？」歐文又問。

「你待會兒就明白了。」

歐文再靠近一步，「我想見艾里斯特。」

奧卓吉轉頭看著鏡子，「艾里斯特是哪位?」

房間裡的擴音器傳出聲音：「本名蓋瑟瑞，帶他們進來的那個。」

「喔，他啊?好，等處理完帶過來吧。」

奧卓吉注視麥亞，「很高興又見面了。我知道妳記不得我、想不起來我們之間發生過什麼，等妳回復記憶再來好好聊聊。」

他往推車和注射器一比，「馬上就好，這裡有GV，也就是創世病毒的治療藥物。」

「你們有藥?」麥亞開口。即便是歐文，也能從她語氣中聽出一絲希望。

對方嘆了口氣，笑了笑，「對。有點諷刺啊，麥亞……解藥是妳製作的，就如同病毒也是妳協助開發的。」

63

麥亞讓他們替自己注射了號稱是創世病毒解藥的東西，畢竟似乎已走投無路了。歐文和卡菈也一樣，儘管可以嘗試抵抗但又有什麼意義，尤其萬一眞的有效，當然要趕快讓麥亞得到治療。

而且她想得到答案。

想回復記憶。

還想離開這裡。

自己眞的曾經與這些人一起開發病毒和解藥？那她就是「轉化」與隨後「崩壞」的幕後推手之一？麥亞在拘留室內來回踱步，始終放不下這件事。

門開了，艾里斯特走進來，神情很嚴肅。他換了一套衣服，和卜蕾的父親是同款的灰色上衣和褲子，明顯已洗過澡，中彈那側手臂肩膀也綁上三角巾。總而言之，他煥然一新。

歐文和卡菈同時想開口，他伸出沒受傷那隻手直接打斷，「我知道你們有很多疑問，讓我……解釋看看吧。」

「你到底是誰？」歐文問。

「本名是蓋瑟瑞。」

「不是艾里斯特？」

「不是。那是死在休眠艙的人，我進去第十七號研究站看到了，就頂替了他的身分。」

「再往前一點，」麥亞開口，「從頭說起吧。我想聽你的完整經歷。」

艾里斯特笑了笑，「其實，妳都看過了。」

「什麼意思？」

「那本日記。」

「船上的？」

「嗯，是我寫的。」

麥亞吃了一驚，沒想到眞相竟是這樣。她反覆地思考來龍去脈，努力回想細節。

「你到底是不是修巴士的？」歐文又問。

「其實還眞的是。其實我說過的幾乎都是眞的。我的本職是巴士技工，社會『崩壞』那一天，也眞的在維修站、進了伺服器機房，車子撞進來時差點兒沒命。」

艾里斯特攤手，「再來就是日記寫的了。我和你們一樣，醒來之後發現自己成了實驗的樣本，只不過地點是剛才被當作戰場的那座城。他們要我寫日記，我就照著寫。以前的我就是個老實的公僕，人家要我做什麼，我都乖乖照著做。」

他大笑一聲，「可笑吧。日記是我寫的，所以你們知道是怎麼一回事。我們那群人到了外頭，一個一個被收拾、一個一個互相背叛，死到最後只剩下兩個得救。」

艾里斯特又往周圍比了比，「救我們的是『人類聯合』。他們不只帶我們進自治區，還提供食物和保護。」

「你就加入了。」歐文說。

「別無選擇。」

「怎麼會？」

「因爲愛情。」

「跳得太快了。」麥亞說。

「日記裡有寫。」艾里斯特別過臉，似乎不想多著墨。

麥亞努力回想自己讀到的內容，「嗯，有提到與樣本組另一個人的戀情。」

他點頭，「結果只剩下我們兩個。她叫卡曼，和妳一樣感染了創世病毒，在這裡得到治療。我們也看到了留在自治區能怎樣過日子。」

「所以是怎樣？」歐文問。

「談不上完美是肯定的，但至少不必每天逃命，也不必擔心餓肚子。再來就……嗯，不是很好解釋。」

「這裡到底是哪裡？」卡菈終於出聲，「所謂『自治區』究竟是什麼？」

「說老實話，我也不清楚，只知道是個巨大地底都市，以隧道連接類似這裡的入境關卡。」

「入境關卡？」歐文問。

「給我這種地表探員進出之用，順便隔離、拘禁潛在的危險人物。」

「什麼樣的人可能對自治區造成威脅？」歐文繼續問。

「沒加入『聯合』的全都是威脅。」艾里斯特回答，「轉化戰爭還沒結束，兩邊打得不可開交。上面的情況你們也看到了，已經演變爲全球規模的壕溝戰，雙方都以地堡爲據點，只有搜索生還者或發動攻擊時才回到地表。」

「你在外頭是爲了什麼？攻擊？還是找人？」麥亞問。

「妳說得好像那有什麼分別，其實是一體兩面。誰掌控了生存的人類，誰就能決定世界的未來。勝負關鍵是人數。」

「你是出去找我們的？」歐文問。

「不是針對你們，任何生存者都行，主要鎖定奧卓吉的女兒。我做了條件交換，只要參加搜索隊，他們就把卡曼放進休眠艙。這支小隊有三個人開船出去，尋找絕跡實驗的研究站。你們也知道，ARC科技一度參與過『聯合』，所以這邊早就知道坐標爲何。等到ARC啓動潛伏模式，就被『聯合』視爲叛徒。」

卡菈伸手打斷他，「你說一開始是三個人？」

「另外兩個你們見過了。」艾里斯特回答，「就是死在船上的兩位。」

「他們怎麼了？」歐文問。

「我們抵達那座島以後就展開探索，最初是我留守，快要輪班的時候，我累了想休息，就用元網通知自治區已經有線索。」

「『元網』？」

「嗯，之前差點被你發現。」艾里斯特伸出手臂，以兩根指頭按壓掌根下方，一塊沒有體毛的皮膚上立刻浮現圖案，就像電腦操作介面那般。他繼續點擊，畫面還會變化，跳出一些選單與字幕。

「你在船上用過，」歐文說：「躲在房間的時候。」

「對，也是發最新消息給自治區。那次主要是告訴他們，我認爲就是元網引來風暴。」

麥亞一愣，「你怎麼知道的？」

「經驗法則。剛才說過，找到第十七號研究站那座小島的時候還有三個人，同伴登陸搜查，我用元網發訊息以後就躺下休息。在我沉睡時，風暴來了。隊友發訊聯絡我，警告他們生病了，我才趕快套上隔離裝，逃過一劫。」

艾里斯特在房裡漫步，「我透過元網請自治區下指示，但他們說沒找到人或沒解開風暴謎團就別回去，最好兩個目標都能達成，還強調要是我無功而返，就會吃閉門羹。當時我還沒想通風暴和元網之間的關係，畢竟風暴是個新現象。如今我們推測無人機會在高空搜索元網訊號，偵測到後就製造風暴，並在裡頭釋放某種東西，殺死體內安裝了元網的人。」

「第十七號研究站那位老人的眞正死因是這樣？」卡菈問。

艾里斯特點頭，「我有把握，他應該也是聯合的人，也裝了元網。什麼時間進入實驗的我不確定，但邏輯上一定是ARC反叛之後。那時候他大概想趕回地表使用元網與聯合通訊。我會察覺兩者關連，是因為一在船上使用元網，立刻就有風暴襲擊貨櫃船。後來一直到進入市區，我都沒再啓動過。」

「換句話說，風暴對我們根本不構成危險？」歐文問。

「對，跟你們沒關係。不過我只有九成把握，不是百分之百肯定。」

「只會影響你，因為你有元網。」麥亞說，「但你瞞著不說，讓我們也跟著恐懼萬分。」

「剛剛說了，我不是百分百肯定，再加上這個理由能催促你們趕快離開研究站到自治區來。老人之死算是無心插柳吧，否則我得自己想一套說詞，而你們可能根本不急著離開研究站。」

歐文搖頭，「可是輔導員——我是說布萊斯——他也說風暴能致命。」

「嗯，我猜ARC有設置地表偵測，察覺了風暴裡的空氣異常，這樣才說得通。」

「機器人也是因為元網攻擊你？」歐文問。

「對。同盟將ARC和聯合都視為敵人，程式以ARC輔導員和有元網的人為目標，所以才會攻擊我和威爾。我當然知道機器人的事情，只是想賭一把，以為能搶在它們包圍之前就脫身。」

「如此說來……」麥亞靈光乍現、突破瓶頸，「你侵入了第十七號研究站，對不對？」

他吞口口水，「對。」

「怎麼辦到的？」

「只要有輔導員的拇指就能開門，聯合之前抓到過，給了我一個。我進去才發現那裡是關閉狀態，多數休眠艙也空著。之前講到有個樣本死在休眠艙裡，不知道是機器有問題還是替他改造的過程沒做好，那個人才是艾里斯特。後來我還看到唯一一個輔導員停在充電槽待機，順便摸到留給『艾里斯特』的信封，就直接拿去丟掉。無論那裡面裝了什麼，我應該都無法解釋。

「我只有一個選擇，就是按照自治區的指令行動。先前已說了探索隊的情況，而我又不能空手而返，只好先將他們放進隔離裝、留在船上，日記本故意丟旁邊。我寫了不少自治區的事情，還以為你們讀過之後一定會急著趕來；船也被我動過手腳，只要不帶上我就沒人能發動引擎。準備好之後，我進去研究站，先弄壞發電機，讓它短時間內徹底故障，然後躲進『艾里斯特』的休眠艙裡等待時機成熟，裝作自己和你們一樣才剛甦醒。輔導員想必知道我不屬於這個樣本組，恐怕打算在觀察室開會那時說出來。所以本來我也得動手，幸好有人先幫我解決掉它。」

「威爾也不知道嗎？」歐文問。

「要我猜的話，他應該也知道。」艾里斯特回答，「至少上船那時就懷疑過我。我聲稱從發電機拆了零件，其實那些東西與快艇引擎對不上，所以逼他走遠了點後，才偷偷將藏好的東西拿出來用。也有可能他更早就知道，要看他從研究站挖出多少資料，我也不清楚。」

「那他幹嘛不揭穿你？」卡菈問。

「我想就是程式設定吧。」艾里斯特回答，「威爾是『末期輔導員』，可能只負責觀察實驗發展、保護樣本存活。從他的角度，暴露我的身分一方面危害到我，另一方面也可能波及你們。再不然，或許他認爲自治區對你們生命安全是最佳保障，我個人也是這樣想。」

歐文搖頭，「如果『樂園』總站還保存大量人類等著重返世界，我們一定要設法找到。」

「沒錯，」艾里斯特同意，「但這也成爲了交戰雙方的共同目標。找到『樂園』，就能補充兵力。只要把感染GV的人都治好，全部帶來參加聯合，人數就足夠贏得最終勝利，這是我們的夙願。提醒一下，聯合這邊也有ARC科技在絕跡實驗利用的休眠艙，熬過漫長歲月不是大問題。如今局勢發展成消耗戰和地堡戰，感覺僵持不下，永無止境，誰能在這破爛世界熬更久，誰就會贏。」

「萬一你們找不到『樂園』，又該如何？」歐文問。

艾里斯特聳肩，「我不知道。同盟或許沒那麼多糧食，而且他們有超過半數人感染GV，大家一直不停忘記之前的事情，社會機能很難維持？沒解藥不成，但解藥在我們這邊。只不過同盟也有優勢，能靠機器人和風暴追殺我們，最後結果就是兩邊都想搶人，只要找到ARC藏在『樂園』的樣本，就能補充人力資源，也才有希望贏得戰爭，永久回歸地表。你們可想而知，自治區空間狹小，居民不斷增加便會容納不下。我們需要空間，也需要大人。成年人才能受訓拿武器，出去外頭幹掉同盟和機器人。總而言之，得『樂園』者應該就能得地表、得世界。」

麥亞在沙發坐下，「爲什麼不和談呢？」

「他們試過。」艾里斯特小聲說，「好幾次了，總是沒有好下場，不是自己反悔就是對方耍詐，自治區和同盟雙方都因此賠了不少人。」

「艾里斯特，必須有人完成絕跡實驗，」歐文說，「否則無法將世界導回正軌。」

「歐文，你該面對現實了吧？那個世界早已滅亡，現在自治區就是你們的家，『轉化』是必然的未來。」

「我還不知道『轉化』到底是什麼，而我一點興趣也沒有。」歐文說。

「不知道也無所謂，」艾里斯特淡淡地說，「因爲來不及了。」他仰頭長嘆，「它已經跟著創毒解藥進入你們身體，很快就會生效。」

64

艾里斯特開門出去，衛兵進來將麥亞與卡菈帶走。歐文本能地想要阻攔，但理智壓抑了愚行，最終並沒有出面頑抗。

麥亞停步在門檻，轉頭瞥了歐文一眼。剎那化作永恆，他想到兩人之間還有好多話沒說，或許一輩子都沒機會說了。

眞希望兩人有更多時間相處。若能回到快艇那幾天的話，自己就能好好地說出心裡話。他看不懂麥亞的表情，卻能猜到對方的意思：必須設法逃走、離開自治區。問題在於就算能出去，下個目的地又是哪裡？難道去找同盟嗎？似乎只有這個選擇。

歐文再次覺得受困於火場，身處在烏煙瘴氣的房間裡盯著兩扇門，不知該打開哪一邊。

然後他想起母親，她會在自治區裡嗎，還是跟同盟走了？又或者被ARC收在樂園總站？第四種可能就是她已經離世，死於「崩壞日」，如同其他無數人那般葬身於這殘敗世界的某處。

房門關上，只剩歐文獨自一個人。他來回踱步，邊等待邊思索「轉化」究竟是什麼？他不知何時會有感覺，也不知自己是否還能存活。

他對於聯合提供解藥五味雜陳，一方面慶幸能回復記憶，另一方面卻不禁擔心「轉化」帶來的影響。

一個灰制服的人端著塑膠軟盤送餐來給他，雖然有綠色葉菜但搭配的是紅色膏狀物，與ARC的綠色漿糊差不多。看來，轉化戰爭一大惡果就是世上再無美食。

吃飽之後，同一個人進來收拾，還給了歐文新衣服，是與艾里斯特同樣的灰色外衣。他脫了褲子要換，忽然發現口袋裡還有東西。他取出消防隊徽章後凝視片刻，想起這份禮物來自多麼無私的人。

他不知道「轉化」到底代表什麼，但明白自己該怎麼做。自治區不過就是起火的建築，答案就是逃出去，帶著麥亞與卡菈一起逃出生天。之後去哪裡就之後再說，總有辦法找到安全的地方。

開始更衣時，他驟然驚覺房間裡還有別人。陌生人，就坐在角落。然而他猛然轉頭一看，長沙發旁邊是有張單人座椅，卻是空的。當然，從剛才就一直是空的，門也沒再打開過。可是歐文卻非常明確感覺到那裡有人。

異樣感受褪去，他心想自己一定太累了，躺在沙發上想著稍微闔眼休息，卻立刻陷入沉睡。

歐文不知道自己睡了多久，感覺過了很長時間。身體僵硬痠痛不休，一路疾行翻山越嶺的疲勞全數爆發出來。

腦袋昏昏沉沉的，又再次感覺到房裡有人。

他坐起來，瞳孔適應了光線，然後發現這一回不是錯覺。是卜蕾的父親。

達瑞斯．奧卓吉坐在沙發對面單人椅，低頭凝視著自己前臂。察覺歐文醒來後，他將袖子拉好。

「早安。」

歐文坐正。

達瑞斯伸手，但歐文不想握手。

「這次見面首先是想感激你幫忙我們父女團聚，我真的很想她。」

「不客氣，她很勇敢，而且主要照顧者是麥亞和卡菈。我想見她們。」

達瑞斯點頭，「不是不行……但得看接下來雙方有沒有共識。」

「什麼方面？」

「你們的未來。在自治區怎麼生活。」

歐文打量對方表情，察覺有點古怪，但無法解讀。

這時候，他的手臂一陣麻癢，他拉起袖子，竟看見自己皮膚上浮出一排字：

載入中……

歐文大驚失色。

元網作業系統啓動中……

那種異樣感受又來了。明明沒人的地方卻好像有人。

「這是怎麼回事？」

對方的嘴角微微上揚，最奇怪的是這次歐文竟然能理解了——他看懂了達瑞斯的表情！下意識明白那不是覺得好笑或難過，而是驕傲，就像畫家盯著自己最得意的作品。

彷彿陌生語言流進腦海。所有人都以那種語言交流，只有歐文聽不懂、學不會，但此刻他忽然開竅，一瞬間全明白了。簡直有如眼盲了大半輩子的人忽然重見光明！

也因此感覺自己完整了。

「這個房間不是單純的拘留所。」達瑞斯說，「入境關卡設了好幾個類似房間，無論是從同盟叛逃的、還是絕跡實驗樣本，想進入自治區就得在這裡過渡；文明『崩壞』後，有一些ARC員工也想進來。關卡除了保障安全，最重要的是針對入境者做掃描。」

「掃描什麼？」歐文問。

「腦部異常。這是我們最關切的部分。」

「爲什麼？」

「因爲腦部異常有可能干擾『轉化』，有些人的心智無法承受。只要是人，都會一定程度抗拒改變，但部分的人情況比較嚴重，因爲思想灌輸而反對我們理念的人尤其嚴重，還有些人單純性格固執、不肯改變。我們挺擔心你的，並非只是思想上的問題。」

達瑞斯起身，「想必你知道自己的右腦有點特別，這個基因缺陷應該讓你在生活中遭遇了不少阻礙。實際症狀是什麼？辨色力不佳，還是語言組織能力比較弱？」

「都不是，我對非語言表達有障礙，看不懂表情和肢體語言。」

達瑞斯凝重點頭，「小時候應該很辛苦吧。」

「還過得去。」

「看得出來你順利長大了。不過，有沒有反映在其他方面？特殊的傾向或特長？大腦可能以某種特徵抵銷劣勢。」

「模式判讀。」

「有趣。」達瑞斯小聲說，「在我看來，人類心智是宇宙間最有趣的東西。例如你，心智發現大腦有些區塊是死路，神經元接收電流也無法啓動和傳遞，索性往周圍發展，就像肌肉裂開會形成疤痕組織，轉而強化周圍連結。雖然繞道而行了，但我們能重建原本那條路。故障的神經元現在已由人工合成奈米元網來取代。」

「奈米元網？那是什麼？」

「你把它想像成人造神經比較容易。我們認爲大腦與身體其他器官一樣，人斷了腿的時候，醫生也會建議裝義肢，而你出生就缺了一小塊腦部。非常小，沒人看得見，但又很重要，爲此每天生活都受到影響。元網能幫忙填補空缺，而且還有更多妙用。」

「還有什麼？你到底想說什麼？」

「元網是『轉化』過程不可或缺的一環。」

「不可或缺，意思是……？」

「元網是自古以來生命疑惑的終極解答：人類的未來是什麼？」

歐文不再說話，達瑞斯打開房門，「要不要看看自治區？」

隨他走出去之後，歐文前後張望，希望找出麥亞和卡菈所在位置。

「她們被送去另一個入境關卡了，」達瑞斯直接說，「有不同的……安排。」

他不再多說，逕自到了走廊盡頭一扇門舉起前臂、輸入指令。門板被啓動、縮進牆壁，後頭露出的空間看起來是豪華的自動車車廂。

車上能感覺到速度慣性，車程非常短，歐文無法確定車速有多快。他本來還試圖判斷離開森林入口多遠，心思依舊放在如何救出麥亞和卡菈，然後逃之夭夭。

但穿過氣閘以後，有件事情無法釋懷。

「我母親在這裡嗎？」

達瑞斯看著地面，「不在。」

「她還活著嗎？在ARC，或者同盟那邊？」

「抱歉，歐文，我幫不上忙。」

「那麥亞的家人呢？」

「一樣，不在自治區，下落我們不得而知。」

兩人陷入了沉默，直到車門再次開啓。

外面看來像是公園，步道兩旁除了灌木還有大樹，都是歐文好幾倍高。林子上方有藍天白雲和橘黃色光暈，然而現場少了些東西讓他猜到眞相——沒有鳥，沒有蟲，連風都感覺不到。

「還是地底吧？」歐文開口。

「對，其實更深了。」

達瑞斯下車，領著歐文沿著步道前進。路旁以木材金屬製成的長凳上坐了些大人，小孩子在草坪上丟球或捉迷藏開心玩耍，附近露臺則有一群青少年聊著叫作《星視》的書。

歐文忍不住停下來，仔細端詳這些人的臉。一個年輕女孩聊到小說內容，張開雙手神情激動地說：「是啊是啊，大家都喜歡好結局嘛。」還翻了個白眼。

以前的歐文會因爲字面意思而以爲她喜歡那本書，現在卻能透過表情和肢體語言，本能地明白她是在諷刺。

他同時也察覺達瑞斯正在觀察自己。「現在這些感覺，只是個開始。」達瑞斯說。

「什麼的開始？」歐文問。

「新生。」

說完他低頭看著路繼續前進，一會兒以後又問：「你認爲什麼是原因導致人類文明的『崩壞』？」

「你。創世。聯合。」

「爲什麼這樣想？」

「不是事實嗎？是你們投放創世病毒吧？」

「嗯。」

「『崩壞』不就這樣造成的？」

達瑞斯抬頭望向他，「我問的是根本原因。你覺得我們爲什麼要製作ＧＶ呢？」

「你自己告訴我比較快。」

「你願意回答的話，對雙方都有好處。」

「怎麼說？」

「那我就知道你站哪一邊。」達瑞斯微微揚手，「雖然無論如何很快就能知道，只是覺得你親口說出來更好。」

「無論如何都會知道，這又什麼意思？」

「你應該感覺到身邊總是有人吧？那就是『元網』。它會觀測你的腦部活動，觀測結束以後，元網就能掌握你的思維。」

歐文愣得停步在路中間。

達瑞斯笑道：「別擔心，你這樣的人不需要緊張。」

「『我這樣的人』又怎麼了？」

「你們思考純淨，仁慈善良，願意爲別人付出自己的生命。」

「如果有人的思考模式不符合你們期待呢？」

「取決於內容。自治區科技十分先進，能針對腦部活動建立模型，並預測實際行爲。如果某人腦部迴路眞的對社會構成威脅，我們……會進行修正，就像修補你的腦部缺損那樣。我們的立場很簡單，危害整體生活的人沒有立足之地。但你不同，你親身體驗了元網帶來的好處。想想自己身上起了什麼變化，以前的你就像瞎了一樣。而且你在這裡有重要的使命。」

「使命？」

「你想想，或許外面還有很多人也一樣，關在絕跡實驗研究站沒能出來，就像困在火場裡需要有人救援。」

「你們要我當探員，就像艾里斯特那樣？」

「你之所以來到這裡，應該也是命運使然。更何況，說不定你出去外頭就能找到令堂？我們在這裡聊天同時，她或許還在ARC某個研究站，和你醒來的地方差不多，那裡的電力一點一滴流失，時間所剩不多卻遲遲沒人援手。而你能救她，或者應該說，這是你救她的唯一機會。」

有機會救母親？達瑞斯這番話觸動了歐文心弦，彷彿巨大海流般無法抵抗的自然力量。但他仍覺得必須瞭解清楚。

歐文指著公園和裡面的人，「這就是『轉化』？他們都是『轉化』後的人類？」

達瑞斯轉個彎，繼續順路走，似乎還在整理思緒。「聯合面對了不可能的任務。我們知道世界終結必不可免，大禍臨頭只是時間問題，於是做出了不得已的決定——主動點一把可控的火，利用我們的知識改造社會。」

「說穿了，究竟什麼意思？」

「創世病毒原本可以重啓人類。」

「我還是聽不懂。」

「你想像一下，如果與全世界爲敵，對方有軍隊，還有接近無限的資源與人力，要如何獲勝？」

「一開始就該透過協商避免交戰。」

達瑞斯笑道：「這答案其實非常好，甚至事實上就是我們採取的作法。想要不費一兵一彈擊敗比自己強大的對手，同時盡可能保全所有人性命，方法非常簡單——消除大家的記憶。不記得要對付誰的軍隊，就沒有作戰能力。」

「讓全世界失憶……這就是你們的計畫？」

「可治療的失憶。計畫眞的很簡單，創世病毒感染所有人，然後我們將大家集中在一起，分配解藥和元網，文明就能從頭來過。」

「元網如何解決文明社會的問題？」

「思考一下，所有想法念頭都能被元網偵測到，又怎麼會有犯罪、飢餓和痛苦？」

歐文搖搖頭，「同時也沒了自由。」

「自由是假象。你口中的自由本質是貨幣，人類付出自由交換自己想要的東西。我們會為了生存而付出一定程度的自由，例如上班工作就是拿自由交換金錢酬勞，我們也用自由交換安全，否則為何容忍警察搜查住家或當街攔檢。元網與這些制度具有同樣意義。」

「元網就等於『轉化』，是嗎？」

「『轉化』是元網帶來的結果。元網轉化社會，每個人的命運由自己的想法決定。其實一直以來都是如此，思想決定言行，言行決定生命結果，元網只是將因果關係提前一步：掌握所有人的心理狀態，社會才能臻於完美。元網是人類演化的極致——所有個體意識的『聯合』。事實上，人類早就注定合而為一、共享完整意識，這才是『轉化』的眞諦。但同盟方卻害怕人類的整合，因為往後即使少了他們，仍會有無窮盡的進步。」

達瑞斯伸手往公園四周比劃，「你現在看到的，就是證據。」

「我想不出為什麼元網能解決所有問題。大腦串連之後彼此是更緊密了，但不代表人會過得更好。」

他凝視歐文，「因為你還不瞭解元網，也不瞭解『示現』——我們的預測技術。」

「說來聽聽。」

「舉個你容易理解的例子吧，歐文，你知道為什麼會有火災？」

「當然。可燃物、氧化劑，加上能到達閃火點的溫度——」

「我說的是概念層面。火花點燃小火、小火發展成大火，大火還不熄滅就變成無法收拾的森林火災。人類心裡的壞念頭是同樣道理，最初只是星星之火，但會不斷膨脹蔓延，要是得到足夠氧氣就能讓人葬身火海。元網可以避免這種下場，就像心智上的火災警報器。比起一般人，你的體會應該更加深刻。」

「我認爲心靈是眞正受自己控制的最後一塊淨土，不應該有他人介入。」

「同樣說法，有些人會套用在住家，然而政府仍舊強制要求煙霧偵測器，目的是保護居民自身安全。元網沒什麼不同，因爲在我們所處的時代，人心才算是世界上最危險的東西。」

「有本叫作《基本權利》的書，裡面提供了管理心靈的基本模型，以及理解心智運作的基礎知識。還有道德，那不也是人類共有的行爲準則嗎？」

「風險太大，人類承受不起。我們的解答，也就是元網，能夠保障社會繁榮進步，自發遵守道德的想法太過理想化。沒必要將人類全體暴露在危險中，縱觀多少歷史已經有太多明證。」

歐文思考這番話同時也思索下一步。還是沒有麥亞和卡菈的線索。

「你剛才說，有些人腦部迴路特殊，或許會抗拒『轉化』，但可以修正。這句話實際是？」

「沒在這裡看見她們。」

「你們會再見面的。」

達瑞斯盯著他，好似能從歐文臉上看出端倪，「你是好奇麥亞和卡菈的去處吧？」

「何時？」

「很快。」

「過去人類社會將不遵守法律、危害整體幸福的人囚禁起來。若問我的話，這種作法太不人道，而且拘禁結束以後，犯人多半沒有改變，反而是關心他們的親友因為兩地分隔深感痛苦。元網能給你改變人生的機會，自然也能成為這種人的救贖。」

「她們會怎樣？」

歐文聽了心頭一冷，「所謂救贖又是什麼意思？」

「與元網給予一般人的沒兩樣，都是心智融合、團結一致的社會生活。以卡菈和麥亞為例，會進行少量改造以防止她們大腦迴路產生危害整體幸福的想法。總之和你一樣，會有些變化。」

「怎樣的變化？」

「我們稱為『和諧化』。經過和諧的人只使用安全的腦部區塊，效果因人而異，不過一般而言和諧之後的人……會從事比較基本的工作。例如麥亞可能穿上圍裙顧顧花店，負責養花和清掃，又或者在你用午餐的咖啡廳當服務生。她會喜歡自己的生活，而且能夠過得單純，不再受到害人害己的思想拖累。」

歐文用力嚥下口水，「她會記得我嗎？」

「不，歐文，她記不得。這段記憶太危險。但之後如果你想要的話，每天都能見到她。」

「她什麼時候會改變？」

「已經開始了。創世病毒的解藥會重建記憶，接著元網登錄腦部結構，辨識可能造成問題的區域。過程需要多久將有個別差異，我猜……跑完進度應該是明天早上。」

65

穿著灰色制服的人將麥亞和卡菈領進車裡，車子開到自治區另一處，外觀與她們進來的地方差不多，都是一條走廊、兩側好多扇門，盡頭設置了氣閘口。

麥亞被單獨放在某個房間，裡面有長沙發、單人座椅與全套衛浴。與之前那個房間相同，一面牆壁鑲了大鏡子，她很肯定自己已受到監視。

衛兵出去關上門，四下無人之後，一陣強烈疲憊從她體內湧出。麥亞無法判斷原因，有可能是注射的創毒解藥，也有可能是在自治區入口那一摔，但說不定只是下船後長度跋涉的疲倦。

無論如何，她很快便入了夢。

麥亞醒來以後渾身僵硬痠痛，但重要的是她變了。從第十七號研究站醒過來以後就缺漏的東西——記憶——總算回到她身上。

麥亞逐漸憶起一切。

她躺在沙發上，專注在有關創世生科的最初印象。腦海裡，自己穿著熨好的套裝，踏過人行道，走向創世生科大樓。那天微風輕輕撩起頭髮，依稀嗅到洗髮精的香味。麥亞右手拎著公事包，裡頭裝了列印好的個人簡歷（其實那年頭沒人會看這東西，但她擔心對方忽然問起，自己卻沒有準備）。另外還有小本子，麥亞每次面試都會做筆記，撕了很多張丟在小公寓辦公桌旁的字紙簍裡，有些是應徵的公司不要她，但更多是她最後決定不去。

摩天大樓正面那道玻璃旋轉門像是吞了人又吐出。麥亞進去時想起母親說過的話：「第一份工作別挑薪水最高的，也別挑同事最好的，應該挑妳能學到最多的。」

「學什麼？」當時她這樣問。

「學著認識自己。對自己的理解就像投資，瞭解自己的長處和短處，然後等待合適機會。妳的成就會無可限量。」

會議室內，面試官提出一連串或基本或專業的問題，不出所料並未跟麥亞索取簡歷，她也就不主動拿出來。與之前十幾次相同的結束——對方說會盡快聯繫。

但她同一天就收到了創世生科的通知。麥亞心想這家公司的高層態度果決、效率奇高、不拖泥帶水，爲此十分欣賞。畢竟她自己就是這樣的人。

第二次面試就在隔天，問題比較難，尤其一道科學技術方面的題目聽起來非常陌生。麥亞不禁緊張起來，幸好沒胡言亂語，僅是直接回答：「我對『量子基因組定序』這個主題不太熟悉，面試結束之後會立刻研究看看。」

面試官卻笑著說：「理所當然，因爲這是我們剛發明的新技術，這棟大樓之外，沒有任何人聽說過。」

「那爲什麼——」麥亞自己想通了，「喔，原來如此。」

「楊恩博士，我們想找到最聰明最優秀的人才，但同時也需要其他特質、特定類型的頭腦。主要是好奇心，對這類工作內容的渴望要夠強烈，否則很難在公司裡撐下去。創世的工作環境很嚴苛，充滿妳現在難以想像的挑戰，對意志不堅的人來說是條艱辛的道路，然而對一輩子學習的人則是實現不可能的大好機會。在我們公司裡，沒有不可能的事。」

出乎她意料的是，對方起身走向門口，「我這邊沒問題了，麥亞，但妳還得見一個人。祝好運。」

最後一關，面試官在眺望河川的會議室裡等候她。以他的地位不需要自我介紹，但對方還是伸手並報上姓名。

「妳好，我是達瑞斯．奧卓吉。很感謝妳今天來這一趟。」

「這是我的榮幸，奧卓吉博士。」

「大家都直接叫我達瑞斯，創世生科也很榮幸得到妳的青睞。我只有一個問題。」

麥亞嚥下口水。

「妳爲什麼來我們公司面試呢？」

「我對創世的研究很感興趣。」

「那又是爲什麼？」

「我想救人，想透過發明改變世界。」

「理由是？」

她吸了口氣，「我父親死於罕見的心臟疾病，幾年以後才有人發明相關的基因檢測。要是他能多活幾年，例行健康檢查就能提前診斷了。我有時候會想像，如果那種檢驗早點推出，我的人生會有多大的不同。」

奧卓吉凝視她，麥亞覺得必須繼續說點什麼。

「所以我投身基因醫學，希望每天下班內心踏實，知道自己開發的東西或許救了別人的爸爸，或者媽媽、手足、子女等等。」

達瑞斯點頭，「我明白妳的感受，麥亞。歡迎加入創世生科。」

剛進入創世生科頭幾年是麥亞這輩子最辛苦的日子，不只因爲工時長、有時挫折到趴在桌子上哭，最大問題是失去了人際互動。回家、洗澡、通勤時，腦袋裡仍舊都是工作的事情。

她沒有約會，公司外沒交到什麼朋友，整個人生奉獻給創世生科與研究。

但遇見薛曼．帕瑞許之後，一切都不一樣了。

❈

兩人第一次見面是週日午後。他來敲門，身上穿著除蟲公司制服。麥亞開了條門縫，他連忙點頭問好。

「抱歉打擾了，女士，管委會要我爲這戶除蟲，妳應該有收到通知？」

麥亞點頭，「有，請進。」

男子在公寓靈活穿梭，檢查許多平常不會有人注意的死角並貼上小盒子，完事後便離去。半個月後他又出現，這回進門後他沒立刻亂竄，原地立正開口說：「我有事要坦白。」

麥亞蹙眉，「嗯？」

「我不是害蟲控制業者，上次是來檢查妳屋子裡有沒有竊聽器，然後我自己裝了幾個。其實我們一直都在觀察妳，麥亞。」

聞言，她內心流過一股恐懼，視線自然飄向門口。帕瑞許連忙攤手，「不是妳想的那樣，我是政府的人，要過來招募妳，所以才會設法掌握妳的狀況。」

「招募我做什麼？」

「加入拯救世界的行動。」

「聽不懂。」

「妳現在的公司，也就是創世生物科技，並非表面上那麼單純。」

麥亞雙手叉腰，「不然是？」

「真面目是高科技恐怖組織，意圖掌控全人類。」

麥亞大笑出聲，「你的演技真好。誰出的餿主意，達瑞斯嗎？」她轉頭到處找，「還是你們在拍整人節目？差點唬到我了。」

帕瑞許沒跟著笑，只盯著麥亞回答：「楊恩博士，我不是開玩笑。我向妳保證，這會是妳此生面對最嚴肅的事情。」

他從口袋掏出小隨身碟遞給麥亞，「看了妳就會相信。明天我再過來一趟，到時候再好好討論。」

⁜

人走了以後，麥亞將隨身碟放在餐桌，自己在客廳咬著唇走來走去。那傢伙會不會是個瘋子，有妄想症還盯上了自己？該報警才對。沒錯，現在這情況最妥善的處理就是報警。

緊急專線接聽了，麥亞解釋自己遇上的事情，然後等待轉接到合適單位。

接通以後首先是一聲重重嘆息，再來就是帕瑞許開口講話：「麥亞，我說過自己是政府的人吧？別擔心，妳沒做錯，而且行動在預料之內。我們針對妳做了側寫，也是因為這樣選上妳——妳是會做出正確選擇的那種人。」

麥亞的心臟怦怦狂跳，完全陷入慌亂中，「我——」

「先看看隨身碟裡的東西，那會改變妳的想法。明天見。」

帕瑞許說得沒錯，那些資料讓麥亞改變了主意。

裡面都是創世生科的研究數據，與麥亞研究的失智治療有關。她讀了一整晚，隔天上班一直心神不寧，無法再用同樣態度面對這間企業。

夜裡又有人敲門，帕瑞許如言露面，起初他沒開口，走進公寓轉身等麥亞關好門。

「我怎麼知道這些檔案是眞是假？」她先發問。

「妳很清楚都是眞的，從格式、實驗手法都看得出來，而且正好與妳的失智症研究息息相關。」

「被逆向工程做成病毒……」

「沒錯。」

「爲什麼？」

「你覺得世人全部失智，而且是很特別、主要針對記憶的失智，會有什麼結果？」

「社會失靈。」

「嗯，至少短期。那時候手上有解藥的人又會如何？豈不是能召集所有人，發放有效影響腦部的物質？」

「然後爲所欲爲。」

「是的，」帕瑞許說，「而他們眞正的目的是爲人類進行升級。」

「什麼升級？」

「還不得而知，現在掌握的情報是他們不滿當前世界秩序，希望奪下主導權，所以盤算了很大一盤棋。妳和妳的研究成了這場陰謀的工具，可能害死幾億甚至幾十億人口。」

麥亞嚥下口水，「希望我怎麼做？」

「只有一件事：在創世裡面當耳目，收集情報交給我。」

「當間諜的意思。」

「嗯。」

麥亞指著餐桌上的隨身碟，「你們不是已經有暗樁？」

「有過。」

「後來？」

帕瑞許盯著她沒講話。

「懂了。」麥亞又問，「創世那邊發現了嗎？」

「其實對方由許多企業串連起來，創世只是其中之一。他們自稱『人類聯合』，簡稱『聯合』。妳猜得沒錯，敵人知道自己遭到滲透，所以開始加快腳步。我們需要更多情報，妳是我們最好的機會。聽起來可能很神經病，但是麥亞——妳現在的行動，將會決定人類全體的未來。我們需要妳的協助，否則無法掌握敵人動向。」

「要是我身分敗露，就像收集到這隨身碟資料的人？」

「我保證會盡全力避免。」

「怎麼避免？」

「首先妳得受訓。」

「什麼訓練？」

「防身術。妳要到幾個路口外的武術道場報名，我會親自擔任教練，趁上課交換情報——如果妳有辦法拿隨身碟離開公司，也一併帶去。」

「我不覺得遇上危險能靠自己打出生路。」

「確實不能，但如果眞的出狀況，例如妳被圍困，我保證第一時間趕到，用盡所有手段也會帶妳脫離險境，逃到天涯海角也無所謂。請相信我，麥亞。」

她在觀察室內起身，試著釐清復原的記憶內容。簡而言之，研究成果被改造爲創世病毒，然後她經由帕瑞許成爲了政府密探，後來帕瑞許爲了保全她而將她送入絕跡實驗。這些先前也大概推敲出來了，不過畫面一一在腦海浮現的感受大不相同。

接著是「崩壞日」的回憶。

麥亞穿著類似太空衣的裝備在徹底消毒的空間裡工作。擴音器忽然傳來聲音。

「麥亞——」

「達瑞斯？怎麼了？」

「有事得和妳談談。」

「現在忙到一半——」

「事出緊急，請過來一趟。抱歉，但這是攸關妳生死的大事。」

麥亞走出實驗室脫下裝備，前往會議室，達瑞斯．奧卓吉與兩名醫療人員已在裡面等待。有一人爲她抽血，另一人以酒精棉片擦拭她肩膀後，打開注射器。

「這是？」她問。

達瑞斯凝視麥亞，「疫苗。」

「什麼的疫苗？」

「公司內部正在開發的項目。我們擔心有洩露風險，所以預先對妳提供防護，就像麥亞妳也保護大家一樣。」他還是望著麥亞，見她一直不講話便改口追問：「不信任我嗎？」

「沒有啊。」麥亞竭力維持語調鎮定，但並不成功。

達瑞斯朝拿著注射筒的年輕男子點頭，他便朝麥亞肩膀扎了下去。不難猜到裡頭裝了什麼，想必自己早就受到監視。

下班回家途中，麥亞打開傳統筆記本，這是爲了與帕瑞許合作特地買的。她留下字條：他們大概發現了，我會下載所有數據，明天中午交接。

她走到公寓大樓附近的公園，坐在長凳上嚼口香糖，東張西望確定四下無人，若無其事從口中取出黏膠按在紙上，往長凳底部一貼。

那是她在自己公寓的最後一夜。隔天早上到健身房，她就發病了。

自治區觀察室房門開啓，達瑞斯．奥卓吉走了進來。

「哈囉，麥亞。」

「嗨。」她淡淡回應。

「都想起來了？」

「嗯。」

「妳眞令我傷心。」

「你傷的可是全世界。」

達瑞斯聽了反而沉默半晌，站在原地打量麥亞。那模樣與其說是想字斟句酌地反駁，不如說是面前有一桌子能殺人的利器等著他挑選。

「世界早就遍體鱗傷。」

「總沒有現在傷得重。」

「這倒是沒錯。」達瑞斯朝她走了兩步，卻又轉身坐上長沙發對面的單人座。

「麥亞，妳知道癌症病人是什麼情況嗎？」

「聽起來你會告訴我。」

「如果發現得早，通常病人根本沒察覺，半數自以爲健康正常，完全不知道生了重病，不知道有個東西在體內越長越大，總有一天會奪走他們的生命。」

「這是個隱喻對吧。」

「以前的妳沒這麼尖銳。」

「熬過世界末日，總是會有點不同。」

達瑞斯笑道：「也罷。我要說的很簡單——我們也是盡全力想要拯救人類，並不希望事情發展到今天這局面。當初若妳不從中作梗，或許早已塵埃落定。」

「你居然有臉怪到我頭上？」

「只是陳述事實。」

「聽起來分明是針對著我。」

「吵這個毫無意義。」

「那你來幹嘛？」

「來見妳……最後一面。」

麥亞心跳加速，恐懼油然而生，「見完之後會怎樣？」

「妳會改變。」

「怎麼改變？」

「這不重要。」達瑞斯起身注視她，「生命很奇妙，有人來就有人走，但總會留下些痕跡。『崩壞日』之前，妳在我心上掏了個洞啊，麥亞。我把妳當作自己家人那樣全心全意信賴。」

他搖搖頭別過臉去，「昨天早上，我在毀滅的世界孑然一身。身邊有很多人，卻沒有我的女兒。我在世上已經沒有其他家人了。所以我派蓋瑟瑞，你們口中的『艾里斯特』出去找她。但我看得出來，眞正將她送回我身邊的其實是妳。我會永遠感激，所以想來見個面，道聲謝。」

「這口氣像是永別。」

「算是。不是不會再見面，但到此爲止了，麥亞。」達瑞斯深呼吸一口，然後向她解釋元網是什麼、將如何令她腦部和諧。

他離開以後，麥亞盯著鎖上的房門，內心很想痛哭，但知道哭也沒有用。必須設法離開這房間，逃出自治區，將元網從體內抽出。然而究竟該怎麼做，此時此刻的她仍束手無策。

66

達瑞斯將不知所措的歐文一個人留在公園。

他坐在凳子上觀察自治區人民，思索自己有什麼選項。

這地方給他十分異樣的感受，尤其他經歷了那麼多：逃出第十七號研究站、遠渡重洋、穿越都市廢墟。如今總算在地底得到安全保障，前提卻是要他接受聯合對人類未來的願景安排。以及聯合對麥亞及卡菈做的處置。

行人紛紛走過歐文面前，親子、朋友們說說笑笑，他訝異發現元網給自己開拓的新世界多麼寬廣。大家的互動他都理解了，不像從前即便看見了仍是身處五里霧中，而且過程並不費力，自然又協調。隨著分秒流逝，歐文感覺元網對心靈的控制越來越深，彷彿自我一點一滴被抹去，卻又有種奇妙而美好的感受取而代之。

可是轉念想起麥亞，他心底忽然刺痛了起來——聯合準備從麥亞身上剝奪的東西，遠遠超過元網給予自己的。

樂園總站有很多人等待救援，其中將有多大比例會被聯合視爲威脅、施以和諧化？

歐文抬頭看見一個小女孩轉彎朝自己走來。

他意識到來人是卜蕾才擠出笑容。她走到歐文面前，伸手遞上一朵粉紅色小花，兩頰微微泛紅，雖然害羞但還是笑得燦爛。歐文此時驚覺以前無法察覺的細節——這女孩喜歡他。

「爸爸叫我來說謝謝。謝謝你帶我回家。」卜蕾一邊說一邊將花交到歐文手中，「我自己也想說謝謝啦。」女孩補上這句，臉更紅了。

歐文伸手將她拉進懷裡抱了抱，「別客氣。」

「爸爸說你會留下來，」卜蕾不敢和他視線接觸，「麥亞也是。」

歐文點點頭，不知如何回應才好，「他們有些安排。妳知道艾里斯特在哪嗎？」

「知道呀，我帶你過去。」兩人沿路走出公園，來到像是純樸村落的地方，街道兩側商店林立，餐廳小館外坐了許多客人，看來午餐才剛剛開始。

前面傳來乒乒乓乓與連串咒罵，感覺就像艾里斯特幹活時的主題曲。

店舖沒有接待區或辦公室之類，只以鐵捲門隔開馬路和長條形空間。艾里斯特窩在後頭，身旁有幾輛小滑板車，應該是修好了等主人來取，他本人面朝牆壁，正在敲打另一輛。

留意到歐文與卜蕾的身影，他才抬起頭。「想不到你還是滑板車技師。」歐文說。

「不就說了我啥都能修嗎？我也這麼跟他們說呀，只要修理完別像巴士朝我撞就行。」

歐文笑道：「有心理陰影了。」

卜蕾轉頭說：「我該回去了。」她也笑了起來，「還會見面嗎？」

「應該吧。」

女孩離開，艾里斯特起身在水槽洗手，一邊甩水一邊打量歐文。

「他們應該也對你推銷聯合那套鬼話了吧，合而爲一的社會和心靈什麼什麼的。」

「你這口氣不像之前在觀察室裡還有點情緒。」

「人老了就不容易有情緒啦。」

「所以說，你怪這個怪那個只是習慣而已。」

「看來你還有救啊，歐文。沒錯，我是愛抱怨，但也能配合，還懂得修理東西。我就是這樣過日子。」

「而且元網不只讓你留下來，還不必和諧化。」

艾里斯特瞟他一眼，「也沒錯。它分得出差異，有些人只是心情差就想嘮叨幾句，有些人則是眞的會造成危險。」

「元網知道我在想什麼？」

艾里斯特盯著歐文，「還沒，太早了，時間不夠，但最後確實會知道。現在它還在掃描你的大腦，就是……如果是威爾會怎麼說？大概是『安裝』系統吧。」

「感覺挺讓人不放心的。你應該有同感？」

「又不是只有『轉化』，這世界上哪種改變能叫人安心？但人生就是這樣，聯合拿走我們一些東西，但也給了我們一些東西，衡量之後做決定，沒別的辦法。」

艾里斯特彎腰將工具丟進旁邊桶子，「餓了沒？」

「我想去找麥亞。」

艾里斯特望了他半晌後才說：「午餐好解決多了，先吃飽再說。」

原來艾里斯特就住店面樓上，廚房餐廳客廳都採開放空間設計，裝潢舒適溫馨，然而最令人心頭一暖的是一名女子，她見到艾里斯特就上前擁抱他。她的身材高眺、一頭褐色秀髮。歐文彷彿從她目光之中瞧見一片溫柔的大海。「有客人也不先說。」她放開艾里斯特。

「卡曼，這位是歐文．瓦茲，以前當消防員，在外頭救了我不少次的天眞爛好人。」

卡曼朝歐文點點頭，「抱歉他這人就是沒禮貌。」

歐文攤手，「無所謂，我也都這樣自介。」

她輕笑回應：「總之很開心能見面，貝爾登提過他在外頭遇上不離不棄的好夥伴。」

歐文轉頭，「『貝爾登』？」技工瞪回去，「你住口，只有她能叫。」

歐文無奈地搖搖頭，三人在餐桌坐下。卡曼端出了三明治，餐點之於歐文是闊別已久的美味，能吃到正常食物太過幸福，與朋友聚會用餐則彷彿回到了往昔。他心裡仍舊把艾里斯特視爲好友，也或許是更深刻的關係。

吃飽以後卡曼出門採買，歐文將話題拉回主軸。

「我想見麥亞。」

中年人搖搖頭，「辦不到。」

「爲什麼？」

「她在入境關卡裡。」

「這是問題嗎？」

「你的元網沒有進入權限。目前沒有。」

「什麼時候會有？」

「完全融合以後才會有。到時候對聯合有害的念頭，都會被偵測到。」

「意思是現在偵測不到？」

「嗯，沒那麼快。」

「但是你能帶我去。」

艾里斯特的沉默與凝視證實歐文猜對了。

「幫我個忙，只是想見個面，除了你，我也沒別人能找。遲了……她就要被和諧了。」

艾里斯特還是搖頭。

歐文望向門口，已經看不見卡曼背影，「你也曾經被迫和愛人分離，與時間賽跑，應該最能體會我現在是什麼感受才對。我只是想再見她一面，和她說上最後幾句話。」

67

觀察室內，卡菈躺在沙發上思索如何逃出牢房。

總覺得像是回到了「崩壞日」。

當時醫院走廊滿滿的擔架和傷患，時間久了醫護反而變少，因爲他們也跟著倒下。

卡菈將自己逼到極限。最後的記憶就是在手術室倒下。

醒來時她躺在待命室下舖，站在旁邊的除了院務主任，還有個穿著螺紋針織衫的短髮男子。

「吵醒妳了嗎，卡菈？抱歉。」長官說。她抹抹臉，兩腿一挪要下床，「得回去急診——」

主任伸手按著她肩膀，「先等等，這位先生有事和妳談談。他叫帕瑞許，妳仔細聽會比較好。」說完主任就自己離開了。

卡菈打量帕瑞許，感覺有軍方氣息，講話方式也過於俐落沉穩，簡直像是拿著稿子趕時間。

「廢話不多說。愛倫醫師，政府需要妳的協助。」

「協助什麼？」

「現在是戰爭，前所未見的戰爭形態。所有科技都是阻礙，看似健康的人或許下一秒就忘記自己是誰。長此下去我們會全盤皆輸。」

「我有留意到你說的情況。」

「妳可以幫我們扭轉局勢。」

「我？」

「妳出現在合適的時間地點，具備合適的技能。」

「不太懂你的意思。」

「妳熟悉『ARC科技』這間公司嗎？」

「當然，醫院用他們的軟體處理病歷。」

「他們的觸手不只資料管理。」

「還有？」卡菈問。

「ARC啓動了一項試驗，目的是解決這次科技恐怖組織的陰謀。明確地說，目標是找出能抵禦病毒和其他敵方手法的樣本。」

「還沒聽懂這與我有何關係。」

「有位科學家知道如何治療——麥亞．楊恩博士，她在不知情之中爲敵方做了研究，後來接受我們徵召。」帕瑞許深呼吸，「可惜敵人發覺了她效忠政府，逼迫她感染病毒。」

「代表她會忘記研究內容。」

「沒錯。」

「所以跟我究竟有什麼關聯？」

「我們將楊恩博士送入了ARC的計畫，名為『絕跡實驗』。希望派遣醫師進入同一樣本組以保障她的生命安全，如果ARC成功回復她的記憶，也需要妳協助聯繫。」

「我做得到嗎？」

帕瑞許手插口袋，「找上妳的理由之一是目前楊恩博士就在這間醫院裡。我們得在妳的腿部植入這個裝置，手術室已經安排好了。」

「那是什麼裝置？」

「追蹤器。愛倫醫師，妳的任務很單純，確保麥亞．楊恩存活，協助她回復記憶，成功以後啟動裝置，我們會主動接應並處理後續。」

「怎麼啟動？」

「裝置會植入妳右腿，按住十二秒啟動。」

「要是找不到辦法治療？她一直想不起來呢？」

「那恐怕就是敵人獲勝並且統治世界。後果如何難以預料，但我這種人大概會遭到清洗，而倖存者幾乎完全受到他們控制。這場戰爭的本質正是決定誰將控制全世界。」

後來卡菈睡著了，聽見門打開才驚醒坐起，整個人腦袋昏沉，四肢僵硬。

站在身前的是達瑞斯．奧卓吉，似乎等著她醒腦。

「『元網』造成的，」他開口解釋，「與人體結合時會引起輕微炎症。」

「眞棒啊。」卡菈嘀咕。

達瑞斯輕輕掩上門，「我們找妳很久了，愛倫醫師。」

「是嗎？」

「我們知道妳是同盟的人，加入並不久。交戰期間得到的文件內有妳的名字。」

「所以想幹嘛？」

「很簡單，只要妳一個動作就能結束戰爭。」

卡菈盯著他看。

「想必同盟方爲妳準備了聯絡手段。」

「我怎麼聽不懂？」

「現在不坦承無妨，用不了多久，元網就會成爲妳的一部分，我們能取得妳所有記憶，得知眞相。但……妳自己招供比較好，能顯示對聯合的支持，對妳在這裡的地位有幫助。」

「我都被你們關起來了，還談什麼地位？」

「愛倫醫師，這世界本身就是一個囚籠，我們只是讓籠子裡的環境更安全。」

68

麥亞感覺前臂陣陣痲癢，彷彿肌膚底下有蟲子鑽動，低頭一看卻什麼也找不到。

她用手指在掌根處揉按，忽然皮膚上浮現黑色文字：

》元網作業系統啓動中。

》已下載百分之二十二。

麥亞知道必須趁著還能思考、還保有自我的時候趕快逃走。問題是怎麼逃？逃去哪裡？不知爲何，此時她想起第十七號研究站信封內那張白紙。之前在入境氣閘時，一滴藥劑讓隱藏的訊息顯現，與此刻元網系統介面有異曲同工之妙。

東西還在口袋中，看來自治區的人沒特別想過要搜身，畢竟她的人都被關起來了，過不了多久就受到元網控制，確實沒那個必要。

麥亞從沙發起身走進浴室，關門以後趴在洗臉臺前面。她希望裡頭沒攝影機，如果有的話，則希望這姿勢能瞞得過。

開了水龍頭，她從口袋掏出白紙，用帶著泡泡的自來水澆上去，某種圖案開始於紙上成形。線條最初還是灰色，但逐漸加深、清晰。

原本麥亞還看不懂，慢慢理解之後內心十分震驚，那些符號一直都在，就像路邊的標誌供任何人參考。

她知道該怎麼做了。

而且還有機會。

浴室外，房門被用力推開，在牆上撞出巨響。

他們知道了——自治區的人看見方才一切，察覺祕密被發現。麥亞懊惱地搖頭，同時將那張紙塞回口袋。

浴室門猛然打開，嚇得麥亞往後一縮，但一看見站在門口的是誰，她的心臟差點蹦出來。

歐文。

他喘著氣但面露微笑。

「嗨。」

「嗨，」麥亞爆出笑聲，「你怎麼到這兒來的——」

她這才留意到有人一臉無奈又惱怒地站在外頭，典型的艾里斯特表情。

「我知道該去哪裡了。」麥亞說。

「妳知道？」歐文得顯很訝異。

「得先出去再說。」

「說得沒錯。」

她握住歐文伸出的手，兩人回到觀察室就準備出去。艾里斯特站在原地沒動。

「你們得把我鎖起來。」他淡淡地說。

「艾里斯特，你和我們一起走。」歐文說。

對方搖頭，用力嚥下口水，「不行。」

「艾里斯特，我們不會丟下夥伴——」

「這次不同，歐文。現實不是童話故事，他們看得到聽得到我這邊所有事情，會派更多守衛來。我已經做過頭了。」

「和我們一起走。」歐文說。

「我得留下來照顧卡曼。你們走吧。」

「謝謝，艾里斯特。」麥亞說，「還是該叫你蓋瑟瑞？那才是你本名吧？」

「把『艾里斯特』留在你們記憶就好。快走，把我鎖起來，否則不知道會被元網控制到什麼程度。」

兩人回到走廊上，歐文用鑰匙卡將門上鎖。

「卡菈呢？」麥亞問。

「關在不知道哪一間。」歐文望向走廊另外三扇緊閉的門。

麥亞看見盡頭有兩個警衛倒下，顯然歐文就是這樣取得鑰匙卡。

「剛才只有這兩個，」歐文告訴她，「但很快會有支援——大概上車了。」

麥亞點頭，明白時間緊迫。

「卡菈！」她大叫出聲。

「這裡！」附近一扇門後立刻冒出回應。

歐文快步過去掃描卡片，但門把嗶嗶叫，小小紅燈閃爍。

「發現我們想逃，」麥亞說：「就把門全鎖上了。」

歐文觀察那扇門，然後退了兩步。

「你想幹嘛？」麥亞問。

「別擔心，我以前幹這行的。」

他從走廊對面一個衝刺，腳踢在門把下方。門板劇震、牆面龜裂，但是沒能踹開。

歐文不慌不忙又退後再來一腳，力道同樣猛烈。牆壁裂縫更大，門框扭曲變形。第三腳總算踹開門板，卡菈立刻竄身出來會合，三人朝走廊盡頭狂奔而去。

到了氣閘，歐文再試一次鑰匙卡，果然同樣閃紅燈嗶嗶叫。雖然同樣都是鎖住的門，但這一扇，歐文可沒辦法暴力破解。

69

歐文瞪著閘門好幾秒，心想都來到這兒了，竟然被攔下。

只差一步就能帶麥亞與卡菈出去。當然他還不知道出去之後怎麼辦，但能到外頭就有自由的機會，也有救出樂園總站其餘人的機會。

麥亞走到他前面，伸手探查閘門周圍的白色塑膠牆。

「妳這是？」卡菈問。

「找緊急開關。創世生科所有閘門都有，避免電腦故障的情況。」

「唔。」歐文低聲附和，暗忖自己怎麼沒想到，感覺像是他會留意的事情。明明經過崩壞再甦醒之後，他就一直都在找出口。

麥亞從牆壁扯開一塊板子，拉了底下的把手。閘門發出啪嚓聲，但還是沒打開。

歐文接手用力拉，麥亞與卡菈迅速鑽過開啟的縫隙，兩人到了小窗前面挨著頭往外看。

「有麻煩。」麥亞嘆口氣。

「多大的麻煩？」歐文問。

「風暴那麼大。」麥亞說。

歐文跟過去一起看窗外，發現狂風掃蕩森林、豪雨傾盆而下，捲起滿天的樹葉。如果這風暴和之前在小島和貨櫃船遇上的是同樣性質，代表三人外出就是一死。他們已經被植入元網，沒有隔離裝，無法在外面存活。

麥亞轉頭找到凹槽裡的五套裝備，「不知道氧氣夠不夠我們離開風暴範圍。而且我們都有元網了，風暴、或者引導風暴的無人機，恐怕會一直跟著我們屁股走。就算逃得出去，腳程不可能比風雨還快。」

卡菈卻伸出手，「交給我。我……有辦法。」

三人連忙完成著裝。

強風拍打外閘門。即使氧氣足夠，他們得小心避免跌倒或刮傷隔離裝，行動絕對不容易。

走廊那頭有開門聲音傳來。

「衛兵到了！」歐文低呼，拿了架上的頭罩。

麥亞看看兩套裝備，似乎還在思考對策。

「先制伏他們的話——」卡菈開口，但麥亞舉起手，「沒時間了。」然後轉頭朝歐文說，「關門。」

他趕緊闔上內側柵門，扭動轉盤。

三個人急急忙忙固定好頭罩。

麥亞走到外氣閘周圍，繼續搜索緊急開關，還好很快找到了。開啓閘門時，內側小窗外塞滿了人。

迎面襲來的風雨拉扯隔離衣，歐文轉頭恰巧看見達瑞斯・奥卓吉在小窗對面怒目而視，雖然動著嘴巴但聲音傳不過來。旁邊一個人趕快彎腰按下操作面板，氣閘內擴音器啓動。

「歐文，你這是何苦？把氣閘關起來，我們好好談談。」達瑞斯注視他，「你留下來能有一番成就。」

歐文與麥亞交換一個眼神，「這裡的事情更重要。」

麥亞順手帶了一套裝備衝出氣閘。歐文見狀會意過來，拿了最後一套裝備，隨卡菈揚長而去。

歐文不知道調裝備出氣閘能消磨對方多少時間，但他很肯定以達瑞斯的作風，絕對會派人追殺而來。

70

氣閘外是一條混凝土階梯，與他們進入自治區的地形相仿。

麥亞拖著裝備跑上去。或許時間晚了，也或許因為風暴，森林內十分黑暗。勁風不停拍打，落葉四面八方紛飛，彷彿樹木為人類的命運而痛哭流涕。

她想打開無線電的時候手卻被歐文扣住。歐文望向卡菈，卡菈也發覺了，朝兩人露出堅定眼神。方才在氣閘內醫生就說過——她有辦法。

只見卡菈彎腰抓握自己小腿好一陣子。

麥亞不懂這動作有什麼意義，看起來歐文也無法理解，兩人面面相覷。

卡菈沒講話，站直之後便招手要他們跟上。

三人排成縱隊，醫生帶頭，腳步仔細沉穩並不慌亂。

麥亞身上一套手裡一套裝備，走在樹叢裡十分累贅，兩度被枝幹卡住去路，非常礙事，費了番工夫取出後，才繼續在風暴和森林的昏暗中疾奔。

前方有片空地，她看見空中一道影子掠過樹頂。

眼前蔓生高草在風雨中搖曳，但被空中降下的物體分開。麥亞大吃一驚，發現居然是直升機！機身沒有標示，她本能地想轉身逃走，卻看見卡菈衝上前去。

歐文緊隨在後，麥亞只好使出渾身解數跟上。

跑到直升機外，她才看清上頭根本沒人，想必是遠端遙控或自動駕駛。

卡菈鑽進駕駛艙，麥亞與歐文爬入後座。醫生在儀表板按了個鈕，直升機在風中晃蕩起飛。旋翼穿越風暴時運轉震耳欲聾，卡菈雙手在數位面板一陣飛舞，機身往左傾斜，麥亞靠在歐文身上。他抓緊滑門邊握把，另一手牢牢摟住麥亞。

疾風驟雨，航程極度不平順，卡菈頻繁地修正路線，總算讓機身衝出雲層，看見晴朗夜空，外頭只剩下旋翼破風聲。

駕駛艙內，卡菈還在手忙腳亂輸入新地點的GPS坐標。

麥亞又想用無線電問她究竟去哪兒，但卡菈立刻回頭擺手制止，態度很明顯要暫時禁止通訊。

後來三人保持沉默，歐文開始在機艙四處翻找，他想找什麼東西麥亞沒猜出來，但至少摸到了兩個急救包、六大瓶飲用水、八個煙霧噴罐，可以在起飛降落時提供掩護，再加上一堆厚毯子。他先拿毯子吸乾裝備，穿過的和備用的全都濕透了。

飛過海岸線上空，他拉開艙門將髒毯子丟出去。毯子在半空攤開又收縮，像掙脫束縛的幽魂般墜落水面。

歐文讓清風吹進機艙，卡菈跟著拉開前面一扇門，製造空氣對流。

麥亞覺得很神奇，幾個人的默契已經無需言語溝通。

後來歐文關上門，卡菈也拉緊前門並摘下頭罩。

兩人跟著脫頭罩，接著歐文立刻開口：「卡菈，很感激妳帶我們逃出來，不過有直升機在外頭待命怎麼不早說，我就可以少死一點腦細胞。」

卡菈攤手，「其實我不知道。至少應該說，我不知道被叫來的會是直升機。」

「怎麼叫來的？」麥亞問。

「從頭說起吧，」醫生回答，「也該告訴你們了。」

「妳的祕密。」歐文說。

「沒錯。船上說的那些都是眞的，我過去是、現在也是急診醫師，『崩壞日』當天亦不例外。那時候……狀況眞的很淒慘，不難看出敵方佔上風。於是帕瑞許代表同盟徵召我，任務是進入絕跡實驗。」

麥亞一下子很難反應過來。

「目的非常明確，」卡菈注視她，「就是保護妳，麥亞。有需要的話提供醫療，再來就是協助妳回復記憶。高層認爲只要妳想起研究內容，就有辦法治療創世病毒、扭轉頹勢，所以計畫是我們從實驗甦醒以後，就設法帶妳與同盟會合。」

「然後出了意外，」歐文說，「麥亞一醒來就沒記憶。」

「對。」卡菈說，「乍看之下試驗失敗了，所以我沒有立刻啓動定位器。」

「定位器？」麥亞問。

「他們在我的腿部植入了裝置，所以我才能呼叫直升機。」

「但妳怎麼會駕駛直升機？」歐文問。

「和急救空勤是同樣機型，以前曾飛過幾次。爲了預防電腦系統或衛星通訊失靈，我們都必須接受手動駕駛訓練。」

「所以妳打算聽命行事嗎？」歐文問，「把我們帶去同盟？」

卡菈盯著他看。

歐文搖搖頭，「卡菈，妳覺得會有什麼後果？他們想必會審問麥亞，說不定會解剖我們研究元網、調查自治區入口坐標。如果得到創毒解藥，同盟一定組織大軍、重燃戰火。」

「我懂。」卡菈淡淡地說，「直升機原本就有設定目的地，我猜是同盟基地或據點，已經改掉了。」

「改去什麼地方？」歐文問，「我們被裝了元網，同盟能控制風暴，氧氣瓶存量有限，留在外頭遲早要走投無路，這樣根本沒辦法去找樂園研究站，解決根本問題。」

麥亞搭上他的手臂，「未必如此。」

71

直升機上，卡菈和歐文看麥亞從口袋掏出一張紙，歐文猜想是來自第十七號研究站裡給她的信封。

麥亞開了一瓶水灑上去。

線條慢慢浮現，簡單地畫了幾排植物。

一個花園。

「什麼意思?」卡菈低聲問。

「最後的線索。」歐文說，「一個水裡才能看見的花園——或者說，『樂園』。」(注)

「我還是不懂。」卡菈回答。

歐文懂就好，他笑著問：「幹得好，麥亞。妳怎麼發現的?」

「說穿了純屬運氣。我們進去自治區那時有東西沾濕這張紙，圖案顯現正好被我看到。」

「誰給我個提示好嗎?」

「我們之前根本沒找錯地方。」歐文說，「樂園研究站就在影片暗示的坐標，可惜當時沒察覺另一個關鍵。」

「樂園研究站不在水上，」麥亞附和，「而是在水下。」

卡菈張嘴又闔上，片刻後才脫口而出：「我……還真沒想到是這個意思。」

「問題是現在怎麼辦。」歐文說，「我想同盟一定能追蹤到這架直升機，反過來說聯合放人放得似乎太乾脆，恐怕也是認爲靠元網就能掌握我們行蹤。聯合大概指望靠我們找到同盟基地，而且把哪一邊引到樂園，都會釀成大禍。」

「前提是，」麥亞說，「我們眞的能進入研究站。現在只有直升機，不是潛水艇。」

「說得沒錯。」歐文回答，「但需要的工具也到手了。」他指著連結隔離裝的氧氣瓶，「隔離裝備與上面的操作系統是設計在正常氣壓環境使用，我知道不能冒險穿下水，但氧氣瓶沒這問題，拔下來就好。」他又指指煙霧噴罐，「還可以靠這些增加重量，方便下沉。」

麥亞面有難色，「我不太喜歡這個計畫。」

歐文牽起她的手，「這是目前最好的辦法。」

他的拇指慢慢往上挪，在麥亞前臂輕輕按下，接著爲她捲起袖子，線條在皮膚上組合出字幕。

注：樂園與花園原文皆為Garden。

》元網作業系統啓動中。

》已加下載百分之四十一。

「有感覺什麼不同嗎？」歐文問。

「還沒。」

「達瑞斯提過元網對妳的作用嗎？」

「提了。」麥亞望向大海，「我知道自己的時間不多，萬一研究站在很深的海底呢，會不會非得靠潛水艇才能到達？下潛途中就被水壓碾碎？還是坐標並不精準，需要在海床、或者水壓沒那麼高的礁石上搜索，到時氧氣用光也未必能找到。」

「有很多風險。」歐文回答，「說穿了就是賭命拚一把。我以前進出火場幹過幾次，救妳妹妹那時候也是。爲了全人類，我覺得值得。」

麥亞點點頭，輕輕掐了他的手，「好吧。」

「唯一問題在於，」歐文繼續說，「就算我們活下來，同盟與聯合兩邊也不可能善罷甘休，他們也想找到樂園研究站。」

駕駛艙那邊，卡菈雙手一攤，「這我倒還有辦法，」她朝急救包點了點頭，「說來奇怪，我發現咱們整組人完美互補，不可能是巧合，一定經過設計。」

「妳在說什麼？」

「我有自己的使命。」卡菈回答，「之前以為就只是把麥亞送到同盟那邊、治療創世病毒，現在我覺得不是，格局要放更高更遠。而我知道自己該怎麼做。」

她開始解釋自己的計畫。歐文聽完後無話可說，確實巧妙，換作是他一定想不出來。

關鍵重點在於：有成功的機會了。

72

針頭刺進手臂時，麥亞微微蹙眉，直升機的搖晃讓她更加難受。

卡菈抽了一管血，蓋好蓋子以後再抽一管。機艙地板堆了不少裝滿血液的小管，歐文負責以膠帶將管子黏貼在煙罐以及其他能移動的重物，隨時準備進行部署。

計畫背後的猜想是否成立非常關鍵：元網存在於血液中嗎？可以的是肯定腦部液體裡找得到，而且既然能改變前臂皮膚顏色，似乎就應該與血液有關。這是個決定生死的賭注。

醫生在直升機導航系統輸入了好幾個坐標，到達第一個位置她便開啓艙門，將兩個鐵罐往外拋——黏在上面的血液樣本分別取自麥亞和歐文。

後續三個地點，她重複執行同樣行動。

到了第四個坐標，直升機接近水面低空盤旋。卡菈轉頭望向麥亞與歐文，兩人的腿間夾著氧氣瓶，腰上綁好重物。

麥亞整裝時才發現隔離裝的氧氣瓶原本就附有吸嘴，大概是爲了緊急情況可以獨立於裝備外直接使用。而現在就是所謂的緊急情況了。

「妳可以和我們一起走的。」歐文對卡菈說。

醫生笑了笑，搖搖頭，「我們都知道不行，只有這個辦法。」

「如果到了下面能幫救兵，」麥亞說，「會立刻去找妳。」

卡菈點頭，「我知道，但我很肯定這是告別的時候了。我無所謂，剛才說過，我想這就是自己的使命。」

「妳和妳所做的一切，我們絕不會忘記。」歐文說。

「我也不會忘記你們，」卡菈說完朝艙門撇撇頭，「但是你們該走了。在這裡停特別久的話會引人懷疑。」麥亞瞥了窗外，接著最後一次拉起袖子，拇指按壓前臂等待字母浮現。

≫元網作業系統啓動中。

≫已加載百分之四十八。

她盼望自己還有足夠時間能到達樂園研究站。前提是它眞的在底下。

歐文拉開門，探頭出去眺望海面風浪後，轉身望向麥亞，麥亞神情堅定地點了頭。

他捧起氧氣瓶咬住吸嘴，一腳跨到起落架，下一腳踩在半空，筆直掉落深水之中。

麥亞拖著氧氣瓶隨歐文走出機外、墜入水中，祈禱此行終能解救全人類。

73

卡菈目送歐文和麥亞身影消失，水面留下一圈浪花，彷彿大海開了道迅速癒合的細小傷痕。此刻的感受很熟悉，就像以前進手術室做縫合手術，她的經驗很豐富了——自己已經盡力而爲，傷患是死是生就看他們造化。如過去一樣，她衷心期盼病人能夠保住性命。雖然希望能多做點什麼，但生命有時需要的只是信心、耐心和全心。

如今她可以辦到的就是駕駛直升機、前往下個停留點。輸入導航之後，她牢牢抓緊方向盤，機身向右偏移，海平線上風暴醞釀，那團能殺人的空氣和雨水想必尾隨著自己體內的元網，很快就會追上來。但她認爲自己還有機會完成最後一個任務。

到了下一站，卡菈又打開艙門丟出幾個黏在重物上的血液樣本，重複六次之後才輸入背下來的坐標。

其實她算是回到一切開始的地點。至少是離開研究站以後第一個目的地。

不久後她便看見貨輪浮現在海平線上，尺寸慢慢變大，然而背後追來的風暴也不斷膨脹。

直升機降在金屬貨櫃上。卡菈出來跑向控制塔，爬上搖晃階梯進入艦橋，翻到一支雙筒望遠鏡之後，走向大窗開始觀察。

風暴在遠方，左側冒出直升機戰鬥小隊，與她停在貨櫃上頭的同盟機種不同，可想而知是聯合派出的追兵。他們不可能坐視麥亞落入同盟手中。

卡菈靠口袋裡兩管血引誘雙方正面衝突。爲了找到麥亞、或誤以爲是麥亞的東西，他們將這條船翻過來也會搜個徹底。

望遠鏡朝左看，卡菈等的人終於來了——另一支直升機隊伍正在接近，與貨櫃上那架是同樣機型。同盟也準備動武。

兩軍即將交戰。

卡菈衝下彷彿快散架的階梯、遁入貨輪深處，接下來的藏身處恐怕也會是葬身處。

74

麥亞抱著氣瓶，靠腰間重物沉入海底，無法判斷時間過了多久，只能耐心等待。

正如歐文所言，他們以性命爲賭注。

上方海水越來幽暗，身體逐漸靠近海底。內部有個聲音催促她鬆開腰間金屬物，趕緊吸一大口氧氣、用力踢水回去海面。麥亞集中所有意志力才壓抑下求生本能，全心相信計畫會成功，相信樂園總站眞的在水下。

萬一猜錯，不只她自己，歐文也會死。兩人即將跨越門檻，之後的氧氣就不夠返回海上。但話說回來，回去又有何用，只能在大海漂流、等待救援，能救他們的有誰？飽受戰火蹂躪的世界已無容身之處。

彷彿回到一開始，受困第十七號研究站內時就是這樣——選擇有限，勇往直前是唯一生機。因此麥亞努力向前，當然現在應該說是向下才對。

離海岸這麼遠，海床想必很深，至少世界崩壞前這算是常識。但會不會樂園研究站原本不在水下，是崩壞事件後海平面上升才被淹沒。像是第十七號研究站感覺原本是山區，現在已成了島。希望樂園站位在離水面不那麼遠的陸架上，否則她可能熬不過這一關。

其實她更希望能看著歐文、兩人牽著手一同面對命運。世界崩壞之後，麥亞經歷了這麼多，他是其中最寶貴的記憶，喚醒了自己身體裡沉眠許久的某種情感。正因如此，麥亞才能牢牢抓住活下去的機會，就像此刻牢牢抱著氣瓶，任由黑暗吞沒。

75

歐文無法估計下沉了多久，只知道很久，可能太久。能感覺水壓上升，身體彷彿要被壓碎。這感覺也很像火災現場，溫度越來越高，空氣越來越少，不知道還能撐多久。

他有點懊惱沒與麥亞多聊些，說出藏在胸口的想法，表白眞正的心意。萬一死在這兒便會成爲最大的遺憾。

沉溺在思緒中的歐文突然驚覺雙腳陷進軟沙。

他一下子樂壞了，想仰頭大笑，但怕消耗更多氧氣。下降到這裡用了多少？沒接上隔離裝無法判斷。

而且必須先確認周圍環境。歐文將氣瓶放在旁邊，開始左右張望。

能見度極低，肉眼可視範圍內找不到任何可能是研究站的物體，也沒有樹木或都市廢墟的蹤跡。周圍環境彷彿海底的一片沙漠。

接著歐文逐一解開身上重物，保留微弱浮力，只要抓著氣瓶就能輕鬆移動。當然這代表他得拖著氣瓶走動，所以更需要降低重量。

他從口袋掏出手電筒——來自直升機上緊急工具組。此時該見眞章了。點亮以後，果不其然一片渾濁昏暗，光束彷彿落在深淵。

儘管大約同時間同地點下水，轉頭卻找不到麥亞。歐文也不太擔心，至少不必這麼快擔心，他體重較重，沉得比較快是意料中事。

於是歐文原地等候，以光線掃過周圍時，像是海底多了座燈塔。

看見麥亞的光束朝自己射來，他嘴角上揚，拖著氧氣瓶踏過海床。腳掌不斷陷進沙子，行走起來並不輕鬆，尤其他們才逃出自治區、穿越茂密森林。但歐文奮力邁步，心裡知道沒有任何一秒時間能浪費。

雖然麥亞啣著吸嘴，歐文從她眼角的細紋與嘟起的唇形能看出是張笑臉。

兩個人都得吸氧氣，他只能湊過去以額頭輕觸。麥亞也朝他蹭了蹭，儘管不能親吻擁抱，但在此情此景堪稱完美——滅亡世界的水底，彷彿再無其他人。這段感情無需文字表達，自有一套獨特語言。

歐文退後一步，與麥亞四目相望，心有靈犀知道對方所想也一樣——讓我們彼此相伴，走向結局。

他照亮周圍，幽深水底毫無線索。然而歐文與麥亞經歷這種情況太多太多遍，每回都能找到方向。這會是最後一次。

76

卡菈聽見貨輪外槍林彈雨，甚至有飛彈轟炸，緊接著一陣劇烈搖晃，她猜是直升機栽在甲板上，再來有好大的撲通聲像是貨櫃滑落支架砸入海水。

槍聲更加密集，爆風逐步逼近，船身晃蕩不止。她跌跌撞撞地鑽進引擎室繼續潛伏。

⁂

海床是一片荒涼黑暗又無邊無盡的曠野。此刻麥亞與歐文沒有別的辦法，只能拿起手電筒四處探照，然後一步接著一步往前走。她覺得自己成了異世界的冒險家。

不知道走了多久，但她心裡時時記著氧氣消耗的問題。如今不可能補充了，除非找到研究站，否則就是葬身海底。

光束在她前方掃到物體——尺寸是人類大小。麥亞伸手輕觸歐文，手電筒對準那東西。

歐文停下腳步注視，之後走向地面小突起，彎腰撥開沉積沙土。

確實是個人，穿著潛水裝。歐文迅速找到軀幹與頭盔，麥亞朝玻璃面罩下的臉孔打光，卻因為照到的一點上衣而心驚。這是他們在第十七號研究站醒來就穿著的黑色針織衫。

歐文觀察裝備，確定那人氧氣耗盡。麥亞看了心中不安起來，眼前這個人或許就是他們的寫照。而且這代表以前就有人下水尋找樂園研究站，至少有一人在搜尋中身亡。

這裡會不會根本什麼也沒有？

可以的話她眞想與歐文對話，說說心中的害怕也好。正好他抬起頭來，那雙眼睛反映出麥亞自己的想法：除了前進，沒有別條路。

於是兩人繼續漫步海床，不久後找到泥沙下另一具遺體。裝備稍有不同，較爲合身，護目鏡特別大。麥亞懷疑是聯合或同盟派來的。

恐懼隨著腳步加深，而且腿部漸漸痠軟。

手電筒光線又掃到黑色物體，看上去體積比她大、呈橢圓形，還連接更大的東西，直立高度至少是麥亞四倍。

歐文加快腳步，麥亞尾隨在後，找到較小的物體才發現竟是一臺潛水器（注）。至於龐然大物，麥亞用手電筒照明卻看不見另一側邊緣，就像海底蓋起的巨大建築。

她心裡湧出一股驕傲，自己的推理沒有錯，海底眞的有東西。但會是救贖，抑或又一條死路？

注：較潛水艇小，通常需要船隻輔助的水下作業裝置。

歐文在潛水器附近繞了繞，退開幾步拿手電筒檢查，光線照亮頂端並未關閉的一個艙口。他放慢動作，沿著外殼打光，發現了一條腳架構成的梯子可以爬上去，揮手示意麥亞留在底下、協助照明，自己便關了手電筒，拖著氧氣瓶攀登而上。

到了潛水器頂部，歐文再點亮燈光，摸到艙口旁邊一窺究竟，卻不知看見什麼遲疑了很久，才招手要麥亞也上去。

麥亞爬梯子時歐文拿起手電筒照亮，之後兩人一起挨在艙口前。金屬門框堆了一層泥巴，艙內牆壁都是已熄滅的電腦螢幕，裡頭半個人影也沒有。麥亞懷疑外面某具遺體就是搭乘這臺潛水器下來海底，然後恐怕什麼也沒能找到。

歐文關了手電筒，舉起氧氣瓶放進艙內，翻身爬入之後，又亮起燈爲麥亞照明。

麥亞鑽過氣閘，光線打亮潛水器內部，從整體設計來看似乎是以研究爲目的，或許來自更大的船隻。

另一邊的艙門也開著。歐文拖著氣瓶打水靠近，麥亞跟在後面。

從外觀能判斷潛水器與海床上不知是船隻還是設施的人造物相互連接，這道門就是出入口。艙門上有個橢圓形小窗，歐文打光進入，麥亞從旁邊只能看到空著的氣閘。

她也在外牆照了照，沒看見氣閘附有把手、轉盤、緊急拉桿之類開關，只有一個數字鍵盤。

歐文歪頭打量，麥亞又覺得自己簡直能看得見他的腦袋瘋狂運轉，同時希望趕快轉出個答案，因爲進了潛水器以後，她開始覺得能吸到的氧氣變少了。

77

對著氣閘鍵盤，歐文輸入貨櫃船的GPS坐標。道理很簡單：這組數字證明自己跟隨ARC留下的其他線索找到過海上路標。

艙門啪一聲向內打開。所幸裡頭也滿滿都是水，兩人慢慢漂進去就好，否則就要經歷水流拉扯。這時候才進入海底建築算是千鈞一髮——歐文的氧氣瓶已幾乎見底。

他將艙門關閉，等待退水期間順便研究環境。最欣慰的一點是看得出具ARC風格：白色牆壁、噴嘴與上面的管線、能放裝備的凹槽底下有長凳。內側氣閘門也有小窗，不過只能看見一片黑暗。

海水退完，麥亞的氣瓶落地，她深深呼吸後開始顫抖。歐文上前摟緊她，以身體提供溫暖。噴嘴發出嘶嘶聲，乳白色液體灑落，滴在身上很冰冷，歐文開始評估能否在裡頭找到毯子。

唰一聲門打開，冷風迎面襲來，能住在這裡的人想必很耐寒。他沒說出口，但默默覺得這種氣溫不是好兆頭。

麥亞抬頭望著他，儘管還在發抖，但已經能擠出笑容。

「成功了。」她嘆口氣。

「多虧有妳。」

麥亞搖頭，「靠大家才能走到這一步。你、卡菈、艾里斯特，還有威爾。」

歐文鬆開她，兩人牽手跨過內門。狹窄長廊的牆壁、地板和天花板都是灰色金屬材質，頭頂上圓燈泡在他踏上第一步時自動點亮。

走到底時，有一個大小與第十七號研究站觀察室相仿的房間。裡面的光景對歐文而言，就像當初觀察室第一次會議那般詭譎：三具身體躺在地板一動不動，前方有一扇鎖住的門，周圍沒有窗戶鍵盤或任何開關。

✥

貨輪上，卡菈在船員居住區找到了空寢室，便躺在下舖。感覺很合適，床小房間小，就像帕瑞許找她進入絕跡實驗那天的待命室。前後呼應，非常戲劇化的收尾。

外面戰火連天，槍炮如暴雨連番擊打船身和貨櫃，流彈朝她這頭逐步近逼。上方三不五時發生爆炸，飛機墜海掀起的巨浪和巨響越來越清晰。

卡菈知道自己不可能睡著，也清楚被逮到會有什麼後果，索性闔上眼睛，聽天由命。

她將歐文和麥亞的血液樣本按在胸口，試著放慢呼吸，還來不及反應，天花板就迎面砸落。

78

儘管氣溫如此之低，麥亞卻覺得與歐文牽在一起的手不斷地冒汗。他輕輕掐了下，然後鬆手走向倒在門邊最靠近的遺體。那是個女性，身上穿著潛水裝，摘掉的頭罩擱在不遠處。

麥亞無法根據徵狀判斷這人死去多久，也懷疑這個環境有利於保存屍體。

他們迅速檢查遺體，有些線索能判斷身分。其中有兩人穿著螺紋針織衫，和第十七號研究站給的相同款式，照道理也是絕跡實驗樣本。同樣找到了這裡卻止步慘死。麥亞心頭一凜，默默想著難道自己也會步人後塵？至少是與歐文一起，這點值得寬慰。而且他們已竭盡全力，沒有什麼好後悔。

拉開上衣濕透的袖子，拇指按壓前臂，文字再次浮現。

≫元網作業系統啟動中。

≫已下載百分之五十四。

放下袖子，麥亞忽然發現自己很想脫掉這身濕冷衣裳，但眼前要更換衣物就只能從死者身上剝除。她衡量著這種行爲在道德層面是否不妥，此時上方卻有個門赫然開啓。

歐文立刻擋在麥亞與門中間，擺好架勢準備。

微弱白光流瀉入內，中間浮現兩個身影，都是麥亞認得的面孔。

其一彷彿是威爾的複製品，另一則與十七號研究站的輔導員布萊斯相仿。

「麥亞、歐文，你們好。」神似威爾的人開口。

瞳孔適應光線後，麥亞看見在仿生人背後層層疊疊的玻璃管。都是研究站看過的休眠艙，有如在一望無盡的原野上恣意生長。然而管子裡都是人體，收割之後灑在新世界，便能再度繁衍。

「恭喜。」肖似布萊斯那個人開口，「兩位已抵達絕跡實驗的終點。」

79

歐文和麥亞呆望仿生人良久。

「我們等了很久很久，終於等到二位。」威爾複製人說。

「事情一件一件來。」歐文回答，「該怎麼稱呼你們？」

「習慣的名字無妨，布萊斯和威爾就好。我們一直觀察二位，對你們所見所聞瞭如指掌。」

歐文腦袋冒出幾萬個疑惑，決定從頭問起：「怎麼可能全部都知道？」

「『崩壞日』是很久以前的事情，技術比起當時已進步了不少。」

「既然如此，爲什麼沒拯救世界？」歐文又問。

「答案顯而易見。」威爾說。

「我不覺得。」

「對你尤其如此，歐文。你有獨特基因，大腦擅長辨識規律，你自己應該已經察覺了。」

他打量兩個輔導仿生人。仔細思考之下，歐文不得不承認眞相明擺在眼前，然而若非看見海底和外頭走廊的遺體，他根本不會這樣思考，感覺一路上的線索都是靠生命換來的。他開口說出自己有把握的部分：「你們能治療創世病毒。」

「沒錯。」威爾回答，「已經開發好一段時間了。」

「還知道怎麼對付風暴。」

「也沒錯。我們已經掌握幾種關鍵技術，足以協助人類在毀滅後的世界存活——雖然只是生理層面。」

「那在等什麼？」歐文追問，「直接將藏起來的人類放出去不行嗎？如果還沒做好重建世界的準備，又為什麼讓我們進來？而且世界毀滅之後死了那麼多人，連外面走廊上都有，你們怎麼不救他們？」

威爾微微仰頭，「你看得到規律，心裡有答案。」

「我們與其他樣本有差異。」

「對。」

「我們比較聰明。」

「不對。更聰明的人未必能來到這房間，你們具備比聰明重要很多的特質。還記不記得在第十七號研究站的時候，布萊斯對大家說過什麼？」

歐文回想二號觀察室內種種，「嗯，他說過實驗目的是找出能在『轉化』後存活的樣本，無論差異是什麼，都會成為解救殘存人類的關鍵。」

威爾朝後面一排排玻璃艙邁步，「交付我們的任務很單純，就是改造倖存者，賦予重啓人類物種的能力。單純未必就容易，這項任務很艱巨，可動用的工具只有兩個，其一是如你們這樣的實驗參與者，其二是『示現』計畫。」

「我們的威爾說過，那是大數據模型計畫。」

「是的。透過『示現』可以模擬試驗完成後的世界環境，理論上我們應該讓倖存者回去，並且提供創世病毒以及風暴的處理辦法。」

「有趣。」歐文低聲說。

「猜得到模擬結果嗎？」

「感覺失敗了吧？」

「每次模擬，」威爾解釋，「結局都非常明確——世界之所以崩壞並非因爲『轉化』，不是元網、創毒、同盟或聯合所造成，甚至與科技、遺傳、自然環境都沒關連，而是在更基礎的層面上出了錯。透過『示現』，我們終於發現這一點，而你們二位抵達此處，則證實了假設。明白人類文明殞落的眞正原因嗎？」

「關鍵在樣本組之間的不同點，比方說我們和艾里斯特那組。」

「是的，歐文。」

「他們背叛彼此，而我們沒有。」

「這是一部分原因，但根源在於？」

「價值觀。我們價值觀分歧。」

「完全正確。」

「什麼意思？」麥亞開口，「我們能通過試驗是因爲……信念？」

「沒錯。更簡單的說法是你們懂得關心，無論同伴或者陌生人。面對未來，關心通常不是最輕鬆的選擇，一般而言漠不關心的人往往活得更快樂，因爲接觸到的人事物不會變成負擔。但並非所有人都會放棄，你們就願意互信互助，花時間彼此瞭解與關心。你們沒有拋下艾里斯特獨自苟活，於是艾里斯特賭上失去摯愛的風險幫助你們逃走，卡菈同樣犧牲性命，只爲幫助二位完成使命。你們一次又一次爲夥伴挺身而出，其他樣本組仰賴的則不是犧牲奉獻，而是踩著別人的性命才能走到此處。」

布萊斯張開雙臂，「我們還在分析這次實驗得到的數據，但相信根本的突破來自簡單的觀點轉換——己所欲，施於人。進一步的細節有待時間驗證。」

「你們打算怎麼運用這些……發現？」歐文問。

「各位展現的行爲模式是關鍵，創造出的新人類即便人口龐大也能長期存續。這才是眞正能夠治癒物種的藥方，應當比照其他治療來實行。」

「實際要怎麼做？」

「將人類存續的關鍵價值植入所有倖存者心智，從最根本層面運作，反映爲能夠一而再、再而三被創造的神話與意識形態。從此處解放的人類經過改造後，天生對這樣的故事與思想有所共鳴。我們不認爲這是一種『發現』，而是一種『現象』，背後有一股比人類更久遠也更偉大神祕的力量在推動，其規模之浩瀚，目前無法確切理解。」

麥亞眼睛微閉，「但外面的人呢，聯合與同盟？」

輔導員沉默一陣，似乎透過無線通訊正在交流判斷如何回應。

「目前，」威爾說，「雙方正在進行最後決戰，地點是你們去過的貨輪。依據模型分析，傷亡將極其慘烈。由於『崩壞日』至今苦無機會，聯合與同盟意圖趁勢分出勝負、結束戰爭，因此軍力傾巢而出，必然戰到最後一兵一卒。」

「你們無法阻止？」

「無法，『轉化戰爭』注定如此收場。」

「接下來的計畫是？」麥亞問。

「派遣輔導員前往同盟與聯合，特別是自治區，撤離存活人員。數量極少直接帶回樂園。」

「不回到地面？」歐文問。

「想想看你們在外頭一直沒看見什麼。」

「動物。」

「是的，世界毀壞的程度超乎各位想像。」

「但你們可以重建吧。」歐文說。

「我們的能力也有極限，只能耐心觀察世界能否自癒。如果不行……我們還有其他方案。」

「什麼意思?」歐文問。

「若有必要，時機成熟時會說明。」

歐文察覺麥亞掐著自己手掌。兩個人一樣慌亂，但她的神情依舊堅定。

「我們呢?」麥亞問，「歐文和我怎麼辦?」

「你們在新世界也有必須達成的使命，就像我們在這個世界一樣。」

「要我們當輔導員?繼續進行實驗?」歐文問。

「類似。」威爾隨即解釋ARC提出的計畫，聽完以後歐文望向麥亞，發現她也看著自己。

麥亞沒說話，但點點頭表示同意。

「好，我們接受。」歐文說:「接下來呢?」

「我想，」威爾又說，「二位都還有最後兩個問題才對，而且是同樣的兩個問題。」

歐文嚥了口口水，已經想通問題內容，卻擔憂答案為何。他瞥了麥亞一眼，然後低聲說:

「妳先吧。」

「我的家人在這裡嗎?」

布萊斯轉身，領著他們走入身後的巨大空間，停在一個玻璃艙前。裡面的人閉眼沉睡，歐文還記得她的臉，就是綠洲公園大廈十一樓一一〇七號倒在床上的女孩。這孩子跟那天早上一樣，寧靜安詳地躺著。到了第十七號研究站，歐文才得知自己救下的就是麥亞的妹妹，而他在崩壞世界醒來以後就常常掛念女孩的安危。

如今放下心頭大石，察覺麥亞悄悄抓起自己的手，轉頭一看，淚珠自她眼角滑落。沒有元網的話，歐文可能以爲麥亞並不開心，卻爲她上揚的嘴角而困惑。現在的歐文不同了，簡直能感同身受麥亞那種心花怒放的情緒。其實他也一樣，十分慶幸知道自己與麥亞的努力沒有白費。

「崩壞日」之前，歐文抱著女孩跳向窗外求得一線生機。

現在他偕同麥亞跳入大海，想救的不只一個女孩，而是所有倖存的人類，因此願意付出一切。儘管最終兩人成功，但就像生命中很多事情，歐文總覺得這結局不夠完美，畢竟沒找回來的，或許就會永遠失去。他很清楚麥亞接下來想要問什麼。

麥亞聲音緊繃沉重：「那我母親……」

「很遺憾，」威爾回答，「沒能及時救出。」麥亞淡淡點頭沉默不語，一時無法反應。

歐文完全理解麥亞此刻感受。他根本不敢開口詢問自己母親又如何，明明萬分渴望知道。

威爾早已看透他，逕自走向對面另一具休眠艙。歐文的母親躺在玻璃罩下閉著眼睛，容貌平靜，歐文跟上看見時，激動得心臟彷彿要蹦出來。

「她住的設施，」威爾解釋，「請ARC協助資料管理與儲存，我們才有了援救的機會。」

麥亞輕輕抓著他的手掐了掐。

「謝謝。」他哽咽地說。

「她們兩個怎麼辦呢？」麥亞問，「之後……和其他人一起？」

「不，」威爾回，「時候到了會讓她們出來陪同二位。根據模擬，陪伴對你們有益。家十分重要，原生家庭如此，你們在旅途中與夥伴間的感情也一樣。模型中『家』是我們能找到影響力最大的變項。」

歐文低頭注視休眠艙。在研究站醒來以後，他總是提心吊膽，深怕崩壞日那個早上會是母子最後一次見面，幾乎不敢再奢望團圓。現在得知能有更多時間與母親相處、她還能夠醒來聽自己說話，給自己忠告，令歐文對接下來的行動燃起更高鬥志。從前母親就像他的燈塔，無論何時都能倚靠。他認爲在新世界中會更需要母親的指引。

「再來，」威爾說，「請提出最後的問題吧。兩位都一樣。」

「元網，」麥亞開口，「能取出嗎？」

「可以。」由布萊斯回答，「會爲兩位處理好。」

歐文張嘴要講話，威爾直接打斷：「歐文，我們理解你的情況，也知道你透過元網得到改善。但我們同樣做得到，會幫你解決問題。等你在新世界醒來，體內不會有元網，仍能享有它帶來的好處。」兩個仿生人不再多言，轉身走向巨大空間更深處，停在兩個空置休眠艙前，示意歐文與麥亞進去。

歐文躺好，轉頭望向麥亞。兩人相視微笑，麥亞的笑容沉重中充滿感激，訴說出與歐文相同的情緒。威爾伸手搭在歐文那邊的玻璃罩上，「如何開始便如何結束，周而復始，往復循環。」

「我們要睡多久？」麥亞問。

「非常、非常、非常久。」威爾回答。

PART V
新世界

80

啪地一響，玻璃艙打開，麥亞想睜開眼瞼卻動彈不得，好像身體沒醒。一隻手帶著暖意搭上她的肩膀輕搖，這觸感非常熟悉——上次在休眠艙甦醒也感受過。

再試一次，眼瞼終於動了，馬上看見歐文彎腰對著自己微笑，布萊斯和威爾在後頭守候。

歐文扶她起身，換上黑色針織衫與長褲，這是與上回清醒以後相同的服裝。

她朝威爾笑道：「睡了這麼久，流行都款式都沒變？」

威爾誇張地嘆氣，「楊恩博士，我們是處理世界末日的仿生人，不是時尚設計師呀。」

仿生人竟然和她有來有往，麥亞驚訝大笑，「一覺醒來，你倒是變得幽默很多！」

威爾聳肩，「面對無窮盡的等待，在程式局限內不斷自我精進，是唯一的調劑。」

「原來如此。究竟過了多久？」

「精確數字沒有意義，直接看結果比較快。時機來臨，新世界恭候大駕。」

麥亞赫然察覺數不清的休眠艙全空了。

「計畫開始了？」

「很久以前就展開。」威爾回答，「我們引導人類站穩腳步，你們引導人類翱翔天空，現在正是交接時刻，輪到二位上場。」

兩名仿生人帶歐文和麥亞走出巨大休眠艙農場。外面走廊乾乾淨淨，當初絕跡實驗的死者已經消失。

「等等，」麥亞問，「我們的家人去了哪裡？」

「都在等你們，」威爾說，「已經準備好你們一切所需。」

到了氣閘，牆上掛的不是隔離裝，而是厚重大衣、長褲和釘鞋。

換好那套禦寒裝時，氣閘也開啓了。麥亞以爲會在外面看見潛水艇，結果竟是遼闊的天空，而且清朗無瑕，前所未見的蔚藍。

腳下土地更令人驚奇，舉目所及是一望無垠的雪白，美得令人屏息。她回過神，一開口便飄出白霧。

「這是什麼地方？」

「星球的南極。」布萊斯說完，踏過冰層開始前進，歐文、麥亞和威爾跟在後頭。

途中沒人說話，只有刺骨凜風在耳邊呼嘯。麥亞很快意識到身體彷彿變笨重，動作比較遲緩，而且一下就有疲憊感。

到了冰層與海水的交界，一艘船靠岸等待。麥亞想起當初也搭船離開第十七號研究站，然而現在這船上沒有電腦，像是來自古老的時代。

登船之後走進下甲板，看見歐文的母親與麥亞的妹妹都在大房間休息，太陽穴上連結了小型白色裝置，推測功能是保持睡眠、嚴格來說是休眠狀態。

再回到上甲板，威爾和布萊斯等候著。

「航程多久？」歐文問。

「要不少時間。」威爾回答，「正好我們也有很多事情要告知，新世界在很多方面與一位想像的有所不同。」

81

無邊無際的海面上，看不到陸地或其他船隻。

白天麥亞就和歐文待在休息室聊天玩牌，偶爾只是互相抱著聽引擎、看海浪，運氣好時會有動物竄出水面再撲通落下。

晚上先聽威爾與布萊斯介紹等待兩人的新世界、說明必須完成的任務。講課結束就回下面房間窩著，在第十七號研究站外頭找到快艇以後，兩個人早就希望有機會好好溫存。前所未有的幸福降臨。

麥亞默默希望航程永不結束，反倒因此有股罪惡感。當然她清楚那是不可能的希望，自己與歐文還有未盡的責任。絕跡實驗之於二人，尚未眞正結束。

不知過了多少天，歐文終於看見陸地。他站在駕駛艙，拿著雙筒望遠鏡在觀察。

發現麥亞在身旁後，歐文將望遠鏡遞過去，這一看，令她闔不攏嘴。右側海岸有兩個半島，一邊是都市，另一邊荒涼貧瘠、只有山地被灌木覆蓋，重點在於橫跨兩岸的那個人造物——是麥亞平生僅見最大的橋樑。橋身通紅，前後高塔矗立，垂掛無數吊索。夕陽餘暉自船後灑落，映得大橋紅裡透金，海面薄霧燦爛輝煌。

「就主橋段而言，這是目前世界上最長的懸索橋。」威爾說，「至少目前還是。」

船慢慢靠近大橋，穿過橋底。橋上車流十分擁擠。

大橋彼端的港灣既廣且深，附近有三座島嶼，最大的在左邊、最小的在正前方，還有大小適中的在右手邊，通過另外兩條橋連接內陸和半島。

歐文指著最小那座島，「那邊是？」

「以前是軍事基地，」威爾回答，「現在是監獄。」（注）

船緩緩入港，麥亞不斷張望。岸上是個美麗都市，很難想像自己與歐文沉睡著期間，人類竟重建出這樣的文明。

靠岸之後，四人先在下甲板集合。

「現在人類使用不同語言，」威爾說，「這不構成問題，已經將詞彙植入你們大腦，聽說讀寫都會很流利。但得先提醒一句——新世界與舊世界的差異非常大，很多地方需要重新適應。」

「明白。」歐文回答。

「連穿著也是。」威爾指著床上兩套衣物。

注：從風景與地形可得知此為舊金山港及其金門大橋。

麥亞看了女裝後拿起來，「這是什麼東西？」

「現代人類稱爲『裙子』。」

「底下……就只是一個洞？」

「沒錯。」

「好怪！」

更衣後，一行人開始搬運物資。威爾和布萊斯準備了一輛廂型車放在碼頭停車場。用輪椅將麥亞的妹妹和歐文的母親從船上搬到車內時，夜色正深沉。

車子駛入市區，歐文和麥亞坐在窗邊目不轉睛注意每個細節。此地多丘陵，街道熱鬧喧嘩，然而有驚喜也有心碎，麥亞瞧見小巷中有遊民相互依偎只爲取暖，路口轉角流鶯徘徊、搔首弄姿只爲攬客，還有陰暗角落毒販呢喃低語，將小包物品遞給可疑人物。

幸好還有些畫面重建她對人性的信心，例如提供食物和住處給窮苦人的善心機構、深夜奔馳爭取每分每秒的救護車等等。

來到威爾和布萊斯先租下的公寓，行李、母親和妹妹也安置好。

兩個仿生人已經在客廳等待。

「我們就此別過。」威爾表示。

「你們的下一步是？」麥亞問。

「返航回到樂園研究站並將其摧毀。時候到了，再拖延有可能被發現。儘管我們盡可能干預，他們終究開發出了更加先進的衛星科技。」

「先講講過去的事情吧，」歐文說，「你們將倖存者放到外界之後如何了？」

威爾注視他一陣，「起初很艱苦。先前說過，舊世界經歷轉化戰爭受到太多創傷，能夠回復到什麼程度，我們沒有把握。經過漫長等待，情況比預期更差。預測模型發現地表環境永遠不可能再度適於人居，因此我們必須啓動備案。在你們的年代，新世界充滿火山、一片荒蕪，大氣含氧量不足，堆積在海床的凍結甲烷逐漸融化釋放。經由『示現』模擬種種變化，我們得知這個星球最終會有適合人類居住的環境，儘管大氣組成稍有不同，而且重力較強，但差異程度很容易調適，科學角度而言與我們原生的星球好比同胞手足，以地質學年代而言年輕幾歲而已。實際上這當然是冗長的等待，幸好我們是機器，漫漫歲月並不構成太大問題。」

「到達這裡以後，你們做了些什麼？」麥亞問。

「透過修改的創世病毒消除倖存者記憶，在所有人心智中植入實驗得出的倫理準則。一如預期，取得這個星球主導權的靈長類物種接受得很好，也因此繁衍興盛，舊世界從未有過如此大量人口。」

「不是我鑽牛角尖，」歐文開口，「剛才在外面看到的狀況也沒那麼好？倒不是嫌你們沒做好的意思。」

「表面如此，」威爾說，「但你所見現象是文明成長的陣痛，時候到了會自癒，長遠來看會得到我們預期的結果，這部分我們相當有把握。」

「相當，不是絕對，」歐文回答，「所以需要我們。」

威爾點頭，「是的。忽略意料之外並不負責任，過程中總有無法預測與計算的因素。二位扮演的角色與過去的我們一樣，是個保險措施，預防人類再次誤入歧途。」

「可是你們擁有ARC科技那麼大一個企業的所有資源。我們才兩個人，還必須白手起家。」

「二位有三項巨大優勢。」威爾走向床邊遠眺，「首先你們知道未來，能掌握人類發展的大略方向。別低估這點。再來，最重要的或許就是你們擁有彼此。許多人失敗了，但二位曾經成功拯救世界。最後，你們有資產。」

歐文聳肩，「什麼意思？我們哪來的資產？」

布萊斯將一個小包包放在桌子上，「臨行贈禮。」

歐文拿起解開束帶，東西全倒在桌上——上百個晶瑩剔透的小石頭。

「鑽石？」麥亞問。

「對。在這世界價格高昂。」

「開玩笑的吧？」麥亞很訝異。

「不是。」

「用在雷射嗎？舊世界這東西隨處可見。」歐文跟著說。

「這個世界的人類視為裝飾，展現財力、地位或情意象徵。」

歐文掐起一顆鑽石，對著旭日觀察，「跟我們有什麼關係？」

「你手中的東西能交換到所需資源。思考一下，控制未來有三種方法——親手創造，提供靈感，從旁促成。這些鑽石在你們想促成特定結果時能發揮重大作用。」

歐文一邊用指尖轉動鑽石，一邊笑著回答：「這麼說我就懂了。」

早上麥亞和歐文打扮整齊去了銀樓，售出第一批鑽石。

回到公寓，兩人在客廳詳談下一步。

「你會不會覺得，」麥亞先開口，「我們太自不量力？」

歐文笑道：「或許。應該說絕對。但打從絕跡實驗一開頭不就這樣。」

「那你有什麼打算？」

「想了好幾天，越來越傾向有個東西必須先準備好。」

「是什麼？」

「救了我們的那個。」

「是？」

「『逃生門』。」

82

下午，歐文在附近的安養機構爲母親辦好入住手續。雖然環境和舊世界那間挺相似，他不免擔心母親會不會很難適應。

直到將白色小方塊自母親鬢邊取下時，這個念頭都揮之不去。

母親緩緩睜開眼睛，轉頭觀察了一下明亮臥室。

「歐文？」

他牽起母親的手，「媽，我在這兒。」

「怎麼回事？」

「戰爭爆發，經過很長的時間，還有不少事情要告訴妳。」

解釋完來龍去脈，他以爲母親會不知所措，或反過來問個沒完沒了。結果都沒有，她只是笑了笑，彷彿看透一切又隨遇而安，「好誇張啊，不過也是必然的。」

「什麼東西是必然？」

「蛻變。每個世代都會與父母那輩有些不同，偶爾會遇上天翻地覆的變化，甚至科幻小說的情節，他們的下一代就會生活在原本沒人相信的故事裡。這算是世界的一種規律吧，不過有些改變好、有些改變壞，唯一不變的就是改變。」她凝視兒子，「我自己對外面的變化沒太大興趣，比較關心你變得如何了？」

歐文挑眉。

「看上去快樂多了呀。」

「的確是。」

「和媽說說？」

歐文笑道：「認識了一個人，對我很特別的人。」

「果然。」母親掐掐他的手，轉頭望著窗外，「工作呢？有新方向了嗎？」

「算是被人挖角了吧。」

「生命常常就是這樣愛拐彎。改做什麼去了？」

「保險業。」

⁂

生活安頓好之後，麥亞與歐文租下辦公空間，並開始對外宣傳，表態想投資能夠徹底改變世界的顛覆性技術。

週二早上見了名叫羅伯特和高登的兩個工程師，對方都三十出頭，已有正職。然而歐文打聽過兩人對目前的上司不滿，有自己創業的念頭。

「感謝兩位抽空。」歐文開場，「長話短說吧——我們提供資金與意見。資金部分不會設下太高門檻，意見部分則會保持旁觀立場，絕不施加壓力。」

勞勃長嘆，「我們沒說過自己需要資金呀？或者人家的諮詢？」

「據瞭解，兩位對快捷半導體（注）的工作環境並不滿意。」

羅伯特朝高登使了眼神，但沒答話。

歐文微微攤手，「二十年後，世界將截然不同，再二十年轉變更劇烈，第三個二十年裡，人類會生活在現代科幻小說的場景。」

「能直說嗎？」羅伯特問。

「兩位發明了積體電路。你們意識到它很重要，卻還不明白它在整個人類文明的地位有多高。或許你們自己聽了都不信，但接下來十到十五年內，每一年積體電路上能容納的電晶體數量都會翻倍，之後同樣空間上的電晶體數量則是每兩年提高一倍。」

羅伯特蹙眉，「高登，你怎麼看？」

另一人沉默幾秒才回答：「其實我覺得挺有趣的。」

「這是事實。」歐文說，「資訊處理能力飆升之後，許多過去辦不到的事情都能實現，屆時人類使用的運算力規模，將遠超現在所能想像。」

他觀察兩人反應後繼續說：「今天你們的發明就像朝著大海扔石頭，激起旁人難以察覺的漣漪。但經過連鎖反應就會掀起巨浪，化爲海嘯沖上岸，之後改變更加迅速，世界走向難以控制。相信我。」

「就先當作是眞的，」高登說，「如果剛才說的電晶體數目倍增確實發生了，你們如何從中獲益？能得到什麼？」

「與主導世界趨勢的企業建立合作關係，原本就意義非凡。我們不僅對此深有體會，還相信某些場合裡唯有如此，才能保障人類的未來。」

同一天晚上，歐文坐在維多利亞風格大宅的書房，窗外許多車輛沿著狹窄的道路蜿蜒而下山丘，行人熙來攘往，本地人下班回家、觀光客拿著地圖探索夜生活。

同住的除了麥亞還有她妹妹，此刻她正好在大房間練鋼琴，悠揚旋律彷彿讚頌窗外文明的快速演進。

公元一九六一年的舊金山，在歐文看來萬事皆有可能。他的使命是引導新文明，希望能比自

注：Fairchild Semiconductor，曾開發世界第一款商用積體電路。羅伯特・諾伊斯（Robert Norton Noyce）和高登・摩爾（Gordon Earle Moore）後來創立英特爾，前者被譽為「矽谷市長」或「矽谷之父」，後者提出著名的摩爾定律。

己成長的舊世界更加美好。

他深感驕傲，感受到自我價值。沒想到天命所歸竟是在這奇異新世界，肩負的任務正需要他獨特的經驗與技能。或許新世界也會在未來某一天化為火窟，但至少現在還安全穩定，而已經擦出的火苗就由他來撲滅。

人生方向與最初的規畫想像相去甚遠，然而這種落差或許就是生命奇妙之處。

上了二樓，踏著吱吱嘎嘎的階梯爬到屋頂平台，麥亞彎著身子，正用望遠鏡看天空。轉身看見是歐文，她立刻露出笑臉。

「還在找老家？」他問。

「嗯，會讓我有現實感。」

「我懂。這地方還是有點怪怪的，氣味啦、重力什麼的。」

麥亞點點頭，轉身繼續看望遠鏡，「對了，這邊的人怎麼叫我們的老家？」

「金星。」

終幕

眺望太平洋的奢華餐廳裡，歐文起身拿起叉子輕敲玻璃杯三次。清脆的叮叮聲迴盪不已。用餐中的賓客紛紛抬起頭放下酒杯。

「今晚，」他開口，「我想提出一個很單純的問題：人類的命運是什麼？」

他停頓片刻，給大家時間思考這番話是什麼意義，「大家心裡皆有數，人類這個物種總有一天會滅絕。」

他從餐桌走向一道雙開門，門外是俯瞰太平洋的陽臺。波浪拍打沙灘，情侶遊客三三兩兩亮著手電筒散步。

「只不過，我們會怎樣滅絕？」歐文問賓客，「因爲現場某個人正在開發的技術？因爲核戰？又或者是天災？小行星、太陽閃焰或超級火山毀滅地表？」

他深呼吸後繼續說：「眞正的問題並不在於滅絕原因，而在於我們打算如何因應。如果不能扭轉未來，至少可以未雨綢繆。今天在座都是人類未來的領航員，我們與許多企業建立合作關係、提供資金，這不僅僅希望各位發達，更因爲各位的公司或實驗室正在研發翻轉社會的技術。所以我想藉此機會做個提議，串連大家進行同樣重要的工程，姑且將它稱作……『逃生門』。」

歐文走向擺在會場的標語牌，扯下遮蓋牌子的白布巾。

聽完他描述的計畫內容，少數客人發出驚呼，卻也有些人笑出聲，似乎懷疑自己進了整人節目。

「聽起來像小說，我明白。」歐文說，「但不久之後將會成為全球風潮，而我們會拔得頭籌。這份努力不為名聲也不為金錢，只求確保人類存續。不瞞各位，我認眞相信需要『逃生門』的那一天很快會來臨，地球面對危機時，我們要成為黑暗中的一絲光明。」

全場鼓掌歡呼，歐文轉頭望向麥亞。她禮貌地跟著大家一起拍手，手肘靠在隆起的肚子上，腹中孩子很快就要誕生在這世界。

（全書完）

中英名詞對照表

A

Alister Russell　艾里斯特・羅素

Archival Record Corporation（ARC）
　檔案紀錄機構

B

Belden　貝爾登

Blair Aldridge　卜蕾・奧卓吉

Bran　布蘭

Bryce　布萊斯

C

Candice　坎蒂絲

Cara Allen　卡菈・愛倫

Carmen　卡曼

Cole　柯爾

D

Darius Aldridge　達瑞斯・奧卓吉

E

Escape Hatch　逃生門

G

Garden Station　樂園

Genesis Biosciences
　創世生物科技

Genesis Virus　創世病毒

Guthrie　蓋瑟瑞

GV　創毒

H

Hazel　榛

L

Leon　雷昂

M

Maya Young　麥亞・楊恩

Melissa　梅麗莎

Mesh　元網

O

Oscar　奧斯卡

Owen Watts　歐文・瓦茲

P

Parrish　帕瑞許

Polestar　北極星

Pseudo Intelligence　偽智能

R

Revelation　示現

Roman Morris　洛曼・莫里斯

S

Selena　瑟琳娜

Sherman Parrish　薛曼・帕瑞許

Star Watch　《星現》

Station　研究站

Sydney　席妮

T

The bunker　地堡

The Change　轉化

The Colony　自治區

The Extinction Trials　絕跡實驗

the Fall　崩壞（崩壞日）

The Human Union　人類聯合

The Strike　先手

V

Victor Levy　維克多・李維

W

Will Carraway　威爾・克拉偉

Z

Zoe　柔伊

BEST 嚴選 133

絕跡試煉

原 著 書 名／The Extinction Trials
作　　　者／傑瑞・李鐸（A. G. Riddle）
譯　　　者／陳岳辰
企畫選書人／王雪莉
責 任 編 輯／王雪莉
版權行政暨數位業務專員／陳玉鈴
資深版權專員／許儀盈
行 銷 企 畫／陳姿億
行銷業務經理／李振東
副 總 編 輯／王雪莉
發　行　人／何飛鵬
法 律 顧 問／元禾法律事務所　王子文律師
出版／奇幻基地出版
城邦文化事業股份有限公司
台北市 104 民生東路二段 141 號 8 樓
電話：(02)25007008　　傳真：(02)25027676
網址：www.ffoundation.com.tw
e-mail：ffoundation@cite.com.tw
發行／英屬蓋曼群島商家庭傳媒股份有限公司城邦分公司
台北市 104 民生東路二段 141 號 11 樓
書虫客服服務專線：(02)25007718・(02)25007719
24 小時傳眞服務：(02)25170999・(02)25001991
服務時間：週一至週五 09:30-12:00・13:30-17:00
郵撥帳號：19863813　　戶名：書虫股份有限公司
讀者服務信箱 e-mail：service@readingclub.com.tw
歡迎光臨城邦讀書花園　網址：www.cite.com.tw
香港發行所／城邦（香港）出版集團有限公司
香港灣仔駱克道 193 號東超商業中心 1 樓
電話：(852) 2508-6231　傳眞：(852) 2578-9337
e-mail：hkcite@biznetvigator.com
馬新發行所／城邦（馬新）出版集團
【Cite(M)Sdn. Bhd】
41, Jalan Radin Anum, Bandar Baru Sri Petaling,
57000 Kuala Lumpur, Malaysia.
Tel: (603) 90563833 Fax:(603) 90576622
Email：services@cite.my

封面設計／朱陳毅
排　　版／邵麗如
印　　刷／高典印刷有限公司
■ 2023 年（民 112）5 月 2 日初版

售價／ 499 元

國家圖書館出版品預行編目資料

絕跡試煉 / 傑瑞・李鐸 (A. G. Riddle) 作 ; 陳岳辰譯 . -- 初版 . -- 臺北市 : 奇幻基地出版 , 城邦文化事業股份有限公司出版 : 英屬蓋曼群島商家庭傳媒股份有限公司城邦分公司發行 , 2023.05
面 : 公分 . -（Best 嚴選 ; 133）
譯自 : The extinction trials.

ISBN 978-626-7210-32-1 (平裝)

874.57　　112001994

ISBN 978-626-7210-32-1

Printed in Taiwan.

廣　告　回　函
北區郵政管理登記證
台北廣字第000791號
郵資已付，免貼郵票

104台北市民生東路二段141號11樓

英屬蓋曼群島商家庭傳媒股份有限公司城邦分公司 收

請沿虛線對摺，謝謝

奇幻基地

每個人都有一本奇幻文學的啓蒙書

奇幻基地粉絲團：http://www.facebook.com/ffoundation

書號：1HB133　　書名：絕跡試煉

請於此處用膠水黏貼

奇幻基地

讀者回函卡

謝謝您購買我們出版的書籍！請費心填寫此回函卡，我們將不定期寄上城邦集團最新的出版訊息。

姓名：＿＿＿＿＿＿＿＿＿＿＿＿＿＿＿＿ 性別：□男 □女

生日：西元＿＿＿＿＿年＿＿＿＿＿＿月＿＿＿＿＿＿＿日

地址：＿＿＿＿＿＿＿＿＿＿＿＿＿＿＿＿＿＿＿＿＿＿＿＿＿＿

聯絡電話：＿＿＿＿＿＿＿＿＿＿＿傳真：＿＿＿＿＿＿＿＿＿＿

E-mail ：＿＿＿＿＿＿＿＿＿＿＿＿＿＿＿＿＿＿＿＿＿＿＿＿

學歷：□1.小學 □2.國中 □3.高中 □4.大專 □5.研究所以上

職業：□1.學生 □2.軍公教 □3.服務 □4.金融 □5.製造 □6.資訊

□7.傳播 □8.自由業 □9.農漁牧 □10.家管 □11.退休

□12.其他＿＿＿＿＿＿＿＿＿＿＿＿＿＿＿＿＿＿＿＿＿＿＿

您從何種方式得知本書消息？

□1.書店 □2.網路 □3.報紙 □4.雜誌 □5.廣播 □6.電視

□7.親友推薦 □8.其他＿＿＿＿＿＿＿＿＿＿＿＿＿＿＿＿＿＿

您通常以何種方式購書？

□1.書店 □2.網路 □3.傳真訂購 □4.郵局劃撥 □5.其他

您購買本書的原因是（單選）

□1.封面吸引人 □2.內容豐富 □3.價格合理

您喜歡以下哪一種類型的書籍？（可複選）

□1.科幻 □2.魔法奇幻 □3.恐怖 □4.偵探推理

□5.實用類型工具書籍

您是否為奇幻基地網站會員？

□1.是□2.否（若您非奇幻基地會員，歡迎您上網免費加入，可享有奇幻基地網站線上購書75 折，以及不定時優惠活動：http://www.ffoundation.com.tw/）

對我們的建議：＿＿＿＿＿＿＿＿＿＿＿＿＿＿＿＿＿＿＿＿＿＿＿

＿＿＿＿＿＿＿＿＿＿＿＿＿＿＿＿＿＿＿＿＿＿＿

＿＿＿＿＿＿＿＿＿＿＿＿＿＿＿＿＿＿＿＿＿＿＿

請於此處用膠水黏貼

THE EXTINCTION TRIALS